義経記　権威と逸脱の力学

藪本勝治 著

和泉書院

目次

序章　『義経記』への二つの視座
――研究史と課題――

歴史叙述が過去像をいかに構築してゆくのか、そこにはどのような力学が働くのか。そうした大きな問いを考察するにあたり、源義経に対する人々の想像力とその変容過程は、興味深い示唆を与えてくれる。就中、本書で中心的に扱う『義経記』は、様々な問題を孕む点も含め、きわめて魅力的なテクストである。序章では『義経記』の研究史を通覧することで本書の課題を明らかにしてゆくが、その上で補助線として二つの視座を提示したい。まずは平安末期から語り起こそう。

一　貴公子と制外者

源義経は、治承寿永の内乱において兄頼朝に従い大将として活躍したことで知られている。しかし、義経がその人生の中で脚光を浴びた時期は、鎌倉より上洛し木曽義仲を討った寿永三年（一一八四）春から、平氏追討を経て頼朝に謀反の嫌疑をかけられ都落ちする文治元年（一一八五）冬にかけての、わずか二年弱でしかない。この間に京都の治安回復に大きく貢献して貴族社会で高い評価を得、また大夫判官となり伊予守をも兼任するという未曽有の厚遇を受けたものの、それ以外の時期に目を転じるに、義経の生涯は逃亡と潜行を基調としていると言ってよい。

すなわち、父義朝が平治元年（一一五九）の政治抗争に巻き込まれる形で討たれ、この年に生まれたばかりであった義経は鞍馬寺に入れられることとなる。ところが成長しても出家を拒否したらしく、奥州へ亡命し、頼朝が挙兵する治承四年（一一八〇）まで藤原秀衡のもとで庇護されていた。また文治元年末に都落ちして以後も、様々な人脈を頼って放浪した末、文治三年（一一八七）春には再び奥州藤原氏のもとへ逃れ着いたことが判明する。かくして義経は、頼朝の圧力を受けた藤原泰衡に攻められ、文治五年（一一八九）夏に自害を余儀なくされるのである。義経は、その在世の当時から、武士社会・貴族社会において活躍した側面と、それら歴史の表舞台から逸脱し社会の裏側に生きた側面とを合わせ持っていたと言えよう。言わば、義経は貴公子と制外者という二つの顔を持っていたわけである。

ともあれ、このように約三十年の人生の大半を逃亡と潜行に費やしたため、義経に関する正確な記録はほとんど残されていない。つまり、義経は都鄙に足跡を残す高名な人物であったと同時に、不明な点の多い謎に満ちた人物でもあったということになろう。そのために、義経は、彼にまつわる伝説が生まれ成長する余地の豊富な人物であった。事実、後世には義経を題材として、御伽草子を中心とした文学作品や謡曲・幸若舞曲および浄瑠璃・歌舞伎に至る舞台芸能が数多く作られ、「判官物」という文学史上の一ジャンルを形成している。その無数の「判官物」のうち、最もまとまった作品のひとつが『義経記』である。

二　文学作品と民俗伝承

『義経記』は、平安末期を生きた源義経の一代記である。しかしこの作品は、義経の死後二百年あまりを経た室町時代になって成立したものであり、義経の生涯を歴史的事実そのままに描くのではない。むしろ、縦横に成長と展開を遂げた義経とその助力者達にまつわる物語群を、義経の人生史に沿ってオムニバス的に収めた、一種の時代劇であると言える。そのために従来の研究では、この作品を単なる伝承の集成と見なすのか、それともそれ以上の一貫性と論理性を備えた構想力の産物と見なすべきか、議論が分かれている。こうした『義経記』への二つの視座は、研究史的には、作品論と伝承論という二つの流れの相剋として展開してきた。

事実上初めての本格的な『義経記』研究は、一九二六年に『国語と国文学』に発表された島津久基の論文であると言ってよい(1)。氏は『義経記』を「義経伝説の淵叢としての」作品であると前提的に述べているものの、「作者の主人公に対する至純な終始変らぬ同情愛崇の情熱は全篇に統轄的な力を以て臨んでゐる」と述べる点、この作品を一貫した構想の産物と捉えていることは明らかである。また続けて「史実に公平冷静であることに叙述の意図を置かずして、義経の性格を完全化理想化し、其の境遇の数奇を力説しようとする」とも述べており、『義経記』の義経像を悲劇の貴公子として把握していることもわかる。同じ雑誌の同じ号に掲載された佐成謙太郎の論文もまた(2)、「この作者に描かれた義経は作者が同情する、或は当時の一般人士が愛慕する義経の性格の一面を強調したもので、こゝに描かれた義経は、意の人ではなく情の人である。困難窮迫に堪へて奮闘する武人的性格ではなく、薄命に泣いて為す所を知らない貴族的性格であつた」としており、『義経記』を貴公子義経の悲劇的人生を主題とした物語であるとする認識は当時一般的であったと言える。

この流れは、一九三〇年代に入り、島津前掲論文をそのまま収めた同氏の著書の刊行を経て国文学界の主流を占め続けたと見え(3)、茂住定次の論考にも(4)、義経を「当時の人々の理想であり憧憬でもあつた風流貴公子化する所に、『義経記』の一つの態度が存して居る」とある。また、徳富蘇峰・佐々木信綱以下五名の監修者が名を連ねる『日本精神文化大系』シリーズの第五巻「吉野時代・室町時代・安土桃山時代篇」においては(5)、『義経記』を「悲惨哀傷の情に富む部分が多い。これによつて、世に判官びいきの語があつて、義経が後人より大いに同情を集められるに至ったのである。併し、義経の幼少時代に平家を敵と目指して臥薪嘗胆武を磨き、兄に忌まれても、敢へて反抗せず、その誤解を説かうとして苦心する経路は、武士道の発露として、世に感化を及ぼすことが少くないのである」と解説しており、本文に関してもこの解説に沿う「頼朝義経に対面の事」「義経平家の討手に上り給ふ事」「腰越の申状の事」「判官北国落の事」のみを選択的に紹介している。こうした『義経記』理解は、大正の終わりから昭和前期という時局との関連の中で展開されたと言え、この時期義経を列強に対峙する当時の日本と重ねる論理が力を持っていたことは本書で論じる。ともあれ、『義経記』に一貫した論理・構想を読み取り、それを悲劇の貴公子義経の求心力に見出す研究は、戦後しばらくまでは一般的であり続けた。たとえば古川哲史は、『義経記』を「王朝憧憬」の産物と述べており(6)、杉本圭三郎もまた、『義経記』を文学史的に『平家物語』とは異質とし、義経への「民衆の愛護の眼」と貴公子への「憧れ」を指摘している(7)。

しかし、先述の通り「判官物」のオムニバス的な性質を持つ『義経記』に対しては当然、別の視座に立った論究もなされてきた。このもうひとつの流れは、奇しくも島津前掲論文と同年同月に『中央公論』において発表された、柳田国男の論考に端を発する(8)。氏はこの論文の中で『義経記』について、明らかな記述矛盾や不整合を挙げ、「非常な寄せ集めの継ぎはぎで、従つて不必要に引延ばしてある。一言でいふならばまづ感心せぬ本である」と評し、「斯ういふ粗末な継合せのセメントは、多分京都製だらうと思はれる」「合資会社の如き持寄世帯で、各部分の作者産地はそれぐ\に別であつた」と論じた。柳田は『義経記』を、一貫した構想の産物ではなく、地方に行われた口頭伝承の京都における無造作な継ぎ接ぎと考えているわけである。柳田の民俗学的研究方法による『義経記』論をおそらく最もよく継承したのは角川源義であろう。氏は一連の論考において(9)、『義経記』の各場面に取り込まれた素材説話の出所を具体的に追究し、東海道の宿駅・時衆教団・京の声聞師・一条堀河の陰陽師・熊野の語り部・住吉信仰の海上生活者・鎌倉の勝長寿院縁起・熊野羽黒の修験の各々による伝承を指摘した。角川の論もまた『義経記』をある統合的な論理によって構想された文学作品とせず、義経（の関係者）にまつわる説話の集成と見ている。そして、柳田や角川のように、文化の周縁に生まれ育まれた伝承に軸足を置く視点からは、必然的に、『義経記』の義経をアウトローの世界に交わる制外者として捉える見方がとられることとなる。

こうした視座は主に民俗学的研究方法に立脚するため、国文学界においては正当に評価・継承されない部分があった。そのような中にあって、岡見正雄は一連の論考により、文学研究の側からも伝承論的『義経記』論を推し進めた[10]。すなわち、氏は『義経記』が室町期京都という、出自を異にする文化が雑多に同居する新たな都市性・社会性の中で成長したことを論じ、これを「室町ごころ」という言葉により肯定的に評価した。以後、登場人物の制外性に注目し、『義経記』を室町期の「不真面目な」（既存の価値観から自由な）文学として肯定的に評価する路線は、小松茂人・山本吉左右・長谷川端・刑部久らにより断続的に継承されてきたと言える[11]。とはいえ、これらは『義経記』に流れ込んだ各伝承の起源を問題化したわけではなく、国文学界における伝承論的研究は、徳江元正・梶原正昭等による成果があるにせよ[12]、常に少数派であり続けた。

近年の『義経記』研究における主流となっているのは、作者の意図や構想あるいは一貫した論理を本文から読み取ろうとする、作者論および作品論である。これは『義経記』の軸が貴公子義経の悲劇にあることを自明としていた戦前以来の作品論的『義経記』研究の論調とは異なり、それ以前にまず『義経記』のどこに一貫性・構想を見出すのかという点を主な問題としている。こうした路線は一九八五年に発表された村上学の論考に始まると言ってよい[13]。村上は『義経記』の諸本論を大きく進展させるなど徹底した文献学的考証を行った上で、そうして得られた知見に基づき、この作品が従来言われてきたような貴公子義経の悲劇の物語ではなく、柳田の言うような「寄せ集めの継ぎはぎ」に近いことを前提として、それではともかくもこの作品を統括する論理はどこにあるのかという点を問題化した。こうした試みは以後二〇〇〇年代に至るまで、小林美和・野中直恵・利根川清・徳竹由明らにより継続されたが、[14]これらが作品論として『義経記』の全体像を捕捉するにあたり決定的な成功を納めているとは言い難いように思われる。

義経が在世当時から貴公子と制外者の両面を持っていたことは先述の通りであるし、この両面性が『義経記』においても見られることは、早く桜井好朗が指摘している。[15]すなわち、『義経記』に「王朝文化圏への志向」「王朝への憧れ」を認めた上で、しかし「泥臭さへの劣等感や、王朝風を気どったポーズは、目立たない」という面も見出し、「英雄流離譚と貴種流離譚」は「互いに矛盾」するが「ともかくも結合できたのだという点は評価しておかねばならない」「辺境と畿内との文化が、対等の関係で相剋しながら共存できたところに、義経記の本質があるとしてよい」とした点、この作品の両面性をひとまず肯定的に評価する先駆的論考であった。しかるに、『義経記』が悲劇の貴公子義経を描く書であるだけでなく、制外者としての義経主従を描く書としての側面も併せ持つことが広く認められるようになったことは、この作品の研究史における進展としてよい。しかし、近年主流であるとした作品論的研究は、『義経記』が「寄せ集めの継ぎはぎ」である点を否定的に評価することを前提とした上で、それでも『義経記』なりの理屈を発見しようとするものであった。そのため、柳田・角川・岡見らがとったような、異なる文化的起源を持つ複数の伝承が雑居する作品として『義経記』を定位する視座は、重要視されながらも上手く継承されてこなかったとせざるを得ない。この作品の研究史が書かれる際、今後の課題として必ずと言ってよいほど作品論と伝承論それぞれの限界が指摘されつつ両者の架橋が求められているのには、そうした背景がある。[16]貴公子と制外者という義経像の、あるいは複数の起源を持つ各伝承とそれらを一個の作品として統合しようとする構想力との、協調とせめぎ合いの様相について正面から論じることが必要であろう。

三　義経と助力者達

『義経記』に対する二つの視座は、〈義経の物語〉と〈義経の助力者の物語〉とのいずれを中心に据えて捉えるかということと対応していると言える。この点は従来指摘されてこなかったが、『義経記』の全体像を把握するために不可欠な視点であると思われるため、説明を加えておこう。

この作品は間違いなく義経を主人公としており、義経の不遇な人生と死という物語の大枠を持っている。これを〈義経の物語〉と呼ぶこととしたい。義経にまつわる説話の集合体である『義経記』を一個の文学作品として把握し、なんらかの一貫性あるいは構想を見出そうとするならば、各説話の最大公約数的要素として〈義経の物語〉という大枠が注目されることになるのは必然であろう。戦前から戦後しばらくまで行われた、この作品を悲劇の貴公子義経の物語と捉える見方は、作品把握にあたって〈義経の物語〉を中心に据えた視座であったと言える。

ところで、五味文彦は『義経記』の「孤児の身から寺院の童となり、苦労するなかで成長して、ついには父の敵討ちを達成する仇討ち物語としての側面」が『曽我物語』と類似しているとする。[17]また福田晃も、発生論の視角から主人公の死を描く点に重きを置いて同様の指摘をしている。[18]確かに、不遇ながらも陰の助力者達に支えられる構造や、頼朝による幕府成立という社会変化を背景とし、暴力的な大団円と主人公の死という結末が語られる点を考え合わせても、〈義経の物語〉においては、『曽我物語』と近似の物語構造を持っていると言える。『曽我物語』が曽我兄弟の怨霊を鎮魂する語りから発生したことは柳田国男・折口信夫以来脈々と論じられており、近年ではかなりの段階まで論証されているが、[19]とすると、『義経記』の原型あるいは物語構造としての〈義経の物語〉のレベルでは、『曽我物語』の場合と同様、義経の怨霊鎮魂の語りから発生したという蓋然性は相当に認められてよい。[20]成立論的に見ても、『義経記』の基層には〈義経の物語〉があると考えることができるのである。

ところが、『義経記』の表現・叙述の中心は〈義経の物語〉にあるわけではない。近年の作品論的『義経記』研究の端緒である村上学前掲論文がこの作品の本文と真摯に向き合った末に問題化したのも、実はこの点であった。この作品が中心的に叙述するのは、義経自身ではなく下位身分に属する従者達の自律的・主体的な活躍である。そのことにはもっと注意が払われてよい。この点は本書の中で具体的に指摘してゆくが、ひとまずここでは、こうした『義経記』を構成する各説話、すなわち義経を取り巻く制外の人々の物語を、〈義経の助力者の物語〉と呼ぶこととしたい。

『義経記』の義経は終始、支配的公権力から敵視される不遇の主人公である。前半（巻第一～三）の義経は平氏政権に危険視され、素性を隠して流浪する。また、後半（巻第四～八）の義経は頼朝政権に謀反人と見なされ、同じく素性を隠して流浪する。こうしてみると、『義経記』の構成は、義経を支える助力者が必要になる仕掛けとなっていることがわかる。つまり、この作品は義経の助力者のことを語る形式を備えているのである。この作品の持つ〈義経の助力者の物語〉としての側面を重視したのが、柳田・角川・岡見らがとった、異なる文化的起源を持つ複数の伝承が雑居する作品として『義経記』を定位する視座である。成立論的には、『義経記』は〈義経の物語〉を基層としているにせよ、複数の〈義経の助力者の物語〉の伝承を取り込みながら編集されたために、〈義経の物語〉は舞台設定として背景化した作品となっているわけである(21)。

このように『義経記』では、大枠である〈義経の物語〉が後景に退き、叙述においては〈義経の助力者の物語〉が肥大化している。そして後者の過剰な逸脱は、この作品中に多くの不整合や記述矛盾を抱え込み、しばしば物語の本筋が見失われる結果すら招いている。こうした特徴は、各場面を劇的に描くという意味では効果的な叙述であると言える一方で、『義経記』をひとつの文学作品として読もうとするときには統一感を欠いた散漫な作品との評価をもたらしてきたことも自然であろう。しかし、〈義経の物語〉と〈義経の助力者の物語〉とは、この作品の中でともに欠くべからざる基本的な要素であることもまた事実である。『義経記』が一個の文学作品として成り立っているのは、複数の起源を持つ〈義経の助力者の物語〉が〈義経の物語〉という共通の下地にともあれ編入され得ているからであり、その意味では下位身分者の物語群に対して義経の貴公子性が作品を統括する求心力として重要な作用をもたらしている。またその一方では、義経の持つもうひとつの側面、すなわち義経の制外性が、雑多な起源を持つ個々の〈義経の助力者の物語〉の主体性を誘発し、奔放にして闊達な叙述を可能にすると同時に、この作品の中で遠心的に作用していることも看過できない。貴公子と制外者という二つの義経像、あるいは異なった文化に起源を持つ〈義経の助力者の物語〉とそれらを一個の作品として統合しようとする〈義経の物語〉という二つの要素は、せめぎあいながらも協調して『義経記』を構成する二つの軸であると言える。したがって、『義経記』の全体像を明確に把握するためには、研究史上の言葉でいうならば、作品論と伝承論という相剋する両者の架橋がなければ困難であろう。

そこで本書では、『義経記』における物語の中心軸がみえにくくなる過剰な逸脱を、『平家物語』等中世前期の軍記文学とは異なる想像力の産物として積極的に読み直すことで、この作品の再評価を試みたい。そのためには、本筋から逸脱してゆく個々の〈義経の助力者の物語〉を子細に分析することが不可欠であろう。方法として、本書では、この作品にみられる義経主従説話の諸文献における現れ方と、その『義経記』中での表現に焦点を当てる。そうして各説話の変容過程における『義経記』の位置を分析することで、この作品を成り立たしめる〈義経の助力者の物語〉と〈義経の物語〉との協調およびせめぎ合いの力学関係を読み解いてゆく。また、その作業を通して、義経表象史上における『義経記』の位置付けとその文学史的意義を考察したい。それは、近世を経て近現代に至るまで人気を博し続けてきた義経の表象に『義経記』を対置することによる、義経像の系譜学的相対化にもなるだろう。

こうした追究の先に、不遇ながらも本来的な正当性を帯び社会体制から逸脱する〈義経的なるもの〉に対して、人々が何を期待し、またどのような社会的機能を担わせてきたのかという、普遍性を帯びた問題へのひとつの視角を提供することとなれば幸いである。

四　本書の梗概

如上の問題意識と論点を確認した上で、以下、本書の構成について簡単に述べておく。まず、**「Ⅰ　語り手の論理と文脈」**では、他の作品にも描かれる有名な場面や人物に注目し、先行する諸文献との比較を通して、『義経記』において〈義経の助力者の物語〉が〈義経の物語〉をいかに侵食し換骨奪胎しているのかを読み解いてゆく。まず**「第一章　金商人吉次と陵兵衛の論理」**および**「第二章　伊勢三郎の助力と伝承の文脈」**では、本来政治的人脈の扶助により遂行された牛若奥州下りが、『義経記』ではその素材となった伝承の語り手たる下位身分者の論理と視点にたって叙述されることで、「世になき者」と称されるアウトロー的人脈に庇護されつつなされたかのように語られていることを論じる。また**「第三章　土佐坊正尊と江田源三の物語」**および**「補説①　〈江田源三の物語〉の発生に関する一考察」**では、堀川夜討事件の描出においても、討手に上る土佐坊正尊や義経の忠臣江田源三について、言説の素材となった伝承の文脈が存在しており、それが『義経記』の叙述形成において〈義経の物語〉の構想に優越していることを指摘する。さらに、**「第四章　白拍子静の物語と語り手」**では、静の物語について『平家物語』『吾妻鏡』『義経記』のそれぞれに独自の論理と文脈が見いだされることを明らかにし、特に『義経記』では語りの視点人物となっている、金商人吉次に通ずる助力者「堀藤次親家」の功名譚へと変貌していることを述べる。なお、**「補説②　『吾妻鏡』における〈歴史〉構築の一方法」**では、『吾妻鏡』には静関係記事以外においても、幕府体制の草創にまつわる記事群に同書固有の作為的な文脈が形成されていることを論じる。歴史叙述が過去像をいかに構築してゆくのか、そこにどのような力学が働くのかという関心において『吾妻鏡』を論じることは、『義経記』を考究する本書の問題系と直結している。

次に、**「Ⅱ　権威と逸脱の力学」**では、前章までに述べてきた『義経記』の特質、つまり社会的劣位や周縁に属する者たちの論理と文脈が滑り込み、体制的思考の外部を開示する魅力が、しかし義経の貴種性という既存の権威あるいは支配的価値により支えられ、その権威や価値構造をむしろ保守する志向性と表裏の関係にあることを論じる。まず**「第五章　『義経記』の源氏将軍家神話―「源氏」の権威の不可侵性―」**では、義経の社会的劣位性を維持しつつその貴種性を吊り下げる構造的権威が、作品内部においては源氏の先祖にまつわる言説および源氏将軍頼朝との関係性により担保されていることを示す。また**「第六章　『義経記』の義経主従―主従の相克と協調―」**では、流離する貴種を下位身分の助力者が支えるという義経主従の構造が、既存の権威を保持しつつも遊戯的に転倒させる、助力者たちによる主体的・複眼的叙述を可能としていること、およびそうした叙述が生まれえた変革期としての社会的背景を考察する。さらに、作品生成を囲繞する時代文化的環境について、**「第七章　護良親王主従と義経主従の類似―潜行する貴種と助力者の系譜―」**では、『義経記』の義経主従と『太平記』における護良親王主従の造形とが相互に影響を与え合いつつ形成された側面のあることを明らかにし、その背景として足利将軍家の幕府草創と頼朝の鎌倉幕府草創とを重ねる室町期の想像力があったことを述べる。なお、第七章本文内では注記するにとどめたが、正当性を有しながらも社会的劣位に置かれた貴種に対してアウトローが心を寄せる「判官贔屓」の発生に、南北朝期の社会における宮方への「贔屓」が類比的に作用したとの見通しが立つことは強調しておきたい。

最後に**「Ⅲ　義経的想像力の系譜」**は、その「判官贔屓」の精神史を軸に、『義経記』以後においても人々が連綿と心を寄せ続けてきた〈義経的なるもの〉の系譜とその社会的機能について考察する。まず**「第八章　源義経の

表象史と「判官贔屓」では、本来きわめて政治的な存在であった義経が次第に制外者の棟梁として表象されるようになり、近世には「判官贔屓」する庶民に対して知識人の批判がなされ、近代に入ると国家公認の国民的英雄となってゆく流れを整理する。近代に大転換があったわけで、その要因として列強に対峙し大陸に進出する当時の日本の姿が義経と重ねられた経緯を考察したものである。そして最後に、**「第九章　貴公子の悲劇とその語り手の系譜」**では、『御曹司嶋渡』から義経ジンギスカン説の流行にいたるまでの想像力の系譜を分析し、社会の周縁に属するマイノリティが体制の外部を開示するという義経主従の魅力が、神国日本の求心力を保守する言説によりその権威を担保され、またその求心力の強化に奉仕するという構造的な予定調和を明らかにする。これは不遇者に自己を重ねて権威的な物語に参与し過去像を更新し続けてきた利己的な語り手たちの精神史の考察であるが、それは、現在を肯定するために過去を語り直し歴史を構築し続ける人間の物語的営為に関するひとつの考証ともなるはずである。一個の作品を論じることがその物語を享受し更新し再生産してゆく不断の運動について語ることと切り離せない点において、『義経記』あるいは〈義経的なるもの〉について論じることはきわめて広範かつ普遍的な課題に接続してゆくのである。

およそ文学を論じるという行為は、文献の表層を撫でるに終始するのでない限り、解釈の地平において論者自身が語り手の系譜に連なることと不可分である。殊に義経に関してその傾向が顕著なことは最終章に述べた。本書もその轍を免れ得なかったであろうし、また一方では各々の論に集としての十分なまとまりを与え得たかどうか心許無くもある。しかし少なくとも、一連の考察が今後『義経記』あるいは義経の表象史が議論されてゆく上での捨て石となれば幸いである。

注

※序章では各論文の研究史的意義を述べることに主眼を置くため、後に研究書に収められた論文においても初出のみを注記した。なお、本書では引用の際原則として漢字を通行字体に改め、ルビや圏点などは省略した。以下の各章でも同様。

（1）島津久基「義経伝説の淵叢としての義経記」（『国語と国文学』三―一〇、一九二六年十月）。
（2）佐成謙太郎「曽我物語と義経記」（『国語と国文学』三―一〇、一九二六年十月）。
（3）島津久基『義経伝説と文学』（明治書院、一九三五年一月）。
（4）茂住定次「義経記の一の態度」（『国文学　解釈と鑑賞』二―一、一九三七年一月）。
（5）『日本精神文化大系　第五巻』（金星堂、一九三五年一月）。編者は藤沢親雄・藤田徳太郎・森本治吉。監修は徳富蘇峰・佐々木信綱・鵜沢総明・吉田熊次・新村出。
（6）古川哲史「判官贔屓の成立とその性格―義経記における義経像―」（『王朝憧憬の思想とその伝流』福村書店、一九五七年十二月）。
（7）杉本圭三郎「義経記の性格」（『法政大学教養部研究報告』七、一九六二年三月）。
（8）柳田国男「義経記成長の時代」（『中央公論』一九二六年十月）。
（9）角川源義「『義経記』の成立」（『民俗文学講座第五巻　中世文芸と民俗』弘文堂、一九六〇年四月）・「『義経記』の成立―北国落について―」（『国学院雑誌』六五―二・三、一九六四年三月）・『源義経』（角川書店、一九六六年九月）・「『義経記』の成立」（『赤木文庫本義経物語』角川書店、一九七四年三月）。
（10）岡見正雄「座頭と笑話―義経記に至る中世口承文芸史抄―」（『国語国文』七―八、一九三七年八月）・「判官物語考―義経記に至る中世口承文芸史抄（続）―」（『国語国文』七―一一、一九三七年十一月）・「物語より記へ―義経記に至る中世口承文芸史抄（結）―」（『国語国文』七―一二、一九三七年十二月）・「義経記覚書―鬼一法眼のことなど―」（『国学院雑誌』四七―一一、一九四一年十一月）・「室町ごころ」（『国語国文』二〇―八、一九五一年十一月）・「白河印地と兵法―義経記覚書―」（『国語国文』二七―一一、一九五八年十一月）。
（11）小松茂人「『義経記』の人物像―特に「けなげ」と「なさけ」の倫理意識について―」（『宮城学院女子大学研究論文集』二八・二九、一九六六年七月・一九六七年一月）・山本吉左右「『義経記』の弁慶」（『和光大学人文学部紀要』

二、一九六九年三月）・長谷川端「『義経記』―「いたずら者」小考―」（『国文学　解釈と鑑賞』五三―一三、一九八八年十二月）・刑部久「『義経記』に見る都市性の問題―始原としての〝熊野〟と異形・バサラの世界―」（『中世文学』三六、一九九一年六月）・同「『義経記』の方法―義経都落ちをめぐって―」（『軍記文学研究叢書11曽我・義経記の世界』汲古書院、一九九七年十二月）。

(12) 徳江元正「弁慶像の形成―『弁慶物語』との関連から―」（『軍記文学研究叢書11曽我・義経記の世界』汲古書院、一九九七年十二月）・梶原正昭「『義経記』覚え書―宇陀と義経伝承―」（『古典遺産』三六、一九八五年七月）・同「『義経記』における伝承基盤―山科・宇陀を例として―」（『軍記文学研究叢書11曽我・義経記の世界』汲古書院、一九九七年十二月）。

(13) 村上学「語り物の諸相―『曽我物語』『義経記』と幸若舞曲など―」（小山弘志編『日本文学新史　中世』至文堂、一九八五年十二月）・同「義経記作者の意識に関する三つの断章」（松村博司先生喜寿記念実行委員会編『国語国文学論集　松村博司先生喜寿記念』右文書院、一九八六年十一月）。

(14) 小林美和「『義経記』の表現類型―人物表象をめぐって―」（『青須我波良』三六、一九八八年十二月）・同「『義経記』覚書―物語作者の所在―」（『帝塚山短期大学紀要（人文・社会）』二六、一九八九年三月）・同「『義経記』における語りの様式―比喩とその意味―」（『青須我波良』三八、一九八九年十二月）・野中直恵「義経湛海戦譚の二層性―『義経記』の構造と方法をめぐって―」（『古典遺産』四四、一九九四年三月）・同「『義経記』の文芸世界―構想と構造の相関から―」（『軍記文学研究叢書11曽我・義経記の世界』汲古書院、一九九七年十二月）・同「義経伝承の系譜と展開―鬼一法眼伝承をめぐって―」（梶原正昭・梶原正昭先生古稀記念論文集刊行会編『軍記文学の系譜と展開』汲古書院、一九九八年三月）・利根川清「『義経記』の笑いの方法―「賺し」について―」（『軍記と語り物』三一、一九九五年三月）・刑部久「『義経記』巻第五「判官吉野山に入り給ふ事」に見る義経・静の紐帯の構想―〈鏡〉とその贈与・継承の象徴性をめぐって―」（『軍記と語り物』三七、二〇〇一年三月）・徳竹由明「義経・奥州藤原氏滅亡の経緯と頼朝―『義経記』なりの理屈―」（長谷川端編『論集太平記の時代』新典社、二〇〇四年四月）・同「『義経記』に於ける頼朝義経兄弟不和の発端」（『中京大学文学部紀要』三九―三・四、二〇〇五年三月）・同「『義経記』に於ける頼朝義経兄弟対面」（『国語国文』七五―六、二〇〇六年六月）。

(15)　桜井好朗「英雄の彷徨―義経記の成立をめぐる畿内と辺境―」(『日本歴史』一二六、一九五八年十月)。

(16)　刑部久「研究展望　義経記（一九八三年十一月〜一九八九年十月)」(『軍記と語り物』二七、一九九一年三月)・松尾葦江「義経記研究の現在」(『日本文学研究の現状　Ｉ古典　別冊日本の文学』有精堂、一九九二年四月)・梶原正昭「『義経記』における伝承基盤―山科・宇陀を例として―」(『軍記文学研究叢書11曽我・義経記の世界』汲古書院、一九九七年十二月)・利根川清「研究展望　『義経記』（一九八九年十一月〜二〇〇一年九月)」(『軍記と語り物』三九、二〇〇三年三月)。

(17)　五味文彦『源義経』(岩波書店、二〇〇四年十月)。

(18)　福田晃「客死―義経―」(『国文学　解釈と教材の研究』一八―九、一九七三年七月)。

(19)　柳田国男「一つ目小僧の話」(『東京日日新聞』一九一七年八月)等・折口信夫「国文学の発生（第一稿)」(『日光』一―一、一九二四年四月)等・角川源義「曽我物語の発生―中世文学史の覚書―」(『国学院雑誌』四九―一、一九四三年一月)等・福田晃「曽我語りの発生（上・中・下)」(『立命館文学』三二九〜三三〇・三三一〜三三三・三七三〜三七四、一九七二年十二月・一九七三年三月・一九七六年八月)等・高木信「見えない亡霊／現れる怨霊―記憶／亡霊／不可能性―」(『物語研究』六、二〇〇六年三月)。

(20)　前掲注（9）の角川源義諸論文・前掲注（18）の福田晃論文・樋口州男「御霊義経の可能性―敗者から弱者へ―」(『軍記と語り物』四二、二〇〇六年三月）および注（19）に挙げた折口信夫・高木信の論文はこうした見方をとっている。なお、従来の『義経記』研究史ではこれらも伝承論的『義経記』研究として扱われてきたが、厳密には『義経記』論ではなくその前段階にあった（であろう）義経鎮魂の物語に関する発生論であるため、本書ではこれを伝承論的『義経記』研究の流れに含めなかった。

(21)　こうした見方をとった早いものとして、鎮魂的叙事詩から「演劇の季節」への転換点として『義経記』を論じた森山重雄「悲劇文学の誕生―『義経記』における英雄の終焉（上・下)―」(『文学』三一―二・四、一九六三年二月・四月）の指摘は再評価されねばならない。

I　語り手の論理と文脈

第一章　金商人吉次と陵兵衛の論理

はじめに

源義経は、その生涯の中で二度、奥州へ赴いている。一度目は、元服前の義経が鞍馬寺を脱出し、秀衡を頼って奥州を目指したものである。そして二度目の奥州下りは、頼朝政権から謀反人として追及され、奥州へと逃げ延びたものである。どちらも平氏政権や頼朝政権といった、当時支配的であった権力から逃れての潜行であり、必然的に信用に足る明確な記録は残されておらず、その実相は明らかにし難い。しかしいずれの行程においても、義経は複数の助力者に支えられながら、数多の困難を乗り越えて奥州へとたどり着いたことが知られている。それは、義経の奥州下りを描く文学や芸能が多く伝わっているがゆえである。

文学や芸能に描かれる義経の英雄的イメージやその魅力は、このような義経自身の、あるいは義経の助力者達の、既成の秩序規範から逸脱しながらでも貫かれるアウトロー的な行動力にあるだろう。それでは、この魅力的な無頼漢達の物語は、どのようにして生まれ、育まれてきたのだろうか。本章では、代表的な義経の一代記である『義経記』に記された一度目の義経奥州下りとその助力者について、他の諸文献に描かれるものとの差異を検討し、その意味を考察することで、先の問いに対する回答を模索していきたい(1)。

当該の対象を扱った先行研究としては、文学・歴史学・民俗学等諸分野において重要な業績が提出されている。

しかしそれらは本論と関係する点において後に紹介することとして、まずは『義経記』と諸文献の牛若奥州下りにおける義経の助力者、「吉次」と「陵」について整理してゆきたい。

一　二つの牛若奥州下り

牛若奥州下りの同伴者としては、金売り吉次が第一に挙げられるだろう。記録類や『吾妻鏡』は牛若奥州下りの助力者について記さないものの、たとえば延慶本『平家物語』第六本十「盛次与能盛詞戦事」では、屋島合戦において越中次郎兵衛盛次が義経に対して、「鞍馬へ月詣セシ三条ノ橘次ト云シ金商人ガ蓑笠、粮料セヲウテ、陸奥へ具テ下タリシ、童名舎那王ト云シ者ノ事ゴサンナレ」との悪口を吐いている。(2)このような吉次像は、謡曲や舞曲の判官物にはより具体的に描かれており、中世を通してさかんに享受されたことが窺える。また、近世の浄瑠璃や歌舞伎等にも受け継がれ、現在においても一般的なイメージとして定着していると言えよう。

その吉次は『義経記』にも登場し、巻第一後半から巻第二の大部分を占める牛若奥州下りにおいて、主要な助力者として大写しで描かれている。すなわち、「三条に大福長者あり。名をば吉次宗高とぞ申しける。毎年に奥州へ下る金商人なりけるが、鞍馬を信じたりける」者として紹介され、(3)鞍馬寺の義経を見出し、源氏の先祖による奥州平定の功績を語って義経と奥州の縁を説くことで、義経を奥州へ誘う。そして艱難辛苦の旅の末、義経を無事秀衡に引き合わせ、莫大な褒美の品を得たことが詳細に書かれている。

ところで、『義経記』の牛若奥州下りでは、義経と吉次は下総国「下河辺の庄」で一旦別れる場面があり、奥州「阿津賀志の中山」で再び合流している。というのも、下河辺で泊まった宿の主にこの庄の領主の名を聞いたとき、義経はその領主が鞍馬で助力を申し出てくれた知己であることを思い出し、彼を頼ろうと一人で訪問に向かったためである。このとき義経が訪ねた人物の名を、『義経記』は「少納言入道信西と申す人の父方の叔父、陵介と申す人の嫡子、陵兵衛」と記している。陵兵衛は子供を「小松殿の御内」としており、平家全盛の時代にあって「世にある時」を謳歌していた。そのため義経の助力要請をやんわり断るが、義経は「あつぱれ彼奴は日本一の不覚人にてありけるや」と思い、「その夜の夜半に陵が家に火をかけて、残る所なく焼き払ひ、掻き消すやうにぞ失せ給ひける」という筋となっている。

この陵兵衛という人物は、謡曲や舞曲の判官物には登場しない。しかし、『尊卑分脈』の義経の項に付された略伝には、「鞍馬寺において、東国の旅人諸陵助重頼を相語らひ約諾せしめ、承安四年三月三日暁天〈時に十六歳〉、ひそかに鞍馬山を立ち出で東国に赴く。奥州に下著し秀衡の館に寄宿す」と記されている(4)。つまり『尊卑分脈』の義経略伝によると、牛若を奥州へ連れて下ったのは吉次ではなく「諸陵助重頼」であったというのである。この人物は『義経記』で「陵兵衛」の父とされている「陵介」であろうか。逆に吉次に関する記事は些かも見えない。

また『平治物語』下巻でも、義経と「契約」し鞍馬から東国への脱出を手配したのは「坂東武者の中に陵助重頼と云者」ということになっている(5)。この人物は「下総国の者」であり、「深栖三郎光重が子」「源家の末葉」と名乗り、「兵庫頭頼政」と昵懇であるとも書かれている。『平治物語』ではこの後、義経はこの人物に連れられて下総へ下り、ここで「一年ばかり」庇護されることになる。やがて、頼朝に「見参」していた深栖光重のつてを頼って義経は伊豆へ向かい、頼朝と対面を果たす。そこで今度は頼朝に、父義朝の妾「上野国大窪太郎が娘」の後夫である「秀衡が郎等信夫小太夫」を紹介されて奥州信夫へ向かう。そしてそこから、以前鞍馬で「契約」していた「毎年陸奥へ下る金商人」に案内させて平泉へ入り、ついに秀衡の庇護下に入ることとなる。このように、『平治物語』では義経奥州下りにおいて中心的な役割を果たした助力者は深栖光重・陵助重頼父子となっている。「金商人」のことも書かれているが、彼は主要な助力者として描かれてはおらず、名も記されていない。

ここまで、諸文献に現れる牛若奥州下りの助力者について見てきたが、『平家物語』『義経記』および謡曲・舞曲の伝と、『尊卑分脈』『平治物語』の伝との間には、ある種の懸隔が見て取れるだろう。つまり、前者が京と奥州を往復する「金商人」の吉次を主要な助力者とするのに対して、後者は京と東国を往復する武家の陵助重頼を主要な助力者としていることになる。また、特に記述の詳細な『平治物語』では、義経が奥州へ下着するまでの四つの過程（鞍馬から下総、下総から伊豆、伊豆から信夫、信夫から平泉）が描かれている。そのうち三つ目までが、清和源氏の政治的人脈の扶助により遂げられている点は注目に値する。つまり、『平治物語』の牛若奥州下りは政治的人脈によりなされている、と言うことができる。その一方、特に『義経記』では、義経が偶然的・個人的に作った人脈によって、秀衡との対面を果たしている。

また『尊卑分脈』の義経略伝では、「諸陵助重頼」と秀衡以外に、有名な助力者達（吉次、伊勢三郎、弁慶、佐藤兄弟、静御前等）が書かれていないことも注目に値する。逆に『義経記』では、吉次を始めとする助力者達の活躍がふんだんに描かれているからである。十四世紀後半から十六世紀初頭にかけて成立し増補されたテクストである『尊卑分脈』の編者達が、この頃さかんに享受された『平家物語』にも登場している義経の助力者等を知らなかったとは考えられない。つまり『尊卑分脈』の義経略伝には、『平治物語』に描かれるような政治的人脈の扶助による牛若奥州下りが選択的に記されているわけで、義経の一生のうち伝承的な部分を中心に描く『義経記』とは全く違う視点から書かれていることになる。

このように、牛若奥州下りの助力者について『義経記』等の伝と『尊卑分脈』『平治物語』の伝との間には懸隔が存するわけだが、いずれが事実を伝えているのかという点に関しては、記録が残っていない以上知る術がない。また、それぞれの記述の素材となった伝承成立の前後関係も明らかにし難い。しかし、牛若奥州下りの実態については、歴史学の方面から重要な成果が上げられている。次にこの点を確認しておきたい。

二　二つの人脈

まず「吉次」という人物について先行研究をまとめておく。五味文彦によると、(6)院政期には宋との間で私貿易が活発に行われており、日本からの輸出品として奥州産の金が重宝されていたため、金商人が奥州と京都をさかんに往復した。そしてこの金商人の実態は、院や摂関家に仕えた御厩舎人であったという。彼等は献上された駿馬を京都近郊の牧で飼育するとともに、京と奥州とを馬で往来しながら遠隔地取引を行なった。また御厩舎人の中には「吉」や「次」の字を名に持つ者が多かったことから、牛若を奥州へ連れて下った「吉次」も、この御厩舎人であったろう、との説である。この説は野口実らにより追認されており、(7)牛若奥州下りが御厩舎人を介して行われ、その事実が金売り吉次譚として成長したとの見方はおおよそ通説的な位置を占めていると言えよう。確かに、多数の史料的根拠に基づく五味の論証には一定の説得力がある。

一方、「陵助重頼」やその父「深栖三郎光重」、および陵介の子「陵兵衛」とは何者だったのであろうか。『尊卑分脈』によると、源頼政の父である仲政の猶子として、源光信（仲政の祖父である頼国の曽孫）の実子であり「深栖三郎」を名乗る「光重」がおり、その子に「諸陵頭」および「皇后宮侍長」を肩書きに持つ「頼重」が確認できる。この父子に関する重要な先行論としては、保立道久の研究が挙げられる。(8)保立は、『平治物語』に「陵助重頼」が頼政と昵懇であると書かれていることを、『尊卑分脈』に載る系譜関係と『源三位頼政家集』に採られた和歌贈答により裏付け、「義経は深栖重頼が源頼政の縁者であることを知った上で、彼を頼って東国に下ったのであって、「金商人・吉次の従者」というのは、事実ではあったとしても、むしろ旅のスタイル、あるいは偽装であった」とする。そして『尊卑分脈』が「頼重」を「皇后宮侍長」と記している点に注目し、頼政が徳大寺家および忻子（徳大寺公能の娘、後白河の后）とも深い関係にあった事実から、陵助重頼は忻子の皇后宮侍長であったと推定する。さらに、常磐御前の後夫一条長成が忻子の皇后宮亮を勤めていたことから、「少なくとも深栖頼重は、長く忻子の皇后宮亮をつとめた長成とその妻の常磐をよく知っていたはずである」という。

しかし保立の論は、『平治物語』や『尊卑分脈』の記事を史実として把握する点において、些かの不備を指摘せざるを得ない。たとえば、深栖氏は秀郷流藤原氏である足利忠綱の一門としては『平家物語』諸本に現れるもの(9)の、清和源氏としては他の文献にみあたらず、おそらく同根の伝承を採用したと思われる『平治物語』と『尊卑分脈』の記述は史料的に孤立している。また、保立説の大きな根拠となっている『尊卑分脈』の記述自体にも揺れがある。すなわち、『尊卑分脈』の深栖三郎光重は、源光信の実子・源仲政の養子として以外にも、仲政の従兄弟である源致義の実子・致義の弟である源基国の養子としても「深津三郎光重」と出ており、その息子として「頼輔〈従五位下、諸陵頭〉」が記されている。加えて、『尊卑分脈』では「諸陵頭」の「頼重」あるいは「頼輔」は載っているものの、義経略伝や『平治物語』に出ていた「諸陵助重頼」と一致していない。この不一致を単に誤字として処理してよいものかどうか、疑問が残る。さらに、諸陵寮という官職の実態を考慮すると、「諸陵助重頼」の実在すら危ぶまれてくる。諸陵寮は陵墓の守衛・奉幣・修理、原野の焼除を職掌とするが、『職原抄』には諸陵頭の説明として「近代は賀家・陰陽師の五位已上、これに任ず」と記されている。(10)『職原抄』の言う「近代」が院政期を含むか否かは問題があるにせよ、たとえば『玉葉』に出る諸陵寮の人物では頭が三例あり、和気氏二例・賀茂氏一例である。また允が三例で中原氏、三善氏、藤原氏となっており、いずれも実務官僚の家である。このような職柄である諸陵寮は、武家である清和源氏が就く官職としては不相応であろう。

このように、『平治物語』と『尊卑分脈』に現れる深栖光重・陵助重頼父子については、記述に不審な点が多い。況や『義経記』に描かれる「陵介と申す人の嫡子、陵兵衛」については、歴史的実態としては全くの不明である。

しかしいずれにせよ、保立の指摘した人脈論には傾聴すべき部分が多いこともまた確かである。事実の反映であれ、架空の物語であれ、『平治物語』や『尊卑分脈』には武家を含む王朝秩序的人脈の扶助に基づいた牛若奥州下りが描かれていると解釈することができるのは確実であろう。そのことを史料的に裏付けた保立の論考は貴重である。

ところで、実際の牛若奥州下りは、そもそもどのような枠組みにおいて遂行されたのであろうか。『義経記』や中世・近世の芸能における判官物をベースとする一般的な認識はおそらく、義経と吉次が密かに申し合わせて鞍馬寺を脱出し、行商人に身を窶しての潜行・艱難の末に奥州平泉へたどり着き、秀衡に保護された、という理解であろう。つまり、義経が下位身分の者たちの世界、あるいはアウトロー的世界を渡り歩くことによって奥州下りが行われた、との見方である。この見方はすぐ後に引用する「腰越状」の記述に呼応するものと思われる。近年では上横手雅敬が、「腰越状」に基づく牛若奥州下りの枠組み論を積極的に展開している(11)。しかし、義朝の実子でありながらいまだ出家を遂げていない、いわば政治的存在であった幼少の義経が、秀衡のもとへ移動するにあたって独力で事を為すということがあり得たのだろうか。

牛若奥州下りの実情を直接示す史料はみつかっていないが、『吾妻鏡』にはそれを知るための手がかりとなる記述が二箇所ある。ひとつは元暦二年（一一八五）五月二十四日条に引かれる、いわゆる「腰越状」の「京都の経廻難治の間、諸国を流行せしめ、身を在々所々に隠して、辺土遠国を栖となし、土民百姓等に服仕せらる。しかれども幸慶たちまちに純熟して、平家一族追討のため上洛せしむ」との本文である(12)。そしてもうひとつは、治承四年（一一八〇）十月二十一日条の、黄瀬川の宿において頼朝の陣に義経が馳せ参じ対面する場面に現れる。義経を紹介する地の文に出る、「この主は、去ぬる平治二年正月、襁褓の内において父の喪に逢ふの後、継父一条大蔵卿長成の扶持に依り、出家のため鞍馬に登山す。成人の時に至り、頻に会稽の思ひを催し、手づから首服を加ふ。秀衡の猛勢を恃み奥州に下向し、多年を歴るなり」との記述である。

ここには「腰越状」に書かれない情報が連ねられているが、「継父一条大蔵卿長成の扶持」が語られている点は重要である。角田文衛によると、義経の平泉逃亡が実現した背景にはこの長成の人脈が大きく働いていたという。[13]すなわち、大蔵卿長成の従兄弟である大蔵卿藤原忠隆の子に、陸奥守兼鎮守府将軍に十年以上在任した経歴のある基成がいた。基成の姉妹は関白近衛基実の妻となって、摂政となる基通を生んでいるため、基成は大きな権威を湛えて平泉に君臨しており、基成の娘は秀衡の妻となって泰衡を生んでいる。また基成の弟である権中納言藤原信頼が、平治の乱において義経の父義朝を道連れにして破滅に導いたため、その負い目から基成は義経を保護する義理があったというわけである。この説は岡田清一の史料博捜により補強されており、[14]信憑性が高いと言える。また、元木泰雄は角田説を支持し、義朝は陸奥知行国主であった信頼を通じて基成と密接な関係を持っていたこと、秀衡の思惑としては、基成の要請を拒み難かった上、義家の子孫を保護することで奥州における権威の向上が期待できたことを付け加え、「義経の奥州下向は、手厚い庇護のもとで行われた、一種の政治亡命といえよう」と述べている。[15]つまり、牛若奥州下りは「土民百姓等」の世界に交わることで成し遂げられたのではなく、「政治亡命」という枠組みの中で遂行されたということである。先述した幼少の義経の存在が持つ政治性を考慮するに、「腰越状」説に対してこの「政治亡命」説は、きわめて説得性の高い見方であると思われる。

このように、牛若奥州下りの歴史的実態について「腰越状」説と「政治亡命」説とが提出されているわけだが、この二つの枠組みは、先述の『義経記』等の伝と『尊卑分脈』『平治物語』の伝との間にみてとれる懸隔と対応しているのではないだろうか。つまり『尊卑分脈』『平治物語』の牛若奥州下りは、深栖・陵父子とその背後にある頼政という政治的バックボーンに支えられることで成立している。一条長成や藤原基成との関係は全く描かれていないものの、牛若の奥州下りが政治的人脈に基づく亡命という形で構想されていることは確かである。その意味で、『尊卑分脈』『平治物語』は、牛若奥州下りの枠組みにおいて一面の事実を伝えていることになる。一方、アウトロー的世界に身を浴することで奥州へと潜行する「腰越状」説が、『義経記』や謡曲・舞曲に通じることは明らかであろう。

事実如何は措くとしても、『尊卑分脈』『平治物語』が牛若奥州下りを政治亡命の枠組みで構想するのに対し、『義経記』の牛若奥州下りは土民百姓等に紛れ、「金商人」の吉次を伴うものであった。また、『義経記』の陵兵衛が義経の助力要請を断る理由、つまり平家との縁を重視する姿勢には、陵の帯びる政治的性格が受け継がれていると見ることもできるだろう。さらに、この作品には陵が「世にある」者として描かれている点も見逃せない。なぜなら、この後陵の館に放火した義経は、追手を逃れて、自らを「世になきもの」と称する伊勢三郎に保護される筋となっているからである。伊勢三郎は言わずと知れた義経の片腕であるとともに、『義経記』では『吾妻鏡』や『平治物語』と異なり、露骨に無頼の徒として描写されている(16)。とすると、『義経記』の物語展開からは、義経を政治的文脈から切り離し、アウトロー的世界の住人として描こうとする志向性が見出せることになる。それでは、この『義経記』の志向性は、どのような要因から生じたのであろうか。次にその点を論じることで、この作品を駆動させる構想力、あるいはこの作品を取り巻く想像力の一端を探っていきたい。

三　『義経記』の吉次

先述の通り、五味によると吉次譚のモデルとなった御厩舎人の「金商人」行為は、京と奥州を往復しての砂金売買であった。『平治物語』や『義経記』に記される「金商人」吉次の説明はこれと一致する。また『平治物語』で義経を秀衡の館に案内した「金商人」が秀衡からの褒美として「砂金三十両」を得ることも、御厩舎人の営為に即した表現であると言えよう。しかし『義経記』の同じ場面では、金以外にも山のような褒美が特記され、吉次への賞讃が不必要なまでに強調されている。すなわち、奥州に到着した義経に秀衡が八万騎の郎等と三百頭の駿馬を与えた後、次のように記述される。

（秀衡が―引用者注）「君の御事はさて置きぬ。吉次御供せざらんに、いかでか御下りあるべき。秀衡を秀衡と思はん者どもは、吉次に引出物せよ」と申しければ、嫡子の泰衡、染革百枚、鹿の革百枚、鷲の羽百尻、よき馬三百疋に白鞍置いて取らせけり。次男知衡もこれに劣らず取らせけり。その外家の郎等、我も我もと取らせけり。秀衡これを見て、「獣の革も鷲の羽も、今は不足あらじ。御辺が好む物なれば」とて、貝摺りたる唐櫃の蓋に、砂金一蓋入れてぞ取らせける。吉次はこの君の御供して、道にて命の生きたるのみならず、徳付きて、かかる事にも遭ひけるものをと、偏へに多聞の利生とぞ覚えける。かくて商ひせずとても、元手は儲けたり。不足なし。京へ急ぎ上りけり。

このあたりと同義の表現は、『平家物語』諸本において平家都落ちに従わなかった平頼盛が鎌倉へ逃れ頼朝に保護された後、引出物を得て帰洛する場面にも見えている。『平家物語』では幼い頼朝を助けた頼盛の（母の）恩が報われる場面であるのに対して、『義経記』では幼い義経を助けた吉次の恩が報われる場面であり、パロディーとしても成立している。しかし注目すべきは、前者がやはり政治的人脈に基づく貴人の物語であるのに対して、後者はとても貴人とは言えない身分である吉次が、何の人脈もなく偶然的に出会った義経を助けることにより「徳付」く物語であるという差異であろう。低い身分の者が富を得る話を長者譚と括ることが許されるならば、吉次に対する格別の賞讃と莫大な褒美を殊更に描く『義経記』の叙述からは、吉次を主人公とした長者譚としての側面を読み取ることができる。

ところで、砂金にまつわる長者譚としては、「炭焼き長者」の伝説がよく知られている。これは、貧しい炭焼きが都からの押し掛け女房を娶り、炭窯に山積みとなっていた砂金の価値を教えられて長者となる物語であるが、この物語の主人公を「炭焼き藤太」と言い、吉次はこの藤太の息子とされている。[17]この伝説に関する柳田国男の論考はあまりにも有名である。すなわち、この伝説が全国に流布していること、およびそれらが鋳物師の生業と深く結びついているとの徴証から、「藤太」や「吉次」を名乗る漂泊の鋳物師を伝承の運搬者・語り手として想定できる、との考察である。[18]柳田以来、吉次を鋳物師や鍛冶のような採鉱・冶金に関わる人々の語り種と考える見方には、民俗学・文学の側から一定の研究が蓄積されており、文字化される以前の口頭伝承という考察対象の性質上、確定的な明証こそ得られないものの、ある程度の信憑性は認められるように思われる。[19]代表的な見解として、『日本昔話事典』の「金売り吉次」の項を確認しておこう。[20]執筆者である志田元は、「各地に点在している吉次譚では、吉次・吉内・吉六の3兄弟がいて、その父は炭焼き藤太であるという。また恵那山麓では、炭焼き藤太の名が吉次となっており、津軽には、吉次は黄金採掘で富を築いた豪族で、炭焼き藤太を使役していたという譚もある」と紹介し、炭焼きと鋳物師と金商人の関係について「鉄の鋳物や砂金の溶解には多量の炭が必要であり、炭焼き—鋳物師（黄金細工師）—黄金商人の密接な関係を、これらの伝承は示している」と述べる。そして「吉次こそ彼らが創造した理想的な人物だったのではなかろうか」とまとめている。

このように考えれば、『義経記』に現れる吉次の描写が長者譚の趣を帯びていることも自然に了解される。また、網野善彦の研究により、鋳物師が全国を遍歴していたこと、十五世紀に鉄器商人が分化するまで鋳物師はこれを兼ね、鍛冶の原料鉄や製造品も彼等が売っていたことが明らかにされており、[21]歴史学の成果が民俗学の予言を裏付けている。鋳物師の遍歴性については、網野は鋳物師が「自由通行権」を天皇から与えられた供御人であったことを根拠としているが、大山喬平は供御人としてだけでなく寺社や摂関家と結びついた神人や寄人として、諸方兼帯の存在であったことを指摘しており、[22]この点では網野論に修正の余地はある。しかしいずれにせよ、鋳物師は権門の庇護を受けることで遍歴民としての通行権、および身の安全を確保し得た。また、当時山賊の側面を持っていた猟師を逆にボディーガードとして雇うこともあったという。[23] 遍歴する職能民としての生活形態上、鋳物師は山を生活の場とする人々とも密接に交渉していたことが推測されるが、同様の文脈上に鋳物師と山伏との関係もあっただろう。

文学に現れる鋳物師を見ると、山伏との関係を窺わせる話が多い。たとえば『宇治拾遺物語』五は、山伏と鋳物師の妻との密通が露見し、山伏は鋳物師に額を割られるが、その傷を人々には「随求陀羅尼をこめたるぞ」と言い通して笑われる話である。また『古今著聞集』興言利口第二十五には、天王寺から京へ向かう中間法師が山伏と鋳物師との三人で同道し、途中宿泊した宿の遊女に山伏が自分は鋳物師であると偽って懸想し、釜を鋳ることを条件に同衾した上翌朝一人で出発してしまうが、遊女に釜を鋳れとせびられる鋳物師は「わづかなるこまらの、しかもきぬかづきしたるをかきいだし」、別人と証拠立てて難を逃れる話がある。[24] いずれも鋳物師と山伏との関係を示すが、特に後者の話では鋳物師が遍歴の途中で山伏や法師と同道することがあったという事実を伝えており、偶然の出会いにより人脈を築く鋳物師の人間関係のあり方を窺わせている。また、前者は山伏が、後者は鋳物師が、滑稽な振る舞いで笑いを誘い危機を乗り切る話である。笑い話が時として語り手の自虐的な語りであることを思えば、[25] 山伏のみならず鋳物師もまた物語の語り手であったことを示唆する資料と読むこともできるのではないだろうか。細矢藤策は、遍歴する冶金職人が在地の人々に受け入れられるための必須の芸として英雄物語があったと推理しているが、[26] 漂泊の職人・商人である彼らが、在地のみならず都市の市や盛り場で噺をよくしたことは容易に想定可能であろう。

とはいえ、文字化された物語に鋳物師が直接現れる例は少なく、物語の語り手としての鋳物師の実態については不明な点が多いことも認めざるを得ない。しかし、『義経記』本文に現れる吉次の描写には、吉次の物語の語り手としての側面も遺憾なく表現されている。最も端的な例は、巻第一「吉次が奥州物語の事」の、鞍馬寺で吉次が義経に奥州の歴史を長々と語る場面である。島津久基がこの場面を評して「奥五十四郡の状況を牛若に語るに、滔々懸河の弁を弄するあたり、世辞馴れのした講釈家も顔負けの形」と述べているのは[27]、当を得た形容であろう。

また他にも、たとえば巻第二「鏡の宿吉次が宿に強盗の入る事」における吉次は、別の意味で語り手の側面を見せている。この話は、鏡の宿において吉次が強盗団に夜襲され、義経に救われるという筋である[28]。強盗に襲われた際、吉次は恐れおののいて「取る物も取り敢へず、かいふいてぞ逃げにける」と書かれる。しかし直後に、屈強な盗賊団を相手に幼い義経が孤軍奮闘するのを見て気を取り直し、助太刀して強盗団を撃退することが語られている。

　吉次はものの陰にてこれを見て、恐ろしき殿の振る舞ひかな。いかにわれを穢しと思ひ給ふらん。臥したりつる帳台に走り入り、腹巻取つて着、髻引き乱し、太刀抜き肩にかけ、遮那王殿と一つになりて、敵の松明取りて打ち振り、大庭に走り出でて、逃ぐれば追ひ寄せ追ひ寄せ散々に斬り、究竟の者ども五人は、やにはに留め給ふ。

吉次の心内語を交えて語られるこの描写において、物の陰から義経を見る吉次には目撃者としての視点が備わっている。また、一度逃げ出しても結果的には髻を振り乱して奮戦することで、本来義経の活躍を描く枠組みを持つこの場面が、内実としては吉次の活躍を描くことにもなっている。そして翌朝、吉次は次のような文面の札を立てて宿を出発する。

　音に聞くらん、眼にも見よ。出羽の国の住人、由利太郎、越後の国の住人、藤沢入道、窃盗二人生け捕り、五人が首を斬りて通る者は、何者かなとぞ思ふらん。黄金商人三条の吉次が為にはゆかりあり。これこそ十六の初業なれ。都を出づる門出、かくこそしすましたれ。詳しき旨を聞きたくば、鞍馬の東光坊の辺にて聞け。承安二年二月四日。

文面に明らかな通り、義経の紹介という体裁を取りながら、吉次との個人的「ゆかり」が強調されている。つまり、鏡の宿での一件が吉次を視点人物とした物語であったことを裏打ちすることになっているわけである。

『平治物語』における「金商人」は名前すら書かれておらず、また牛若奥州下りの主体性および視点は常に義経の側にあった。しかし『義経記』では、そもそも義経と吉次の出会いの場面からして、『平治物語』とは大きく異なっている。すなわち、鞍馬寺に参詣して「美しの稚児」をみつけた吉次は、それを義経と見抜き、秀衡が義経を推戴したがっていたのを思い出して、「拐ひ参らせ、秀衡の見参に入り、引出物取りて徳付かばやと思ひ」、義経に話しかけたのが、『義経記』における牛若奥州下りのきっかけとなるのである。このように『義経記』における吉次の描写では、吉次の視点・主体性が前面に出ていることが指摘できる。確かに、吉次のモデルとなったのは、五味の言うように御厩舎人であるところの金商人だったのであろう。しかし『義経記』の記述からは、鋳物師であるところの金商人吉次の、物語の語り手としての側面を読み取ることが可能である。

また、吉次が採鉱・冶金に関わる遍歴民の名であった蓋然性については、別の材料からも補強することができる。たとえば鍛冶系図や刀剣銘尽の類には、古刀作者として無数の「吉次」が確認できる(29)。その流派および居住地は多岐に亘っており、「吉次」を名乗る刀匠が日本中に複数いたことがわかる。また、幸若舞曲「烏帽子折」では、吉次が元服前の義経を「京藤太」と名付けることになっているが、「藤太」は先述した炭焼き長者伝説の主人公の名であった。他にも『源平盛衰記』巻四十六にあらわれる、伊勢三郎が義経の臣下となる劇的な場面は、伊勢三郎が義経に貸与する下人「藤太冠者」の視点で語られている(30)。さらに『弁慶物語』には、弁慶が「三条小鍛冶が流れ」の「鍛冶の上手」に大太刀と打刀を打たせ、「五条の吉内左衛門」に黄金細工をさせ、「七条」の「三郎左衛門吉次」に鎧一式を作らせるという場面がある。「吉次」が鎧工として出ているわけだが、黄金細工師として出る「吉内」は、炭焼き長者伝説において、炭焼き藤太の子、吉次の兄弟として現れる名であった。弁慶に賺されて無料で武具を作らされたこの鍛冶・黄金細工師・鎧工は、最終的には「有徳人」の用心棒として強盗を退治し報償を得た弁慶により富をもたらされ、「思ひのほかに宝を儲け、喜ぶ事限りなし」という筋になっている。『弁慶物語』の素材も金工の長者伝説であることが窺われよう。[31]また、この物語の下巻は平家の侍である「吉内左衛門」と弁慶との賺し合い、弁舌合戦を基調とするが、その様もまた、鋳物師と山伏の滑稽な掛け合いを思わせる。

このように、採鉱・冶金に関わる遍歴民の通称として「吉次」を捉えることができ、彼等が義経をとりまく人々の物語を語った徴証が得られる。とすると、本来政治的亡命であった牛若奥州下りを『義経記』が下位身分の人々とのつながりによって遂げられたものと描くことは、『義経記』という書がこうした人々の口に上った物語群をひとつの素材としたためである、と考えることができるだろう。そして、同様の推測は、『義経記』の陵兵衛関係記事からも導くことが可能である。次にそのことを述べたい。

四　陵兵衛の館を焼く

先に確認した通り、『平治物語』の牛若奥州下りは主に「陵助重頼」とその父「深栖三郎光重」の助力によりなされていた。ところが『義経記』では、主な助力者が金商人吉次となっており、下河辺で登場する「陵介と申す人の嫡子、陵兵衛」は、「世にある時」を謳歌しながら義経の助力要請を拒否し、館を焼かれる存在として描かれていた。陵一門が義経の助力者から追放者へと変化しているわけだが、その構図は伊勢三郎との対比によって一層鮮明となる。つまり、『平治物語』の伊勢三郎が「家中ゆたか」な侍であり、宿泊する義経を「博奕か盗人か、我をころさん者か」と「恐れて追出したりし者」として描かれるのに対して、『義経記』の伊勢三郎は、陵兵衛の追手から逃れる義経を保護した「世になきもの」として語られるからである。『平治物語』に描かれていた政治亡命的な牛若奥州下りが、『義経記』では土民百姓等に紛れてアウトロー的世界を渡り歩く形で語られていることは先に述べたが、政治的人脈で義経と結びつく陵一門と、偶然的・個人的な人脈で義経と結びつく伊勢三郎の役割の逆転は、そのことを象徴的に表していると言えよう。このように『平治物語』と対比してみると、『義経記』では、義経が吉次や伊勢三郎のような下位身分の人々と結ぶ人脈が肯定的に描かれるのに対して、既成の秩序の内に位置取る陵兵衛は義経の助力要請を拒否し、その立場を象徴する豪壮な館を焼かれる、と読むことができそうである。それでは、この『義経記』の特徴は、どのような要因により形成されたのだろうか。そのことを考えるにあたって、義経の行った放火という行為に注目したい。

前近代において放火は重罪であり、「悪行」と呼ぶべき行為であったが、当然、義経が陵の館を焼いた行為も例外ではない(32)。『義経記』ではその主人公である義経が突発的に「悪行」をなしているわけだが、その様はまさに暴れ者といった風である。この義経の破壊的行為は、当時の常識に照らしてみれば、確かに「悪行」であった。しかし、その悪は、既成の秩序を破壊し作り替える英雄的魅力と表裏一体の関係にあるのではないだろうか。実際に義経は、その勇猛果敢な行動力により平家を壊滅させ、鎌倉幕府の草創に大きく貢献した原動力であったわけで、『義経記』という作品は当然その事実を前提として成り立っている。

日本における暴れ者の系譜を鑑みるに、高天原を混乱に陥れた素戔嗚尊が第一に挙げられよう。暴虐の余り出雲に追放された悪神、素戔嗚尊はしかし、出雲国において八俣大蛇を退治し草薙剣を得て天照尊に献上する善神でもある。また、『備後国風土記』逸文では蘇民将来譚における来訪神として素戔嗚尊が出現している。すなわち、来訪神が将来兄弟に宿を求めたところ、豊かであった巨旦将来はこれを冷遇し、一方で貧しい蘇民将来は歓待した結果、巨旦は神の怒りに触れ、蘇民は長く神の庇護を得たという話である。この筋はまさしく、牛若奥州下りにおける陵と伊勢三郎あるいは陵と吉次の関係と相似している。つまり、暴れ者としての義経を拒否する陵と、歓待する伊勢三郎との対比、あるいは保護して徳を得る吉次との対比は、素戔嗚尊にまつわる蘇民将来譚と同様の回路を備えているを見ることができよう。また、火は破壊と創造を象徴しうる両義性を帯びているが、そうした観念は中世日本においてよく通用していた。(33)したがって、義経が陵の館に放火するこの場面は、義経の英雄的イメージを支える無頼性・暴力性をよく表した物語であると言えよう。

ところで、『義経記』ではこの箇所以外にもう一例、他人の建物に放火するという場面がある。(34)巻第三「書写山炎上の事」の、弁慶が書写山の堂塔に放火して焼き払う場面である。すなわち、播磨の書写山に修行者として訪れた弁慶は、かねての剛胆な振る舞いにより、当山の衆徒にして「相手も嫌はぬ諍ひ好む者」である信濃坊戒円と乱闘を起こす。戒円は炭櫃にくべてあった櫟の燃えさしを手に取って弁慶に打ちかかるが、弁慶は迎え撃ち、戒円を講堂の上へ投げ上げてしまう。そして戒円が手にしていた燃えさしが、書写山の炎上を招く。

戒円が持ちたる燃えさしを、さらば捨てもせで持ちながら投げ上げられて、講堂の軒に打ち挟む。風は谷よりこみ上げたり。講堂の軒に吹きつけてぞ焼き上げたる。九間の講堂、七間の廊、多宝の塔、文殊楼、五重の塔にぞ吹き付けたる。行所残らず、性空上人の御影堂、これを始めて堂塔社残らず、五十四所ぞ焼けたりける。

『平家物語』の南都炎上を思わせるエピソードであり、弁慶にとっては不慮の出火であったが、弁慶は続けて松明で放火して廻り、一山の坊々を焼き払ってしまう。

武蔵坊これを見て、現在仏法の仇となるべき咎をだにも犯しつる上は、まして大衆の坊々助け置きて何にかはせんと思ひて、西坂本に走り下りて、たい松に火をつけて、軒を並べたる坊々に火をぞ付けたりける。谷より峰へぞ焼け行く。山を切りて崖造りにしたる坊なれば、何かは一つも残るべき。

そして弁慶は書写山を出、すさまじい速さで京都にたどり着いて、院の御所で書写山の焼けたことを告げ、掻き消す様に失せたと語られる。このように、弁慶の書写山放火譚は、来訪したアウトロー的人物が既成の秩序に浴する者に拒絶され、放火・逃走する、という内容を備えている。この内容は言うまでもなく、陵兵衛の館を焼く義経の説話と近似している。また、書写山放火譚が弁慶を主語として「掻き消す様に失せにけり」と結ばれるのに対応するように、陵の館放火譚も義経を主語として「掻き消すやうにぞ失せにける」と結ばれている。

前述の通り、弁慶の物語生成における伝承基盤として、採鉱・冶金に携わる職人の語りを想定することができる。そして、弁慶が放火した書写山を擁する播磨は製鉄・金属加工のさかんな土地としても知られており、同時に義経伝説が多く残されている。(35) 鋳物師は火の自然的・暴力的エネルギーを制御し、文化的営為へと媒介することを職能とするわけだが、その制御対象は暴れ者として描出される当該場面の義経や弁慶の形象と容易に重なりうるだろう。また、素戔嗚尊の物語も採鉱・冶金に携わる人々の物語であったことが指摘されている。(36) これらのことを勘案するに、義経が陵の館を焼く話と弁慶が書写山を焼く話は同根で、いずれも採鉱・冶金に携わる職人が語った伝承であった、と考えることができるだろう。

前節では吉次の描かれ方に鋳物師の語り口が見出せることを述べたが、義経が陵の館に放火する場面にもまた、彼等の口吻が見て取れるわけである。このように、『義経記』の牛若奥州下りは、採鉱・冶金に携わる漂泊の職人が語った伝承を中心的な材料として組み立てられていることが窺える。そしてそのことが、『平治物語』や『尊卑分脈』に書かれる牛若奥州下りとの決定的な差異を生み出したのではないだろうか。つまり、『義経記』は、武家や貴族とは別の人的ネットワークの中で生きていた遍歴民によって語られた、いわばアウトロー的世界の伝承群を素材として集成されたために、『平治物語』や『尊卑分脈』とは対照的に、義経を政治的文脈から切り離し、土民百姓等に紛れた無頼の人物として描こうとする志向性が備わっていることがみてとれるのである。

おわりに

以上、牛若奥州下りを中心として見てきたように、『義経記』という作品の論理は、その素材となった物語の伝承者の論理と深く結びついている。すなわち、この作品を駆動させる構想力、あるいは想像力の一端として、義経の伝承を運搬する下位身分の者の視点・価値観があると言える。また、〈義経の物語〉よりも〈義経の助力者の物語〉が中心的に語られ、視点も義経より助力者に置かれることが指摘できる。『義経記』という作品は、いわば〈義経の物語〉の構想を、義経の助力者の伝承が浸食している作品として捉えることができるのである。

『義経記』は、大夫判官であり将軍弟でもある義経を主人公とし、源氏の正当性は侵されることなく[37]、その貴種性を価値の源泉とする物語であるという意味で、〈義経の物語〉のレベルでは、中世の貴族社会や武家社会で通用した一般的秩序の枠組みを保持している。しかしその一方で『義経記』は、政治的人脈よりもアウトロー的人間関係が中心的に描かれる、〈義経の助力者の物語〉の集合体となっている。悪く言えば統一感を欠いた作品となっているのもこのためである。しかしその結果、『義経記』の叙述には複数の視点が並存し、複数の価値観がせめぎ合うこととなっていることもまた確かである。かくして、単一的な価値観や整合性を求める思考方法では十全に捉えることのできない、『義経記』の賑やかさ、愉快さ、奔放さが生み出されているのである。その様相は、複数の実力者が並立し、各々の立場による価値観や正義が統一されることなく互いに主張し合い、妥協し合いながら微妙なバランスを保っていた室町期の人々の精神性[38]を、よく反映していると言えよう。このような、『義経記』が編集され得た時代性こそが、現在にまで受け継がれるアウトロー的魅力を湛えた義経主従の物語を生み育てる揺籃であったことは間違いない。

注

（1）なお、『義経記』において鞍馬寺脱出時の義経の名は「遮那王」であり、途中熱田社で元服し「義経」と名乗るようになる。しかし本章では、この一度目の義経奥州下りを、二度目の奥州下りと区別するために「牛若奥州下り」と呼ぶことにする。また、義経の呼称は混乱を避けるため「義経」に統一する。
（2）本文は『校訂延慶本平家物語』（汲古書院）に拠る。なお、覚一本や『源平盛衰記』にも同様の台詞があるが、「橘次」「吉次」という名は出ず、単に「金商人」となっている。
（3）本文は田中本を底本とする新編日本古典文学全集『義経記』（小学館）に拠る。
（4）本文は新訂増補国史大系『尊卑分脈』（吉川弘文館）に拠って私に訓読し、割り注は〈　〉内に記した。
（5）『平治物語』の本文は学習院本を底本とする新日本古典文学大系『保元物語　平治物語　承久記』（岩波書店）に拠る。なお、本章で『平治物語』という場合は原則的に学習院本を指すこととする。
（6）五味文彦「日宋貿易の社会構造」（今井林太郎先生喜寿記念論文集刊行会編『国史学論集　今井林太郎先生喜寿記念』今井林太郎先生喜寿記念論文集刊行会、一九八八年一月）、同『源義経』（岩波書店、二〇〇四年十月）。
（7）野口実「義経を支えた人たち」（上横手雅敬編『源義経　流浪の勇者―京都・鎌倉・平泉―』文英堂、二〇〇四年九月）。
（8）保立道久『義経の登場　王権論の視座から』（日本放送出版協会、二〇〇四年十二月）。
（9）野口実『坂東武士団の成立と発展』（弘生書林、一九八二年十二月）。
（10）本文は群書類従に拠り、私に訓読した。
（11）『源義経　源平内乱と英雄の実像』（平凡社、二〇〇四年十一月。初出一九七八年十月）等。
（12）本文は新訂増補国史大系『吾妻鏡』（吉川弘文館）に拠り、私に訓読した。
（13）角田文衛「陸奥守藤原基成」（『王朝史の軌跡』学燈社、一九八三年三月。初出一九七九年三月）。
（14）岡田清一「基成から秀衡へ」（『古代文化』四五―九、一九九三年九月）。
（15）元木泰雄『源義経』（吉川弘文館、二〇〇七年二月）。
（16）本書第二章。

（17）吉次を炭焼き藤太の子とする伝説は各地に残っているが、文献としても奥浄瑠璃『炭焼藤太様御本地』の写本が知られている。阿部幹男「『炭焼藤太様御本地』―解題・翻刻―」（福田晃・山下欣一編『巫覡・盲僧の伝承世界　第三集』三弥井書店、二〇〇六年十二月）に詳しい。

（18）柳田国男「炭焼小五郎が事」（『定本柳田国男集　第一巻』筑摩書房。初出一九二五年四月）。

（19）筑土鈴寛「諏訪本地・甲賀三郎―安居院作神道集について―」（『筑土鈴寛著作集　第三巻』せりか書房。初出一九二九年一月）・高崎正秀『物語文学序説』（青磁社、一九四二年十二月）・志田元「弁慶伝説小考（その二）」（『伝承文学研究』三、一九六二年十二月）・小島瓔礼『中世唱導文学の研究』（泰流社、一九八七年七月）・細矢藤策『古代英雄文学と鍛冶族』（桜楓社、一九八九年二月）・濱中修『室町物語論攷』（新典社、一九九六年四月）等。

（20）『日本昔話事典』（弘文堂、一九七七年十二月）。

（21）網野善彦「鉄器の生産と流通」（『中世民衆の生業と技術』東京大学出版会、二〇〇一年二月。初出一九八三年九月）。

（22）大山喬平「供御人・神人・寄人」（『日本の社会史　第六巻　社会的諸集団』岩波書店、一九八八年六月）。

（23）笹本正治『異郷を結ぶ商人と職人』（中央公論新社、二〇〇二年四月）等。

（24）『宇治拾遺物語』『古今著聞集』の本文は日本古典文学大系（岩波書店）に拠る。

（25）阿部泰郎「芸能としての唱導―説教師という芸能者たち―」（『国文学　解釈と鑑賞』七四―一〇、二〇〇九年十月）。

（26）前掲注（19）の細矢著書。

（27）島津久基『義経伝説と文学』（明治書院、一九三五年一月）。なお、『義経記』巻第五「吉野法師判官を追ひかけ奉る事」には吉野山において弁慶が長い物語を語る場面があるが、弁慶も採鉱・冶金に携わる人々が語った物語の主人公であったと考えられる（後述）。

（28）そもそも、この地の鏡神社は天目一命を祭る鍛冶神の信仰拠点であり、周辺には鋳物師を名に負う集落がある。谷川健一『青銅の神の足跡』（集英社、一九七九年六月）に詳しい。

（29）石井昌国編『日本刀銘鑑』（雄山閣、一九七五年四月）により一覧できる。

（30）本書第二章。

（31）本文は新日本古典文学大系『室町物語集　下』（岩波書店）に拠る。また、前掲注（19）の志田論文および細矢著書にも、弁慶譚が金工や山伏の語る物語であったことが論証されている。なお、『看聞日記』永享六年（一四三四）十一月六日条には「武蔵坊弁慶物語二巻」が見えている。現存する『弁慶物語』諸本との関連は不明であるが、少なくとも弁慶の物語が室町前期には成立していたことが知られる。

（32）浅見和彦「義経と『一寸法師』」（『説話と伝承の中世圏』若草書房、一九九七年四月。初出一九九四年一月）。

（33）山本幸司「火事と伝染」（『穢と大祓　増補版』解放出版社、二〇〇九年十二月。初出一九九二年十月）。

（34）自分の所有する建物および自分の居る建物に放火する、いわゆる「自焼」の例は多くあるが、ここでは触れない。

（35）前掲注（19）の志田論文、注（28）の谷川著書等。

（36）吉野裕「素尊鉄神論序説―スサノヲノミコト名義考―」（『文学』四一―二、一九七三年二月）。なお、『太平記』巻第三では、笠置山に籠もる後醍醐天皇を六波羅勢が包囲する際、夜陰に乗じて笠置城に侵入した「陶山藤三義高」の郎等「吉次」が巧みな話術で敵兵に紛れ、城に放火して攻略するきっかけを作ることが描かれている。この話にも語りの徒の関わりを看取できよう。

（37）本書第五章。

（38）室町期の人々の精神性については、桜井英治『室町人の精神』（講談社、二〇〇一年十月）、清水克行『喧嘩両成敗の誕生』（講談社、二〇〇六年二月）等により明らかにされてきている。

第二章　伊勢三郎の助力と伝承の文脈

はじめに

『義経記』は『平家物語』等先行する軍記文学に比して、一貫した構想、あるいは作品としての主軸を把握することが困難であり、それをいかに捉えるかという点が現在の『義経記』研究における大きな課題となっている。(1) その困難のひとつの要因は、『義経記』が義経自身の物語よりも義経の助力者の活躍を中心的に語る点にあるだろう。『義経記』の義経は終始、支配的公権力から敵視される不遇の主人公である。前半〈巻第一～三〉の義経は平氏政権に危険視され、素性を隠して流浪する。また、後半〈巻第四～八〉の義経は頼朝政権に謀反人と見なされ、同じく素性を隠して流浪する。こうしてみると、『義経記』の構成は、義経を支える助力者が必要になる仕掛けとなっていることがわかる。つまり、この作品は義経の助力者のことを語る形式を備えていると言える。したがって、『義経記』を貫く構想力、あるいは『義経記』を成り立たせた想像力の一端を考察するためには、この作品の〈義経の助力者の物語〉としての側面を積極的に分析しなければならないだろう。具体的には、義経を取り巻く個々の登場人物の描かれ方を丁寧に掘り下げることが必要となってくる。

そこで本章では、弁慶と並び称される義経の従者、伊勢三郎に注目する。岡見正雄は伊勢三郎に関する物語について、口承による説話的成長を透視しているが、(2) その具体的担い手に関して初めて言及した角川源義は、時衆の唱導を想定している。[3]また、兵藤裕己は角川の研究を参照しつつ、小野氏流の語りの関与を指摘している。[4]ところで、伊勢三郎は『平治物語』や『平家物語』諸本にも登場しているが、それらの作品と比較すると、『義経記』ではやや特殊な描かれ方をしていることがわかる。本章では従来あまり注目されなかったこの作品の特殊性に着目し、『義経記』における義経と伊勢三郎との出会いの場面（以下、「伊勢三郎譚」と呼ぶ）が、金売り吉次や弁慶の説話と共通の形成基盤の中で成長してきたことを指摘する。その作業の中で、『義経記』と先行諸文献との差異を抽出し、この作品全体に通じる価値観のあり方、ひいてはその文学史的位置を探ってゆきたい。

一　「世になきもの」伊勢三郎

『義経記』では巻第二において義経と伊勢三郎との出会いが語られている。まずはその梗概を紹介しておく。[5]

鞍馬寺を出奔した義経は、金売り吉次とともに奥州を目指す途次、下総国下河辺において、旧知の「陵兵衛」のもとへ立ち寄るため、一旦吉次と別れる。義経は陵に助力を求めるが、陵は二人の子供を「小松殿の御内」としていることから、これを拒否する。義経は「あつぱれ彼奴は日本一の不覚人にてありけるや」と陵の館に放火し、陵の追手を逃れるために真っ直ぐ奥州へ向かうことをせず、上野へと迂回する。上野国板鼻において義経は一夜の宿を探すが、「賤が庵」ばかりでふさわしい家がみつからない。しかしやがて「情けある住家」を発見し、義経は名を名乗らぬまま宿泊を申し入れる。応対に出て来た女房は、今主人が不在であると言い、主人が帰ってきて咎められてはいけないからと義経の宿泊を断る。しかし義経は「色をも香をも知る人ぞ知る」という言葉とともに構わず入り込んでしまう。そこで女房らもやむなく泊めることとし、義経に「この家の主は、世に越えたるえせ者にて候ふに、構へて見えさせ給ふな」と注意を促す。そして子の刻頃、主人が一党を従えて帰宅する。その出で立ちは以下のように描写されている。

子の時ばかりになりければ、主の男出で来たり、槙の板戸を押し開け、内へ通るを御覧ずれば、年廿四五ばかりなる男の、葦の落葉つけたる浅黄の直垂に、萌黄糸威の腹巻に、大太刀佩いて、大の手鉾杖につき、我に劣らぬ若党四五人に、猪の目彫りたる鉞、焼刃の薙鎌、茅の葉の様なる長刀、乳切木、材棒、手々に持ちて、只今事に会ふたる気色なり。四天のごとくして出で来たり。

この主人が伊勢三郎である。伊勢三郎は女房から客人が「色をも香をも知る人ぞ知る」と言った旨を聞いて貴人であることを悟り、「我も人も世になきものの、珍事中夭に遭ふは常の事」と言って義経をもてなす。義経はなおも警戒するが、伊勢三郎は「姿は賤しの民にて候ふとも」警護する旨を申し出る。やがて二人はうち解け、義経が素性を明かすことで、伊勢三郎にとって義経が「重代の君」であることが判明する。こうして伊勢三郎は義経の臣下となった。

以上が、『義経記』において義経が伊勢三郎と出会う場面の概要である。「世に越えたるえせ者」「世になきもの」「賤しの民」と記される『義経記』の伊勢三郎は、明らかに無頼の輩として描かれている。それは、義経への助力を断った陵兵衛と対比的に語られることからもわかる。陵が義経を追い出したのは、当時我が世の春を謳歌していた平家勢力に自らも組み込まれていたためである。逆に義経に助力する伊勢三郎は、世の趨勢から外れたアウトロー的立場の人物として造型されているのである。また、子の刻頃にぞろぞろと帰宅する生活形態といい、引用した出で立ちといい、『義経記』の伊勢三郎はいかにも山賊といった体で描かれている。このような無頼の徒としての伊勢三郎像は、現在に至るまで一般的なイメージでもあると言ってよいだろう。

伊勢三郎は『玉葉』文治二年（一一八六）七月二十五日条に「九郎義行郎従、伊勢三郎丸梟首了云々」と出ており、義経の郎等として実在していたことが確認できる。また、『愚管抄』巻第五には「伊勢三郎ト云ケル郎等」が木曽義仲を討ち取ったと記されている。しかし『愚昧記』正月二十日条や『吾妻鏡』同日条によると、実際に義仲を討ち取ったのは石田為久であったらしい。慈円が取り違えていることから、伊勢三郎が義経の郎等としてある程度有名な人物となっていたことが窺える。また、延慶本をはじめとした『平家物語』諸本の屋島合戦において、伊勢三郎は近藤六や田内左衛門を巧みに賺して帰順させる、弁舌の達者な輩として描かれることはよく知られている。

そのような伊勢三郎が初めて「山立ち」と称されたのは、覚一本『平家物語』巻第十一「嗣信最期」における越中次郎兵衛盛次の「伊勢の鈴鹿山にて山だちして、妻子をもやしなひ、わが身も過ぐるとは聞きしか」という悪口においてである。(6)「山立ち」とは山賊の意味であり、同時に「山を生活の場とする山民を指す語」でもある。(7)「世になきもの」としての伊勢三郎の一般的イメージを端的に表現した言葉であると言えるだろう。また、『源平盛衰記』巻第四十六「義経・行家都を出づ並義経始終の有様の事」では、伊勢三郎は「あたたけ山にして伯母聟に与権守と言ひけるを、打殺したりし咎に禁獄せられ、赦免の後東国に落ち行きて、上野国荒蒔郷に住みける」無頼の人物として描かれている。(8)さらに、近世には『伊勢三郎義盛忍百首』なる「伊勢三郎義盛に作者を仮託し、忍術の教えを百首の和歌形式で説いた道歌集」まで生み出されている。(9)

ところが、このような無頼の伊勢三郎像は後世になって膨らんだイメージである可能性が高い。『吾妻鏡』には、伊勢三郎が土肥実平や後藤基清と対等の立場で扱われる記事が見える。(10)野口実はこの記事を検討し、「かれが盗賊出身の得体の知れない存在とはとても思えない。当時の社会身分としては、「侍」の下に「凡下」という庶民に近い階層があったが、伊勢三郎はその凡下ではなく、侍層に属するれっきとした武士だったのではなかろうか」と述べている。(11)従うべき見解であろう。野口の説は、『平治物語』における伊勢三郎の描かれ方からも補強することができる。(12)学習院本『平治物語』には、頼朝挙兵後の記述として次のような一節がある。

伊勢三郎と申は、元は伊勢国の者なり。上野松井田に住て、家中ゆたかなりき。御曹子の忍びて、かれが許におはせしを、恐れて追出したりし者也。

この記事は、同書で義経が平泉に到着した後、頼朝の挙兵に呼応するまで東国を流浪していた時期のこととして語られる、以下の本文と対応している。

上野国松井田といふ所に、下臈の許に一夜とゞまられたりけるに、あるじの男を見て、「きやつが面魂こそ、かう、けなげなる物かな。きやつをかたらひて、平家を攻時の旗さしにせん」と思ひ、猶、とまらんとし給へば、此男、申やう、「此冠者、かちはだしにて、まどひありくべき者ともみえず。博奕か盗人か、我をころさん者か」とて、追出してけり。

『平治物語』における伊勢三郎は「家中ゆたか」であり、身を窶す義経を「博奕か盗人か、我をころさん者か」と「追出して」いる。「世になきもの」であるどころか、『義経記』の陵兵衛に通じる、保身的な侍として描かれているのである。(13)こうした伊勢三郎像が『義経記』以前に物語化されていることは注目に値する。確かに、伊勢三郎が実際に「山立ち」行為を行っていた可能性は排除できないが、少なくとも「世になきもの」としての伊勢三郎像は『吾妻鏡』や『平治物語』等には現れない。『平家物語』諸本の中でその表象が育まれ、『義経記』や『源平盛衰記』等の成立する中世後期に及んで定着していったイメージであると考えるべきであろう。(14)

このように、中世前期における伊勢三郎像と中世後期のそれとの間にはある種の懸隔が見て取れる。後者におけるひとつの典型として、『義経記』に現れた「世になきもの」たる伊勢三郎像を位置付けることができるわけだが、それのみならず、特に『義経記』における伊勢三郎の人物像は、登場の文脈や居住地、出自に関して、他の文献に見られない設定が語られている。次にその諸点を確認しておく。

第一点目は、義経が伊勢三郎と出会う経緯である。先に述べた通り、『義経記』の伊勢三郎譚は義経が金売り吉次と別れて単独で行動している最中の出来事として語られる。そして、義経の従者となった伊勢三郎は義経を奥州へ護送するが、途中で吉次と合流すると、再び義経と別れ上野へ戻っている。したがって、『義経記』の伊勢三郎は、義経の一度目の奥州下りにおける一期間、いわば吉次の代理としての役割を果たしていることになる。『吾妻鏡』や『平家物語』諸本では、そもそも義経と伊勢三郎が出会った経緯が語られていない。また、『平治物語』や『源平盛衰記』では、平泉到着後頼朝挙兵までの間に義経が東国を流浪していた時期のこととして伊勢三郎との出会いを描いている。

第二点目は、伊勢三郎の居住地である。『義経記』では上野国板鼻となっているが、『平治物語』では上野国松井田、『源平盛衰記』では上野国荒蒔となっている。いずれも上野国という点では一致しているが、具体的居住地名は皆異なっている。

第三点目は、伊勢三郎の出自である。義経が伊勢三郎に自らの素性を明かした時、伊勢三郎は「はらはらと泣き」「われわれが為には重代の君にてわたらせ給ひけるぞや」と言い、亡き母に聞いた言葉として以下のように出自を語る。

汝が父は、伊勢の国二見の浦の者とかや。東国の流人にてありしが、名をば伊勢のかんらい義連と言ひしなり。左馬頭殿の御内に不便にせられ参らせたりけるが、思ひの外の事ありて、この国にありし時、汝を懐妊して、七ヶ月と言ひしに、終に空しくなりしなり。

つまり、『義経記』の伊勢三郎は流人の子として上野国に生まれたのである。『平治物語』や『平家物語』諸本では伊勢三郎の出自は語られていない。また『源平盛衰記』や『異本義経記』、『系図纂要』では、伊勢は自分の犯した罪で上野へ蟄居した、あるいは流罪となったとされている。

このように、『義経記』における伊勢三郎の人物設定には他に見られない要素が多く含まれている。また、伊勢三郎が他の文献に比してきわめて明確に、無頼の徒、世の趨勢からの溢れ者として描写されている点は、『義経記』

における伊勢三郎譚の注目すべき大きな特徴と言える。それでは、『義経記』が描く伊勢三郎譚はどのような過程を経て成立したのだろうか。また、そのことと野口の言う「れっきとした武士」であった伊勢三郎が「盗賊出身の得体の知れない存在」としてイメージされるようになったこととは、どのような関係にあるのだろうか。この問題を考えるために、以下、『義経記』本文から離れることをいとわず、『義経記』の伊勢三郎譚に流れ込んだ素材として想定される伝承について掘り下げてゆく。(15)もっとも、文字化以前の口頭伝承を想定しての推察であるため、決定的な明証が得られるわけではない。しかし、手がかりとなる文献を複数付き合わせることで、ある程度蓋然性の高い見通しを得ることはできるだろう。そのようにして見えてくる事象から、『義経記』の特質を析出してゆきたい。

二　上野の助力者の系譜

『義経記』で伊勢三郎の居住地が上野国板鼻とされていることについて、角川源義は、当地にある時衆道場聞名寺との関連を推定している。(16)ここは正安二年（一三〇〇）、四条道場の開祖となる浄阿に、他阿真教が法脈を相承した地である。(17)角川の述べる通り、『義経記』には「四条上人」と呼ばれる「しやうしん坊」が義経に挙兵を勧める人物として登場しており、『義経記』が採用した義経少年時代の説話には、四条道場の管理する唱導の関与が想定できるのであるが、その他阿は嘉元四年（一三〇六）、熊野権現に奉った『奉納縁起記』の中で、熊野・八幡とともに、小野大菩薩に深く傾倒していることを表白している。(18)角川はこのことについて、「近江小野社の神を守護神とすることに成功した時衆教団は、同じく小野神を奉じて、木地の材料を求め山間を気ままに移住した、木地屋に対しても結縁していたであろう」と推測する。(19)小野神は木地師の惟喬親王（小野宮）や鍛冶神（斧神）として山民に信仰された神であり、近江の小野を本拠とする。(20)他阿は教団の戦略として、小野神に結縁することで、小野神を信仰する漂泊民を影響下に取り込んでいったとの見通しである。

一方で、小野神信仰は下野国日光山とも深く関係している。至徳元年（一三八四）の奥書を持つ『日光山縁起』[21]は、龍体の日光権現が百足の姿をした赤城権現と沼の占有権を廻って争い、猟師である小野猿丸の助けで日光権現が勝利するというモチーフを備えている。同じモチーフは狩猟民の起源・権利を語る『山立根元記』『山立由来記』等の由緒書にも現れており、柳田国男はこれを山民の伝承として「神を助けた話」と名付けた。[22]「神を助けた話」とその伝承者については、その後も谷川健一、橋本鉄男等により考察が深められている。[23]すなわち、神を助けたのが「小野猿丸」であったこと、日光山の神官が代々小野氏を名乗ったことに注目すると、「神を助けた話」は小野神を信仰する「漂泊の山民」により伝承されたモチーフであることが推測できる。「漂泊の山民」とは、職種の未分化であった中世において、木地師、猟師、商人、採鉱・冶金に携わる人々が各々のプロパーとなっておらず、相互に干渉しながら職種複合を形成していた「諸職諸道」を兼業する人々である。また、橋本は山伏をもこれに含めて考えているが、井上鋭夫は別の見方をとっている。つまり、しばしば鉱山経営を行った近世以前の山伏は、採鉱・冶金に携わる集団を使役していたという。[24]いずれにせよ、山伏は「漂泊の山民」ときわめて緊密な関係にあり、彼等の語る伝承を唱導に取り込む契機には事欠かなかったものと思われる。

兵藤裕己はこれらの研究を参照しつつ、伊勢三郎の「山立ち」としての位相に注目した。[25]氏は、長門本『平家物語』が伊勢三郎を「日光そたちの児」であったと記すことから、「少年時に日光神につかえた伊勢三郎が、流離する貴種、源義経をたすけて奮戦する。それは日光山にまつわる「神を助けた話」の、ひとつのヴァリアントだったろう」「「山立」伊勢三郎の物語は、小野氏流の「神を助けた話」が、時衆の唱導と出会ったところに生まれた物語だったといえようか」との説を展開する。

しかし本章の立場から強調すべきことは、伊勢三郎譚が他でもない『義経記』において、最も深く「神を助けた話」と交差しているという点である。板鼻は時衆を通して小野神信仰と関わりがあり、『日光山縁起』における小野猿丸は流人の子とされている。そして、先述の通り、伊三郎勢が上野国板鼻に生まれ育った流人の子であると語るのは『義経記』のみである。また、『義経記』は他の文献に比しても、伊勢三郎の姿を非常にわかりやすく山民風に描写している。したがって、『義経記』における伊勢三郎譚を特徴付けている要素は、「神を助けた話」との交差により付加された可能性が指摘できる。『義経記』の素材となる各伝承の担い手として採鉱・冶金の徒が挙げられることを考え合わせれば(26)、これはひいては『義経記』全体の性質に関わる問題でもある。そこで、さらに考察の材料を調えるため、「神を助けた話」についてもう少し掘り下げてみたい。

十四世紀半ばの成立とされる『神道集』には、上野における「神を助けた話」の類話が複数書き留められている。まず巻第五「日光権現事」では、冒頭で「抑日光ノ権現者、下野国ノ鎮守ナリ、往昔ニ赤城ノ大明神ト沼ヲ諍ツ、唵佐羅麼ヲ語給シ事ハ、遥ニ遠キ昔ナリ」と記されている(27)。『日光山縁起』の「小野猿丸」の話が、発音の似通った「唵佐羅摩」の話として語られていることがわかる。また、巻第一「宇佐八幡事」には「所謂熊野証誠権現・宇津宮ノ大明神ハ、熊野千代包・唵佐良摩、此ヲ因縁トシ顕玉フ、其ノ二人ハ共ニ鹿ヲ射ルヲ由来トシ玉ヘリ」とのくだりがある。ここでは宇都宮大明神を勧請した「唵佐良摩」が、熊野権現を勧請した「熊野千代包」とともに、猟師として語られている。『日光山縁起』諸本を鑑みるに、この「オンサラマ」が「小野猿丸」と同一人物であることは間違いない(28)。しかし、巻第七「上野勢多ノ郡鎮守赤城大明神事」の中には次のような記事がある。

斯ル処ニ赤城ノ沼ノ龍神、唵佐羅摩女ノ出来リ給ツヽ、厳キ女房ノ形ニテ、閻浮提ノ命ハ夢幻ノ如クシテ、憂キ所ナリ、龍宮城ト申ハ、長寿トシテ快楽多シ、イサ、セ給ヘトテ引具奉ツヽ、赤城沼ノ龍神ノ跡ヲ継セ奉テ、赤城ノ大明神ト顕レ給シカハ、

赤城権現はもともと赤城山の沼の底の竜宮に住む「唵佐羅摩女」であったというのである。日光側の伝承と同様、

赤城側の伝承にも立場を変えて「オンサラマ」の名を持つ者が登場していることになる。また、同巻「上野国第三宮伊香保大明神事」でも以下のように語られる。

又伝ヘ聞ニハ、不思議ノ事アリ、赤城ノ沼ノ龍神ニ唵佐羅摩女ト、伊香保ノ沼ノ龍神吠尸羅摩女ト沼ヲ諍時ニ、西ヨリ毛垣ヲ取テ河ヨリ東ヘ投、東ヨリ軽石ヲ以河ヨリ西ヘ投シ昔ヨリ、群馬ノ郡渋河ノ保ノ郷ノ戸ノ村ニ、衆生利益ノ為ニトテ、療治ノ御湯ヲ出サレタリ、

ここでは、赤城の「唵佐羅摩女」と伊香保の「吠尸羅摩女」が沼争いをしたことになっている。明確な文脈は見えてこないが、十四世紀半ばまで、上野には神の沼争いにまつわる「オンサラマ」の伝承が広く分布していたことは窺える。(29)

そもそも「神を助けた話」のモチーフは、『今昔物語集』巻第十「於海中二竜戦猟師射殺一竜得玉語　第三十八」、巻第二十六「加賀国諍蛇蜈島行人助蛇住島語　第九」において既に見えている。『日光山縁起』と比べると、前者は主人公を猟師とする点が、後者は敵神を百足とする点が近い。特に『今昔物語集』震旦部に位置する前者の類話は、『法苑珠林』巻八十に引用される『続捜神記』にまで遡ることができる。『続捜神記』すなわち『捜神後記』の巻十に描かれるこの話は、猟師が相争う大蛇の一方に請われてこれを助け、その地で一年間の猟を許されるが、猟師は期限を守らず、かつて射殺した大蛇の子に襲われて落命する、という筋で、山における狩猟の許しという要素が備わっている。

このように、「神を助けた話」はおそらく中国に起源を持ち、日本においても相当に古くから存在していたことが分かる。日光の唱導にこのモチーフが取り入れられたことについては、柳田国男が、小野氏流の語り部が近江から北関東へ移住したためであろうと推測しているが、(30)少なくとも『神道集』や『日光山縁起』が成立するより前に、琵琶湖における物語として一群の「神を助けた話」が文字化されていることは事実である。次にその点について説

明したい。

三　助力者の物語の語り手

中世・近世を通じて最も流通したと思われる「神を助けた話」は、いわゆる俵藤太物語である。この物語は南北朝・室町期の複数の文献に現れ、近世には『俵藤太物語』として出版されるが、比較的古い『太平記』巻第十五に語られる内容に従って梗概を示すと以下の通りである。(31)

俵藤太秀郷が瀬田の唐橋を渡っていると、大蛇が臥しているが、秀郷は構わず踏みつけて渡る。しばらく行くと怪しげなる小男が現れ、自分は湖底に住む者であるが、地を争う敵を討ってくれと秀郷に頼んでくる。秀郷は承諾し、湖底の竜宮でもてなされた後、夜更けに大百足が攻めてくる。秀郷はそれを射殺し、褒美として太刀・絹・鎧・俵・鐘を得るが、鐘は三井寺へ寄進する。その後、この鐘は文保三年（一三一九）の三井寺炎上の時山門に奪われる。しかし撞いても鳴らず、「三井寺へ行こう」と吠えるため、怒った山門大衆により山上から落とされて砕ける。ところがその欠片を集めて三井寺に保管していると、ある時小蛇が現れ、一夜にして鐘を蘇生させた、というものである。

この話は、三井寺の鐘の由来譚、あるいは縁起としての形式を備えている。同様のモチーフを備えた話が『古事談』第五にあるが、これも三井寺の鐘の縁起へと接続している。すなわち、「武勇者」である「粟津冠者」が鐘を鋳る鉄を求めて出雲へ向かう途中、竜王を助けて竜宮の鐘を得、冠者は粟津に帰り広江寺を建立する。後年この寺が廃れると、鐘は三井寺の所有となるが、後日、広江寺は比叡山の末寺であることが判明し、「鐘主法師」は琵琶湖に沈められる、という話である。したがって、鎌倉前期以来近江における「神を助けた話」は三井寺の鐘を得る話として語られ、いずれかの段階で主人公が「俵藤太」へと変わっていった、ということになる。近江の「神を助けた話」は、三井寺関係の唱導として語られたものと考えるのが自然であろう。しかし『俵藤太物語』の内部徴証からは、説話の形成・伝播にあたって採鉱・冶金に携わる人々の関与があったであろうことが推察されている。(32)つまり、近江の「神を助けた話」もまた、「漂泊の山民」の伝承であった。

民俗学においては、「俵藤太」は「炭焼藤太」の異姓表出であるとの見方がある。(33)「炭焼藤太」とは「福分をもった女性との結婚で貧しい炭焼きが黄金を発見して長者になる話」の主人公であり、「長者になって後は、名を真野長者と呼ばれる。この伝説ほど、その分布が全国各地にわたっているものはないといわれる」。また、東北地方の伝説では「藤太は金売り吉次3兄弟の父であったとされる」(34)。本書第一章で述べた通り、柳田国男以来、「藤太」や「吉次」を名乗る炭焼きあるいは全国を遍歴する鋳物師は、義経の助力者にまつわる伝承の運搬者・語り手となっていたと考えられている。たとえば幸若舞曲「烏帽子折」では、牛若が鏡の宿で元服する際、吉次により「京藤太」と命名されるくだりがある。また、同曲において義経は青墓の宿で笛を吹き、遊女の長が「草刈笛」の故事を語るが、この故事は「真野長者」の物語である。(35)義経の助力者としての金売り吉次の物語は、一方では『義経記』に取り込まれ、他方では舞曲に残されたわけである。

また、吉次の他に弁慶に関する伝承も、採鉱・冶金に携わる集団との関連が指摘できるが、(36)弁慶伝承の場合、熊野山伏の唱導に摂取され、『義経記』に取り込まれる一方で、『弁慶物語』としてまとめられ、あるいは各地に伝説として伝わっている。さらに、近世初期頃には近江の「神を助けた話」の中に弁慶が現れるようになる。すなわち、俵藤太が三井寺へ納めた鐘を、文保三年に比叡山に引き摺り上げたのは弁慶である、という、いわゆる「弁慶の引き摺り鐘」伝説である。(37)

このように、採鉱・冶金に関わる人々により義経主従にまつわる伝説が運搬されたとみられるが、伊勢三郎譚もまた、彼らに語られたと考えることができる。『源平盛衰記』巻第四十六における義経と伊勢三郎が出会う場面には、以下のような記述がある。

鎌倉にて流人源兵衛佐の謀反を起して旨る由、まめやかに聞えける時、旅人義盛に言ふ様、「下人一人雇はかし給へ。四五日が程に帰すべし。年頃の本意に侍り」とありければ、義盛是非の言なし。藤太冠者といひけるやつこを召して、「この殿に己をば奉るなり。いかにも仰せに随へ」と言ひてけり。扨かの下人とこの旅人と、懇に私語き物語して、通夜消息を書きて、翌る朝に出だし立つ。旅の殿の教のままに藤太冠者は鎌倉に行き着きて、兵衛佐のおはしける館をよそに見て、輙く人の行き至るべき様もなかりければ、身の毛の竪つて門にたたずむ。暫しこそあれ、いつとなくたたずむ程に、人々怪しみて、「あれは何者ぞ」と尋ねありける時、懐より文を取出だしたり。暫しある程に返事を持ちて出でて、「いづら九郎御曹司の御使」と呼びけれども、藤太冠者心得ずして居たり。文を取次ぎたる人出で来て、「あれこそは、そよ」とて、藤太冠者を呼びて返事をとらせつ。詞には、「疾々御渡り候へと申せ」とぞ言ひける。藤太冠者、胸走りつつ急ぎ帰りて、旅の殿に返事渡して後に、この有様を義盛に語るに、志浅からざりつる上に、弥々睦じくて九郎御曹司と申してかしづき、主従の礼をなす。

伊勢三郎が義経の素性を知る劇的な場面において、義経に貸与された下人「藤太冠者」の視点で語られる部分が出現しているのである。藤太が狂言回しを務めているということは、少なくとも上野における伊勢三郎譚もまた、鋳物師に語られた段階があったと考えられるだろう。

伊勢三郎が『平家物語』諸本に登場する段階で、既に鋳物師を含む「漂泊の山民」の口承を経ていた可能性もある。延慶本をはじめ現存する『平家物語』諸本では、伊勢三郎は屋島合戦において平家方についていた在地勢力を巧みに嫌して帰順させる、弁舌の達者な輩として描かれていることは先述の通りである。『吾妻鏡』や『平治物語』

では「れっきとした武士」であった伊勢三郎が、「山師」的人物として描かれているのである。「山師」は弁舌を以て人を賺す詐欺師の類を言うが、本来は採鉱・冶金に携わる者を指す言葉であった。定住民から見た「山師」が漂泊民から見たそれと意味を異にしているわけだが、その言葉の位相は「山立ち」と重なっている。「漂泊の山民」が諸職兼業であったらしいことは既に述べた通りであるが、中世において「売炭翁」の語が哀感を誘う賤の民として認識されたように、(38)定住民の側から見た時、彼等はまさに「世になきもの」であった。

それでは、『義経記』の伊勢三郎譚へと視点を戻し、ここまで述べてきたことをまとめよう。まず、伊勢三郎は中世後期においてアウトロー的人物としてのイメージを定着させていったと考えられる。そして、『義経記』の伊勢三郎譚には他に見られない設定が多く採用されている。義経が伊勢三郎と出会う経緯、伊勢三郎の居住地、および出自である。これらの設定が生まれた必然性については、伊勢三郎譚の語り手を考えることで整合的に説明することができる。

吉次や弁慶の物語は、採鉱・冶金に携わる集団に語られたらしい。『平家物語』諸本や『源平盛衰記』から、伊勢三郎もまた、彼らを含む「漂泊の山民」に語られた段階があったことが推測できる。しかし『平治物語』や『源平盛衰記』における伊勢三郎と義経の出会いは、山立ちである流人の子が、危機に瀕した来訪者の助力要請に応える、という設定を備えていない。つまり、「神を助けた話」と結びつく以前の形を保存したものであるということになる。(39)そして、そのような伊勢三郎譚は一方で、「漂泊の山民」の信仰する小野神に結縁した時衆の板鼻にまつわる唱導の中で、「神を助けた話」のモチーフを付加した形で管理された。この段階で伊勢三郎は板鼻に居住し、流人の子という出自を持つ者として設定されたのであろう。したがって、『義経記』の伊勢三郎譚は、二重の意味で「漂泊の山民」の物語を継承していることになる。そのひとつの表れ方として、「世になきもの」としての伊勢三郎像が強調されたと考えられる。また、義経は吉次と一旦別れて伊勢三郎と出会い、後に吉次と合流して伊勢三郎と別れるという『義経記』の設定についても、鋳物師の口に上っていた伊勢三郎は吉次の代理の役割を果たす人物としてふさわしい、と考えることでその脈絡を捉えることができる。つまり、『義経記』の素材となった伝承の語り手と、『義経記』の表現・叙述内容との間に対応関係が見られるわけである。

おわりに

このように、『義経記』の伊勢三郎譚の特殊な設定は、伊勢三郎譚が「漂泊の山民」の伝承圏に担われて『義経記』へ参加した痕跡と考えると説明が付くことになる。以上の事実をより積極的に言うならば、伊勢三郎譚は「漂泊の山民」の伝承を『義経記』において最も濃厚に保存している、ということである。『吾妻鏡』や『平治物語』とは異なり、『義経記』は、義経に助力する伊勢三郎を明確に無頼の徒、世の趨勢からの溢れ者として描く。伊勢三郎は自分と義経を指して「世になきもの」というが、最初に確認した通り、『義経記』は支配的公権力から敵視される不遇の主人公への助力者の物語として構成されている。その意味で『義経記』は、まさに「世になきもの」たちの側から語られる物語である。こうした『義経記』の物語内容、および『義経記』を成り立たせる価値観が、「漂泊の山民」の伝承と深く結びついていることは間違いないだろう。本章では伊勢三郎譚を一例として取り上げたが、おおよそ『義経記』は社会の周縁に生きる人々の伝承の中で成長した〈義経の助力者の物語〉群が、伝承者の視点、価値観を保存しつつ、集合的に成立せしめた作品であると言えよう。

注

（1）本書序章。

(2)　岡見正雄「解説」(日本古典文学大系『義経記』岩波書店、一九五九年五月)。

(3)　角川源義「『曽我物語』ノート」・「『義経記』の成立」(『語り物文芸の発生』東京堂出版、一九七五年十月。初出一九六〇年二月・四月)。

(4)　兵藤裕己「山民の伝承、非常民の物語」(『物語・オーラリティ・共同体—新語り物序説—』ひつじ書房、二〇〇二年三月。初出一九八七年九月)。

(5)　本文は田中本を底本とする新編日本古典文学全集『義経記』(小学館)に拠る。

(6)　本文は新日本古典文学大系『平家物語』(岩波書店)に拠る。なお、同じ個所が延慶本では「汝ハ盗ヲシテ妻子ヲ養ケルトコソ聞シカ」(本文は『校訂延慶本平家物語』(汲古書院)に拠る)となっている。単に貧しい武士を罵る言葉であって「山立ち」としての表象まで距離がある。

(7)　勝俣鎮夫「山賊」(『平凡社大百科事典』平凡社、一九八五年三月)。

(8)　本文は『新定源平盛衰記』(新人物往来社)に拠る。

(9)　土井大介「忍術道歌—校本「伊勢三郎義盛忍百首」—」(『三田国文』三一、二〇〇〇年三月)。

(10)　『吾妻鏡』元暦二年四月二十六日条および同年五月十七日条。

(11)　野口実「義経を支えた人たち」(上横手雅敬編『源義経　流浪の勇者—京都・鎌倉・平泉—』文英堂、二〇〇四年九月)。

(12)　本文は新日本古典文学大系『保元物語　平治物語　承久記』(岩波書店)に拠る。

(13)　『平治物語』諸本では「陵助重頼」が助力者として義経を奥州へ護送することになっており、『義経記』と比べると伊勢三郎と陵の役割が逆転している(ただし『義経記』の「陵兵衛」は「陵介」本人ではなく、その嫡子とされている)。この原因や意味については、金売り吉次の描かれ方とともに本書第一章で論じた。

(14)　なお、『義経記』の成立時期については諸説あるが、室町初期から中期であろうとの認識が現在の所一般的であり、本書もこの見解に従う。最近では和田琢磨「解説」(『現代語で読む歴史文学　義経記』勉誠出版、二〇〇四年六月)に整理されている。

(15)　本章では、宗教的な戦略から整理・編集を経た説話としての「唱導」とは区別し、未整理のまま伝えられる段階の説話に対して、便宜上「伝承」の語を用いる。ただし伝承が必ずしも唱導に先行するとは限らず、唱導が新たな伝承を生産する場合もあり得る。また、在地の口碑として近代まで伝えられた伝承・唱導を「伝説」と呼ぶことにする。
(16)　注（3）に同じ。
(17)　『浄阿上人行状』に「正安二年庚子年十一月廿二日。到武州〈或上野〉板鼻。見他阿弥陀仏。念仏安心。問答決択三日。終師事他阿。此時改一阿号浄阿。相承法脈。与師住相州当麻焉」とある。本文は続群書類従に拠り、割注は〈　〉に括った。
(18)　「熊野・八幡は弥陀の応化、小野大菩薩は釈迦の化現也。此の二尊は我等の慈悲の父母也。憑る可く信ず可し」とある。本文は『高僧名著全集　第十八巻』（平凡社、一九三一年八月）に拠る。
(19)　角川源義「時衆文芸の成立」（前掲注（3）の著書に所収。初出一九六八年九月）。
(20)　早く高崎正秀が『物語文学序説』（青磁社、一九四二年十二月）の中で研究しており、のち谷川健一『青銅の神の足跡』（集英社、一九七九年六月）、橋本鉄男『漂泊の山民―木地屋の世界―』（白水社、一九九三年三月）にも整理されている。
(21)　丸谷しのぶ「日光山縁起の成立」（『文学史研究』二七、一九八六年十二月）により、『日光山縁起』が至徳元年に書かれた必然性が考証されている。
(22)　柳田国男「神を助けた話」（『定本柳田国男集　第十二巻』筑摩書房。初出一九二〇年二月）。
(23)　前掲注（20）谷川・橋本著書。
(24)　井上鋭夫『山の民・川の民―日本中世の生活と信仰―』（平凡社、一九八一年二月）。また、兵藤裕己「中世神話と諸職―太子伝、職人由緒書など―」（『平家物語の歴史と芸能』吉川弘文館、二〇〇〇年一月。初出一九八九年二月）も、中世における太子信仰の考察により、中世の諸職未分化の状態から「分業と定住に基礎をおく近世社会」への展開を述べている。
(25)　注（4）に同じ。
(26)　本書第一章。
(27)　『神道集』の本文は『神道大系　文学編一　神道集』（神道大系編纂会）を用い、貴重古典籍叢刊『赤木文庫本　神

道集』（角川書店）の影印を参照して適宜表記を改めた。

(28) 熊野の縁起の中では古く『長寛勘文』に勧請者として「熊野部千与定と云ふ犬飼」が登場することが知られている。一遍が熊野を布教の拠り所としたのに対して、他阿が小野神信仰を布教の拠り所とした文脈が窺える。

(29) このことは『日光山縁起』研究の側から、小島瓔礼「日光山縁起と狩猟信仰」（『中世唱導文学の研究』泰流社、一九八七年七月。初出一九六二年八月）等により指摘されている。

(30) 注（22）に同じ。

(31) なお、『太平記』諸本間での有意な異同はみられなかった。

(32) 前掲注（20）の三氏の著書、および若尾五雄『黄金と百足―鉱山民俗学への道―』（人文書院、一九九四年四月）。

(33) 高崎正秀「唱導文芸の発生と巫祝の生活―俵藤太物語を中心として―」（『国学院雑誌』三八―四～一〇、一九三二年四月～十月）、小島瓔礼「満野長者と義経記の成長」（前掲注（29）の著書に所収。初出一九六〇年三月）。

(34) 以上、『日本昔話事典』（弘文堂、一九七七年十二月）「炭焼き長者」（宮崎一枝執筆）・「炭焼き藤太」（倉田隆延執筆）の項。

(35) なお、近江の小野神社のある小野庄に隣接して真野庄があり、小野神を信仰した鋳物師が真野長者伝説の運搬者となった脈絡が窺える。

(36) 本書第一章。

(37) この説話が近世初期頃発生したことについては、志田義秀『日本の伝説と童話』（大東出版社、一九四一年十一月）の考察がある。

(38) 『白氏文集』巻第四「売炭翁」を出典とし、『とはずがたり』巻一に「売炭の翁はあはれなり、をのれが衣は薄けれど、薪を取りて冬を待つこそ悲しけれ」との今様が出るのが早い用例（本文は新日本古典文学大系『とはずがたり　たまきはる』（岩波書店）に拠る）。このフレーズは幸若舞曲「八島」にも見られ、成句化して使われたものと思われる。また『義経記』巻第五「静吉野山に捨てらるる事」にも「売炭翁も通はじなれば、ただ炭竈の火にもあらじ」とある。

(39) もちろん、文字化されない複数の伝承が併存していたと考えられるため、作品成立の前後関係と伝承成立の前後関係とは必ずしも一致しない。問題は、ある作品がどのような傾向を以て材料を選択し組み立てているかということであり、その傾向によって作品の性質が左右されるわけである。なお、長門本『平家物語』が伊勢三郎を「日光そたちの児」と記すことは、「神を助けた話」と伊勢三郎とを結びつけた時衆唱導由来の設定を長門本が取り込んだことを示しているが、その時期については別に検討が必要である。

第三章　土佐坊正尊と江田源三の物語

はじめに

文治元年（一一八五）十月の夜、六条堀川邸に駐在していた源義経は、兄頼朝が鎌倉から差し向けた刺客、土佐坊正尊に襲撃された。(1) 有名な堀川夜討事件である。義経は、弁慶や静御前に支えられながら何とか防戦しおおせたものの、兄との不和は明白となり、都落ちを余儀なくされた。同じ年の三月に壇ノ浦で平家一門を討ち取った義経の人生が暗転したことを象徴する出来事として今に知られている。

この事件は謡曲「正尊」や舞曲「堀川夜討」の題材として知られ、『平家物語』諸本にも記されているが、特に『義経記』では詳細に描かれている。そこでは義経の郎等である「江田源三」が、土佐坊の上洛を察知する人物として、またこの合戦での悲劇的な戦死者として、大きな役割を果たしている。このように重要な人物であるにもかかわらず、江田源三に注目した研究はこれまでにほとんどなされてこなかった。(2) そこで本章では、『義経記』におけるこの人物の描かれ方を子細に検討し、この作品が素材として取り込んだ、堀川夜討説話に関するあるまとまった伝承の存在を指摘する。さらに、江田源三の形象を手掛かりとして、『義経記』に素材として流入した伝承の論理と、この作品を統御する物語構想とのせめぎあいを考察する。その作業を通して、『義経記』研究史上の課題となっている、(3) 伝承論と作品論との架橋を試みたい。

一　江田源三の物語

時の右大臣九条兼実の日記である『玉葉』文治元年十月十七日条によると、この日の亥刻頃、「頼朝の郎従の中、小玉党〈武蔵国の住人〉卅騎ばかり」が「義経の家〈院御所近辺なり〉に寄せ攻め」たが、「ほとんど勝に乗ぜんと欲するの間、行家この事を聞き馳せ向かひ、件の小玉党を追ひ散らし了んぬと云々」と記されている(4)。これによると当該事件の概要は、『平家物語』等に描かれるような一般的に知られるものとおおむね一致している。しかし、義経を主に支えたのは有名な郎等達ではなく、叔父の源行家であったようである。また、同時代を生きた記主の筆として『玉葉』の記載を尊重するならば、このとき義経を襲撃したのは児玉党であったことになり、討手に土佐坊がいたか否かは不明である。とはいえ、慈円が承久の乱前に著した『愚管抄』巻第五では、義経を襲撃したのが土佐坊となっている。本文を引用しよう(5)。

頼朝郎従ノ中ニ土佐房ト云フ法師アリケリ、左右ナク九郎義経ガモトヘ夜打ニイリニケリ。九郎ヲキアイテヒシ〳〵トタ、カイテ、ソノ害ヲノガレニケレド、キスサヘラレテハカ〴〵シク勢モナクテ、宣旨ヲ頸ニカケテ、文治元年十一月三日、西国方ヘトテ船ニノリテ出ニケリトキコヘシニ、ソノ夜京中コトニサハギケリ。

このように、早くも鎌倉前期には後世の文学に現れる堀川夜討事件の梗概が存在していたことがわかる。また、冒頭に述べた義経の人生が暗転する象徴的出来事としての堀川夜討事件の位置付けは、既に『愚管抄』に見て取ることができる。その枠組みは、弁慶や静御前の活躍をも活写する『平家物語』諸本を通して人口に膾炙し、謡曲や舞曲へと引き継がれてゆく(6)。

ところが、鎌倉後期成立の、幕府の側から歴史を叙述する『吾妻鏡』では、この事件が別の視点で描かれている。

すなわち、文治元年十月九日、頼朝は土佐坊を義経追討の刺客として上京させる。この刺客の役は誰もが辞退したが、土佐坊は進んで引き受けたため、頼朝の賞讃を得た。また、土佐坊は出発の時、下野国に老母と嬰児がいるので憐憫を加えてほしい、と申し入れると、頼朝は快諾し下野の荘園を与えた。そして同月十七日、土佐坊は手薄な時を突いて義経の邸宅を襲撃したが、佐藤忠信や、駆けつけた行家の防戦に会い失敗、逃亡するものの、同月二十六日に鞍馬で捕まり、六条河原で梟首された、というものである。このように、『吾妻鏡』では、堀川夜討事件が義経の悲劇という文脈においてではなく、頼朝の忠臣である土佐坊の悲劇的美談という文脈において述べられている。さらに、土佐坊が下野国に遺した老母に関して、建久二年（一一九二）十二月十五日条には次のような後日談が載せられている(7)。

故土佐房昌俊の老母、下野国山田庄より参上するの由、これを申す。すなはち御前に召す。亡息の事を申し出だし、頻に涕泣す。幕下はなはだ歎かしめ給ひ、綿衣二領を下さると云々。故予州、幕下に背き奉り給ふの時、討手を遣はされんことを欲するに及び、勇士等障を申す処、昌俊、法体たりながら領状し、つひに命を関東に奉るの間、没後の今に至り、精兵の比量に引かしめ給ふと云々。

土佐坊の母が頼朝と対面してともに涙し、頼朝は土佐坊を賞讃したという。この記事からも明らかな通り、堀川夜討事件を義経の悲劇として位置付ける『平家物語』的な見方に対して、『吾妻鏡』にはこの事件を土佐坊の悲劇として語る視点が存在しているわけである。

しかし、室町前期成立と考えられる『義経記』では、堀川夜討事件の叙述の中に、さらに別の視点から語られる悲劇的物語の存在を指摘することができる。それが、江田源三の物語である。江田源三は、『平家物語』諸本では義経の郎等として複数の箇所で名が出ている人物であるが、具体的な活躍が描かれることはなく、記録類にも現れていない。近世成立の『義経知緒記』には「江田源三弘基是モ清和源氏ノ庶流辻岡源太基斎三男也」とあるが(8)、他

の史料により裏付けることはできない。つまり、江田源三は『義経記』のみにおいてその活躍が描かれる人物なのである。(9)

『義経記』の堀川夜討事件では、まず頼朝の刺客となった土佐坊が手郎を従え、熊野詣を装って急ぎ上京することが述べられる。(10)そして土佐坊一行は夕暮れを待って京都に入り、京都に視点が移ったところで「江田源三」が登場する。

祇園大路を通りて、河原を打ち渡りて、東洞院を下りに打つ程に、判官殿の御内に、信濃の住人に、江田源三といふ者あり。三条京極に女のもとに通ひけるが、六条堀川の殿を出て行く程に、五条東洞院にて、鼻突きにこそ行き会ひたれ。

江田は物陰に隠れ、熊野詣の格好をした集団を誰の参詣かと見ていると、鎌倉にいるはずの土佐坊であった。土佐坊は義経への連絡なしに入洛しているわけだが、「我らが殿と鎌倉殿とは下心よくもおはせぬ」ため、江田は「夫めを賺して問はばや」と考える。そして「案の如く」やってきた「遅れ馳せの者共」に道を尋ねられた江田は、次に引用するように、土佐坊が義経を討つためにやってきたことを聞き出す流れとなっている。

夫が言ひけるは、「和殿ばらも今宵ばかりこそ静かならんずれ。明日は都の件の事にて、大乱れにてこそあらんずれ。されば我らまでもいかがあらんずらんと恐ろしきぞ」と申しければ、源三これを聞きて、これらが後に付きて物語をぞしたりける。「これも自体は相模の国の者にて候ふが、主に付き奉りて在京して候ふが、わが国の人と聞けばいとどなつかしきぞや」なんどと賺されて、「同じ国の人と仰せられ候へば申すぞ。げに鎌倉殿の御弟、九郎判官殿を討ち参らせよとの討つ手の使ひを賜りて上りて候ふぞ。披露は詮なく候」とぞ申しける。

話術に長けた江田源三と田舎育ちの人夫との滑稽なやりとりである。このあたり、狂言の詞章を思わせる会話主体の叙述は、江田源三という人物が弁舌巧みに人を賺すことのできる人物であることを印象付けていると言えよう。やがて江田は六条堀川邸へ引き返し、この情報を義経に伝えるが、土佐坊を連行してくるように命じられてこれに失敗し、義経に勘当されてしまう。しかし江田は「この事聞きながら遠き宿所に帰りては臆めたるべしと覚えければ、近き所に宿してぞうかがひける」と記される。

その後義経は弁慶を使いとして土佐坊を強引に連行するが、敵意はないとの起請文を書かせて安心し、その夜は酒盛りをして、不用心にも郎等を置かずに寝入ってしまう。その結果夜討ちに合うわけだが、「下もなき下郎」の喜三太や、静御前、駆けつけた弁慶らに支えられて窮地を切り抜け、土佐坊を退かせる。しかし「その中にも軍の哀れなりし事は、江田源三に止めたり」と語られる。江田は土佐坊の放った矢に首を深く貫かれ、息も絶え絶えに義経のもとへ参上する。義経の膝の上で江田は勘当を解かれ、最期に次のように言い残して、念仏の末絶命する。

君の御膝の上にて死に候ふ上は何事をか思ひ置き候ふべきなれども、過ぎ候ひし春の頃、親にて候ふ者の信濃へ下り候ひしに、「構へて暇申して冬の頃は下れ」と申し候ひしが、「さ承る」と申し候ひしに、下人が空しき骨を持つて下り、母に見せ候はば、悲しみ候はんずる事こそ罪深く覚えて候へ。君都におはしまし候はん程は、常に不便の仰せをこそ蒙りたく候へ。

このとき義経は江田に大きな同情を寄せ、「それはぜひ常に訪はんずるぞ。心安く思へ」と江田を安心させる。そして江田の死に奮起した義経勢は、どこまでも逃げ落ちる土佐坊をついに鞍馬山で生け捕りにする。以上が『義経記』に描かれる堀川夜討事件の梗概と、その中における江田源三の役割である。『義経記』の叙述からは、『平家物語』のような義経の悲劇や、『吾妻鏡』に記された土佐坊の悲劇とは別に、江田源三の悲劇の忠臣としての物語を読み取ることができるだろう。以下、これを〈江田源三の物語〉と呼ぶことにしたい。

この〈江田源三の物語〉は、堀川夜討事件を描く他の文献には現れない、『義経記』独自の記述である。ただし、舞曲「堀川夜討」には、義経の郎等が土佐坊の入洛を察知し、弁舌巧みに下人から情報を聞き出す要素、および、その郎等が土佐坊の宿所へ使者として赴くが連行に失敗して義経に勘当される、という要素が描かれている。しかしこの曲ではこれらがいずれも、江田源三ではなく伊勢三郎義盛の役割となっている。また、伊勢三郎は最後には奮戦し、江田のように討ち死にすることもなく、義経に再び認められる筋となっており、この点も『義経記』と異なる。舞曲「堀川夜討」と『義経記』の成立の前後関係は明らかではないが、少なくともこの役まわりを演じる人物に関しては、「有名人に主役が集中しやすいと考えれば、江田から伊勢へ名前が移ったことになる」と述べる黒木祥子の見解は妥当であろう(11)。とすると、少なくとも舞曲「堀川夜討」の成立以前から、〈江田源三の物語〉は存在していたことになる。

このような悲劇の忠臣としての〈江田源三の物語〉は、『義経記』の作者が独自に創作した新しい物語であったとの想定も、論理的には可能である。しかし、『義経記』本文に現れる表現を検討していくと、〈江田源三の物語〉は『義経記』成立以前から存在しており、『義経記』編集時に取り込まれた物語である可能性が高いものと思われる。次にそのことを論じたい。

二　三条京極の女

まず注目したいのは、江田源三が「三条京極に女のもとに通ひける」と記されていることである。三条京極は江田にとって「わが宿所」とも書かれているが、江田の京都における妻の家であろうか。六条堀川邸を出た江田が粟田口から入京してきた土佐坊一行と鉢合わせるには三条京極あたりを目指していたとするのが都合が良かった、という理由でこの地名が出されたとも考えられる。しかし、当該説話においてはこの地名が必要以上に強調されているように思われる。なぜなら、江田が土佐坊の連行に失敗して義経に勘当された直後の場面で「源三面目を失ひてすぐに宿所へ帰らんとしけるが、この事聞きながら遠き宿所に帰りては臆めたるべしと覚えければ、近き所に宿してぞうかがひける」と書かれているにもかかわらず、その夜に江田が六条堀川邸へと駆けつけた時を説明して「宵には御不審にて京極にありけるが、堀川殿に軍ありと聞きて馳せ参る」と、先の三条京極にいたように語られているからである。このように、江田がこの夜どこへ宿していたかという点に関して前後の記述に矛盾が生じているのは、記述の整合性に優先させるべき何らかの論理、あるいは隠れた文脈があったからではないだろうか。というのも、江田は三条京極の女を遺して先立つことになるわけだが、『義経記』の成立した室町期当時の京都において、この場所はあるイメージを帯びていたことが知られるのである。

上杉本『洛中洛外図屏風』を見ると、三条京極には「へんけい石」（弁慶石）と名の記された、いわゆる力石が描かれている。この弁慶石が鎮座した地が三条京極であったことの必然性について、瀬田勝哉は次のように言及している。[12]すなわち、『山州名跡志』の「弁慶石町」の項に引用されている舞曲「高館」には、弁慶が死に際して自分は幼少の頃三条京極に住んだと語ったとの記述がある。しかしこの詞章は現存の「高館」にはみられない。かわりに、現存の舞曲「四国落」の中で、弁慶が「生る、所は出雲の国枕木の里、育つ所は三条京極、学問するは天台山」と名乗る台詞がある。「四国落」の成立年代は室町時代であるということしかわからないが、少なくとも近世以前において、三条京極と弁慶との間に何らかのつながりが認められる。ただし、そのつながりと弁慶石の鎮座との前後関係は不明である、との考察である。また、瀬田は舞曲「笈さかし」にも弁慶の宿所が「三条川原さき」にあったとの記述があることを指摘しており、三条京極の周辺が弁慶と関連する形でイメージされたとの説は首肯できる。

ところで、御伽草子『橋弁慶』では、熊野別当の湛増が熊野権現に申子を請い、妻が「鉄の丸かせ」を袂に賜る夢を見て懐妊し生まれたのが弁慶であった、との記述があるのをはじめ、各地に残る弁慶伝説には鉄にまつわる要素が多く付随していることから、弁慶に関する物語は採鉱・冶金に関わる職人により伝承されたことが指摘されている。[13] また、柳田国男により鋳物師あるいは炭焼きの伝承としての痕跡が指摘された金売り吉次も、[14]『義経記』等によると三条の住人である。さらに、義経が自害に用いた刀「今剣」を打ったと『義経記』に書かれる「三条の小鍛治」もまた、三条の住人であった。この三条小鍛冶宗近は、謡曲「小鍛冶」にも描かれる伝説的な刀匠であったが、『橋弁慶』や『自剃弁慶』によると、弁慶の長刀もまた宗近の作とされている。

採鉱・冶金に携わる人々は、全国を遍歴し物語を運搬する語り手としての側面を有していたと考えられるが、[15] 金売り吉次といい三条小鍛冶といい、三条は彼等の伝承において頻出する住所であり、殊に弁慶は、三条京極の地と深い関わりをもって語られたようである。これらを総合するに、江田源三が三条京極の女のもとに通っていたという記述は、『義経記』に流入した、鍛冶や鋳物師らの語った江田源三伝承の痕跡である、との仮説を立ててみる価値はあるものと思われる。[16]

また、この見通しを補強する状況証拠の一つとして、『新編武蔵風土記稿』に採録された江田源三の伝承を挙げることができる。この書は昌平坂学問所で間宮士信らによって編纂され、天保元年（一八三〇）に幕府に上呈された地誌であるが、[17] その巻之八十七、都筑郡之七の「茌田村」の内にある「八幡社」の説明に、江田源三の伝承が記載されている。すなわち、元和の頃の勧請と思われるこの「八幡社」には、木造の神体の下に「酒瓶のごときもの」があり、その中に「矢の根」つまり鏃が盛られていて、「義家朝臣」の鏃とも「茌田源三と云しもの」の鏃とも言われている、という。また「社の背後」には「茌田源三」の「居城の跡と云」場所があり、記者は「されば源三が矢の根なりと云ことまさしきにや」と結論して、「この八幡ももと源三が守護とせし像なりと云」と付け加えている。このように、茌田村の八幡社には江田源三に関する伝承が残されているわけだが、神体の下に鏃が盛られている点は特徴的であり、興味深い。とはいえ、江田源三がこの地の出身であるとの伝承を裏付ける史料はひとつとして残っていない。村名と同じ「エダ」の名にこと寄せて生まれた臆説にすぎない、と考えるのが妥当であろう。

しかし、『新編武蔵風土記稿』においてこの「八幡社」から一項目隔ててすぐ後に記されている「剣社」の説明を参照すると、江田源三という人物の伝承を考える上で有益な情報を得ることができる。すなわち、「剣社」の「社伝」によると、「昔陸奥国より炭を商ふもの、鎌倉へ往来して、鍛冶のもとへかの炭を売ること年久しければ、鍛冶もかの商人が来ること、年をへておこたらざることを謝して、己が作りたる刀一口を贈れり、商人よろこびてこれを携へ、国へかへらんとして此所をすぎ、泉谷の辺りにとゞまりて、路のつかれをしばしやすめんといこひしに、喉のかれたりしかば、ありあふ泉を掬して呑けるに、酒に酔ひしごとく、覚へず倒れ臥したりしを、側なる松の木の上より大蛇ねらひよりて呑んとす、時に携へたる刀自ら抜出て、蛇を斬殺しけるにそ、かのもの危き命をたすかりしとなん、よりて剣を祀りて剣明神と号す」という。『平治物語』等にみえる平家重代の刀「抜丸」の説話とモチーフを共有する話であるが(18)、陸奥と鎌倉を往復する炭焼きを視点人物とした、刀剣にまつわる伝承である。「泉谷」は荏田村にある地名で、この出来事が荏田村内であったと伝えられていたことは間違いない。この記述から、荏田村は炭焼きや鍛冶の伝承の通り道であったと考えることができるだろう。

そもそも、「八幡社」の項に現れた江田源三の伝承は、「矢の根」すなわち鏃にまつわる言い伝えであった(19)。『太平記』に「大和鍛冶ノキタウテ打タル鏃ヲ少々用意仕テ候」とあるのを参照するまでもなく、鏃は鍛冶の製品であった。神体の下に鏃を盛るという独特の風習からは、この地と鉄製品との深い結びつきを読み取ることができるだろう。荏田村の江田源三伝承は村名にこと寄せた臆説であろうが、しかし全く根拠のないものではなく、鍛冶・鋳物師や炭焼きの運ぶ伝承の通り道にあったこの村が「エダ」の名を持っていたため、同じ圏内に流通していた物語の主人公がこの村の出身とされた、考えることができるのではないだろうか。

このように、江田源三の物語は、鍛冶・鋳物師および炭焼きによって伝承された物語であった可能性が指摘できる。また、江田を殺害したのは土佐坊正尊であったが、土佐坊にまつわる伝承そのものが、鍛冶と密接に関連していた節がある。次にこの点について説明したい。

三　大和千手院の鍛冶

『義経記』において土佐坊正尊は、頼朝から義経追討を命じられた際、「身は一尺二寸ありける手鉾の、蛭巻白くしたるを、細貝に目貫にしたるを」授かったとの記述がある。続けて頼朝は「これは大和の国千手院といふ鍛冶に作らせて秘蔵し持ちたれども、頼朝が敵討つ例には、柄長き物を先とす」と説明したことになっているが、「千手院」とは東大寺の千手谷にいた刀工集団である。僧兵の用に応じて刀を作ったとされており[20]、悪僧である土佐坊の武器としては相応しい。

土佐坊は延慶本および長門本『平家物語』の額打論説話においては、二条天皇の葬儀で狼藉を働いた悪僧として語られており、もと興福寺の西金堂に所属した堂衆であったとされている。角川源義は、興福寺西金堂が大和の盲僧を支配していたことから、土佐坊説話は大和盲僧の管理した話であったと推測した上で、千手院の手鉾について「伊豆の流人源頼朝と千手院鍛冶と結ばれる格別な理由もない。興福寺西金堂に奉仕し、義経物語を語った大和盲僧の知識に千手院鍛冶があったからであろう」と述べている[21]。しかし、次に見る諸資料から、『義経記』における土佐坊の説話に千手院鍛冶の名が書かれていることには、より積極的な理由があったのではないかと考えられる。

刀剣銘尽や刀匠系図の類を繙くと、千手院鍛冶に「金王丸」を名乗る鍛冶が存在していたことが知られる[22]。最古のものでは成立下限が応永三十年（一四二三）の観智院本『銘尽』に「千手院金王」と出ており、寛政四年（一七九二）に出版された『古刀銘尽大全』の千手院系図には「金王丸　元暦頃」とある。堀川夜討事件は文治元年つまり元暦二年の出来事であり、「金王丸」はこの頃の千手院鍛冶とされていたわけである。ところで「金王丸」は一般的には、頼朝義経兄弟の父である源義朝の童であり、『平治物語』において義朝が尾張で長田忠致に殺されたのを目撃し、京都の常磐御前に語って伝えた人物として有名である。そして、「金王丸」は土佐坊正尊の幼名である、という認識が、中世以後の語り物の世界においては常識的な前提であった。たとえば舞曲「堀川夜討」では土佐坊について「此者十九の年、未だ金王丸と有し時、守の殿の御供申、尾張の長田が館にて、御最期の合戦に、長田が子ども其数人を滅ぼし、そこにても討たれずし、その名を得たる者」であると記されている。(23)

また、学習院本『平治物語』では、金王丸が義朝の最期を常磐とその三子に報告した語りが長々と書かれており、金王丸は『平治物語』の素材となった伝承の語り手として注目されている。柳田国男により、有王を名乗る高野聖の語った口頭文芸が『平家物語』の重要な素材となったとの説が提出されたことは確認するまでもないが、(24)久保田淳は金王丸を説明して「『平家物語』の俊寛における有王のごとき存在」と指摘している。(25)また金刀比羅本『平治物語』では、金王丸の出家が「ある山寺に髪切、法師に成て、諸国七道修行して、義朝の御菩提をとふらひたてまつる」と書かれており、安部元雄はこれを金王丸が高野聖となったと読んでいる。(26)室木弥太郎も寛永二十年（一六四三）版の古浄瑠璃「待賢門平氏合戦」に金王丸が高野聖となったとの記述があるのを挙げて「『平家』の有王丸を連想せざるをえない。金王丸も高野聖であったのではないか」と述べている。(27)有王と金王丸は全国に墓が残る点でも共通しており、歴史的事実か否かは別としても、久保田の指摘通り、物語の語り手としての金王丸の形象が有王と重なっていることは明らかである。(28)

伝承の運搬者としての側面がみられる金王丸が大和鍛冶の系図に現れるということは、物語の語り手がしばしば刀工と同一であったということだろう。それを裏付けるように、有王もまた、刀銘尽や刀匠系図にその名を見出すことができる。大和鍛冶には「有王」の名を名乗る者が複数いたことが確認されるが、(29)元和九年（一六二三）に書写された『正銘秘伝』には、千手院派の刀匠として書かれている。また、延慶本『平家物語』や『源平盛衰記』には、有王がもと「粟田口ノ辺」に住む「大童子」であったと書かれていることは注目に値する。(30)というのも、粟田口は鍛冶の住所として知られているからである。そしてまた、『宇治拾遺物語』十五には、「粟田口の鍛冶」に仕える「大童子」が巧みな話術で周囲を笑わせる話が見える事実を付け加えることもできる。

さらには、『義経記』において「三条に大福長者あり。名をば吉次宗高とぞ申しける」と書かれるように三条の住人とされる人物である金売り吉次もまた、物語の運搬者と目される冶金職人である。吉次が鋳物師の名であったことは先述の通りよく知られているが、その「吉次」の名もまた、刀銘尽や刀匠系図によると全国各地にかなりの数が確認できるのである。(31)弁舌に秀でた話芸の徒と刀工集団との重なりが窺われるわけだが、その中に「有王」や「吉次」を名乗る者がいたという蓋然性は相当に高いことが認められよう。そして同じことは「金王丸」にも言える。したがって、次のような見通しが成り立つ。すなわち、金王丸や土佐坊正尊を名乗る、あるいは土佐坊の子孫を名乗る鍛冶が大和千手院の工房におり、彼等の語る堀川夜討説話の中に「千手院」の名が積極的に組み入れられ、それが『義経記』に文字として残った、という見通しである。そして同じ伝承基盤の中で、堀川夜討事件を舞台として〈江田源三の物語〉も生まれ、『義経記』の中に取り込まれたのではないだろうか。

『義経記』の江田源三もまた話術の達者な人物として描かれ、敵を賺して諜報を行っていた。そしてその役割を、舞曲「堀川夜討」では伊勢三郎が担っていたことは先に確認した通りである。伊勢三郎の伝承が採鉱・冶金職人によって運搬されたものと考えられることは別に述べたが、(32)江田源三は、そのような伊勢三郎と互換可能な人物であったことになる。このことは、〈江田源三の物語〉もまた採鉱・冶金職人によって語られ伝承された物語であった可能性を補強する材料となるだろう。また、『新編武蔵風土記稿』に筆録された荏田村の伝承は、近世に至るまで鍛冶や炭焼きが〈江田源三の物語〉を語り伝えていたことを示していると見ることができよう。

四　信濃の老母

ここまで述べてきたように、〈江田源三の物語〉が鍛冶・鋳物師や炭焼きの運ぶ伝承の中に語られていた、との仮説は、直接の明証こそ得られないものの、複数の状況証拠を考え合わせればそれなりの蓋然性を認めることができる。その手掛かりの一つとなったのが『義経記』の「三条京極に女のもとに通ひける」との記述であったが、結果的にこの地には江田源三の未亡人が遺されたことになる。この作品ではその後この女性について何一つ触れられていない。しかし、江田が妻を遺して死んだ事実からは、〈江田源三の物語〉の持つ女性哀話としての可能性を読み取ることができるかもしれない。そもそも、江田が殺された場である六条堀川は、久松宏二によると、女性哀話を形成する基盤の存する土地であったという(33)。

しかし、より明確に見て取れるのは、江田源三の母にまつわる哀話としての側面である。『義経記』において江田が死の間際に遺言として義経に託したのは、信濃国に遺すこととなった老母にどうか恩情をかけてほしい、との願いであった。『義経記』本文には江田の母の視点に立った記述は現れないが、老母が遺されたのが信濃国であったことに注目すれば、〈江田源三の物語〉が遺された老母の哀話としての側面を有していることが見えてくる。

信濃国にまつわる女性哀話は非常に多い。これは、中世を通じて貴賤の信仰を集めた善光寺の性質と関係するものと思われる。というのも、善光寺は、女が男の菩提を弔う寺として広く認知されていたと考えられているからである(34)。たとえば、『曽我物語』には、尼となった虎御前が回国修行を行う中で、曽我兄弟の遺骨を頸に下げて善光寺へ詣でたことが描かれている。また『平家物語』では、平重衡に死に後れる千手前が善光寺で重衡の後世を弔っている。そしてこうした善光寺に関する説話的定型は、信濃一般のイメージへと拡大して認識されたようである。謡曲「望月」は、信濃の安田庄司の後家が、近江守山の宿において盲瞽女に扮して亡夫の敵を討つ話である。また『源平盛衰記』では、死期にあたり木曽義仲が巴御前に対して「去年の春、我、信濃国を出でし時、妻子を捨て置き、又再び見ずして、永き別れの道に入らん事こそ悲しけれ。されば亡からん跡までも、この事を知らせて、後の世を弔はばやと思へば、最後の供よりも然るべきと存ずるなり。疾々忍び落ちて、信濃へ下り、この有様を人々に語れ」と言う。泣く泣く戦線を離脱した巴は「粟津の軍終りて後、物具脱ぎ捨て、小袖装束して信濃へ下り、女房・公達にかくと語り、互ひに袖をぞ絞りける」と続く(35)。このように、信濃は男を弔う女性の哀話の舞台として定型的イメージを帯びていたようである。このことを前提とすると、江田の母が信濃国に遺されたとの記述は、〈江田源三の物語〉が遺された老母の哀話としての側面を有していることを指示している、と読むことができよう。

また、江田が主人の膝の上で死ぬこと、故郷の老母を案じる遺言を遺すことも、一定の類型を踏んだ記述と考えられる。江田と同じく義経の臣下である佐藤継信の有名な死に様が、江田のそれと非常によく似ていることは、既に度々指摘されている(36)。継信は屋島合戦で義経をかばって能登守教経の矢を受け、義経の膝の上で死ぬわけだが、これが『源平盛衰記』や八坂系『平家物語』諸本では死ぬ間際に故郷の老母を案じる遺言を残すことになっており、『義経記』の〈江田源三の物語〉と一層近くなっている。そして継信の死は、謡曲「摂待」、舞曲「八島」等に残る、いわゆる「尼公物語」として語られた、佐藤兄弟の母の哀話へと接続する文脈を有している(37)。

このように、〈江田源三の物語〉から読みとれる女性哀話の側面は一定の類型を踏襲しながら形作られているわけであるが、江田の死を佐藤継信の死およびその母の哀話と重ね合わせてみると、江田の死が語ろうとするモチーフが浮き彫りとなる。すなわち、忠臣であるがゆえに戦死し、都に上って帰ることのなかった息子を顧みて涕泣する、故郷の老母の悲話である。それは同時に、鎌倉幕府草創にあたって犠牲となった勇士の供養を担う母の物語でもある。そして、ここまで述べれば明らかなように、このモチーフは、『吾妻鏡』に採録されていた土佐坊の悲劇の物語が呈する姿そのものである。そしてここまでの作業で見えてきた、故郷の老母の側から語られる哀話の話型を、土佐坊の側から、あるいは江田の側から捉え返したとき、次のようなことが言える。すなわち、土佐坊と江田はともに、忠臣であるがゆえに都に上り、堀川夜討事件において戦死して、ついに故郷へ帰ることのなかった悲劇的勇士、という近似の枠組みの中で語られる、相同関係にある人物と見ることができるのである。

先に〈江田源三の物語〉と土佐坊の物語とが伝承基盤を同じくしていることを論じたが、話型の面からも、両者の重なりがみてとれた。以上の徴証を勘案すると、〈江田源三の物語〉は、採鉱・冶金職人の伝承の中で、土佐坊の物語の変奏として生まれ成長した物語であった、と考えることができるだろう。そのように考えると、〈江田源三の物語〉が堀川夜討説話を舞台としていることにも、かなりの必然性を見出すことができよう。(38) なお、長門本『平家物語』では、義経を討つために上洛した土佐坊の軍勢に江田源三の名が出ている。(39) このことも、土佐坊の物語と江田源三の物語が同根であったことを示す傍証として数えることができる。

結びにかえて――〈義経の物語〉を相対化する『義経記』――

堀川夜討事件は、鎌倉前期以来、義経の生涯の暗転を象徴する衝撃的な出来事として物語られてきた。政治的事情は斟酌されるべきであるにせよ、兄頼朝から刺客を差し向けられ暗殺を謀られたという意味において、それが義経の悲劇の物語として位置付けられることはきわめて自然であると言えよう。しかし、『吾妻鏡』の編纂にあたって採録されたのは、義経の悲劇を語る文脈においてではなく、土佐坊の勇姿とその母の悲しみという文脈において配される、土佐坊の悲劇の物語であった。合戦においてその一方と他方とが相対的な関係にあることは言うまでもない。『吾妻鏡』が描こうとしたのは、謀反人である義経の物語の裏側に存した、鎌倉幕府勢の犠牲者の物語であったと言える。

ところが、『義経記』の描く堀川夜討事件では「その中にも軍の哀れなりし事は、江田源三に止めたり」と語られていた。『吾妻鏡』に記された土佐坊の悲劇の物語は『義経記』では現れておらず、その変奏と思われる江田源三の悲劇の物語が展開されているのである。そして〈江田源三の物語〉とは、『義経記』のみが記述した、下位身分に属する義経の助力者の物語である。

治承寿永の内乱を意味付け、その過程で犠牲となった敗者の鎮魂を志向する『平家物語』が、この事件を義経の悲劇として描くことは自然である。また、鎌倉幕府の正当性を保証する『吾妻鏡』が、義経に敗れた土佐坊の悲劇を書き込むことも当然であろう。しかし、義経の一代記としての形式を有する『義経記』は、この事件を義経の悲劇の物語として描く視点を大きく後退させている。この作品は逆に、この時の義経に多くの過失があったことを記す。すなわち、土佐坊の起請文を鵜呑みにし、部下達の諫めを聞かずに自邸を手薄にし、泥酔して眠ってしまった結果の土佐坊の夜討ちであり、江田源三の死である。『義経記』におけるこの事件の唯一の悲劇が、義経でも土佐坊でもなく江田源三の物語であるということは、この作品の性質を考える上で示唆的である。

ここまで述べてきた通り、『義経記』に採用された土佐坊の物語と、その変奏であるところの〈江田源三の物語〉は、採鉱・冶金に携わる人々が語る伝承であったと考えられる。これと同様の伝承基盤が、舞曲「堀川夜討」では江田源三の役まわりを演じていた伊勢三郎の、『義経記』における描かれ方からも指摘できることは先述した。このような下位身分の人々により語られた伝承が素材となっていることが、『義経記』において〈江田源三の物語〉が義経の悲劇の物語に優先して描かれることのひとつの大きな要因であろう。

別の言い方をすれば、この作品に流入した〈義経の助力者の物語〉の伝承が、『義経記』を統御する〈義経の物語〉としての物語構想を本文内部で相対化している、ということになる。もちろん、義経の貴種性や〈義経の物語〉の権威性を抜きにしては〈義経の助力者の物語〉は存立し得ない。しかしそうした〈義経の物語〉の構想を下敷きとして、主客あるいは主従を転倒させたかのような叙述こそが、『義経記』の際立った特質であることは間違いない。その転倒が、時には物語としての一貫性を欠く結果をもたらす一方で、この作品の持つ魅力的な奔放さ、賑やかさを生み出しているのである。

注

（1）出典によっては、土佐坊を「土佐房」、正尊を「正俊」「昌俊」とする等の表記異同があるが、本章では混乱を避けるため、引用文を除き「土佐坊」「正尊」に統一して表記する。

（2）『義経記』における堀川夜討の記述を扱った研究の中で、江田源三についても言及した先行論については本章でも適宜紹介する。

（3）本書序章。

（4）本文は図書寮叢刊『九条家本玉葉』（明治書院）に拠って私に訓読し、割り注は〈　〉内に記した。

（5）本文は日本古典文学大系『愚管抄』（岩波書店）に拠る。

（6）なお、菱沼一憲「源義経の挙兵と土佐房襲撃事件」（『日本歴史』六八四、二〇〇五年五月）によると、この事件当時における貴族の認識と後の『平家物語』等の意味付けとの間には懸隔があり、本来この事件は在京していた反義経派武士による義経への先制攻撃であったらしい。

（7）本文は新訂増補国史大系『吾妻鏡』（吉川弘文館）に拠り、私に訓読した。

（8）本文は『軍記物語研究叢書第四巻　未刊軍記物語資料集4　義経知緒記・義経勲功記』（クレス出版）に拠る。

（9）寛延二年（一七四九）刊の都賀庭鐘『英草紙』第五編には、閻魔庁での裁判において義経の行状を指弾する人物の一人として江田源三が登場しているが、かなり特殊な例である。『義経記』を踏まえた創作であろう。

(10) 本文は田中本を底本とする新編日本古典文学全集『義経記』（小学館）に拠り、影印を参照して適宜表記を改めた。
(11) 黒木祥子「堀川夜討考」（『神戸学院大学人文学部紀要』四、一九九二年三月）。
(12) 瀬田勝哉「弁慶石の入洛」（『増補洛中洛外の群像　失われた中世京都へ』平凡社、二〇〇九年一月。初出一九九二年七月・八月）。
(13) 志田元「弁慶伝説小考（その二）」（『伝承文学研究』三、一九六二年十二月）等。
(14) 柳田国男「炭焼小五郎が事」（『定本柳田国男集　第一巻』筑摩書房。初出一九二五年四月）。
(15) 本書第一章・第二章に詳述した。
(16) なお、鍛冶・鋳物師・炭焼きは職能上相互に近接しており、物語の伝承を考える上ではほとんど不可分の関係にある。たとえば刀剣の制作および流通は、①砂鉄を集める／鉱脈を掘る②鉄を炭素と化合させて鋼を作る③鋼を鍛えて刀を作る④体裁を整え装飾する⑤商品として運搬・販売するという過程をたどる。①は鉱山師、②は踏鞴師、③は刀工、④は金細工の職能となるが、近世以前は各職能が未分化であった。桶谷繁雄『金属と日本人の歴史』（講談社、一九六五年七月）、窪田蔵郎『鉄から読む日本の歴史』（角川書店、一九六六年五月）、および永原慶二・山口啓二編『講座・日本技術の社会史第五巻　採鉱と冶金』（日本評論社、一九八三年九月）等参照。なお、②③④の過程で大量の炭が必要となるが、それを供給するのが炭焼きである。また、諸職人の統括者はしばしば「長者」と呼ばれたが、鍛冶や鋳物師が「長者」と呼ばれた例も確認できる（樋口州男「伝承に残る荘園の歴史―黒田荘と長者伝説―」『中世の史実と伝承』東京堂出版、一九九一年九月）。
(17) より正確には「新編武蔵国風土記」の編纂を期した資料集として書かれたが、その書は成らなかった。近年では白井哲也『日本近世地誌編纂史研究』（思文閣出版、二〇〇四年二月）に詳細な研究がなされている。なお、『新編武蔵風土記稿』の本文は大日本地誌大系『新編武蔵風土記稿』（雄山閣）に拠った。
(18) 抜丸説話に関しては鈴木彰『平家物語の展開と中世社会』（汲古書院、二〇〇六年二月）に詳しい。
(19) 巻第三「笠置軍事付陶山小見山夜討事」。本文は日本古典文学大系『太平記』（岩波書店）に拠る。なお、『太平記』のこの合戦叙述にも鍛冶・鋳物師に類する語り手の関与が窺われることは本書第一章に注記した。
(20) 辻本直男「千手院派」（『国史大辞典』吉川弘文館、一九八七年十月）。

(21) 角川源義「『義経記』の成立」(『語り物文芸の発生』東京堂出版、一九七五年十月。初出一九六六年九月)。
(22) 古今の鍛冶名を集大成した辞書である、石井昌国編『日本刀銘鑑』(雄山閣、一九七五年四月)には、「金王丸」の項が立てられ、古刀作者として十二の出典が列挙されている。
(23) 本文は新日本古典文学大系『舞の本』(岩波書店)に拠る。
(24) 柳田国男「有王と俊寛僧都」(『定本柳田国男集　第七巻』筑摩書房。初出一九四〇年一月)。
(25) 久保田淳「『平治物語』の世界—その人物造型を中心に—」(同編『講座日本文学　平家物語　上』至文堂、一九七八年三月)。
(26) 安部元雄「一類本『平治物語』成立についての試論」(『軍記物の原像とその展開』桜楓社、一九七六年十一月。初出一九六六年十二月)。
(27) 室木弥太郎「語り物の多様性と地方性」(『増訂語り物(舞・説経・古浄瑠璃)の研究』風間書房、一九八一年六月。初出一九六六年十月)。
(28) これについては日下力が「金王丸の報告談考」および「作品の外へ—美濃の伝承—」(『平治物語の成立と展開』汲古書院、一九九七年六月)に整理している。日下は金王丸を即語り手と考えることに慎重であるものの、その可能性を否定しない。
(29) 前掲注(22)『日本刀銘鑑』。
(30) 延慶本には「僧都ノ世ニオワセシ時、兄弟三人、少ヨリ召仕者、粟田口ノ辺ニ有ケリ。大兄ハ法師ニテ、法勝寺ノ一預ニテ有ケリ。次郎ハ亀王、三郎ハ有王丸トテ、二人ナガラ大童子ニテゾ有ケル」とある。本文は『校訂延慶本平家物語』(汲古書院)に拠る。
(31) 前掲注(22)『日本刀銘鑑』。
(32) 本書第二章。
(33) 久松宏二「軍記物語における女性哀話とその周辺—〈六条堀川〉という視点から—」(『文学・語学』一二〇、一九八九年三月)、同「『義経記』における〈六条堀川〉考」(『伝承文学研究』四〇、一九九一年十二月)。
(34) 角川源義「語り物と管理者」(『語り物文芸の発生』東京堂出版、一九七五年十月。初出一九四三年十二月)。

(35) 本文は『新定源平盛衰記』(新人物往来社)に拠る。なお、この場面の巴は男の戦死を語る語り手としての未亡人の姿をよく体現している。
(36) 森山重雄「悲劇文学の誕生―『義経記』における英雄の終焉―」(『中世と近世の原像』新読書社、一九六五年一月。初出一九六三年二月・四月)。また、前掲注(11)の黒木論文によると、『義経記』の江田源三の最期は幸若舞曲「八島」に描かれる継信の最期を表現的にも踏襲して書かれているという。
(37) さらに、『義経記』巻第五では継信の弟忠信が義経の身代わりとなって吉野山に独り残る際、死を覚悟した忠信は義経に、「明年の春」に帰る約束をした故郷の母をよろしくと頼む場面がある。その後忠信は生き残って京都へ潜伏するものの、露見して攻められ六条堀川邸で自害を遂げる。こうしてみると忠信の物語も〈江田源三の物語〉と類似している部分がある。
(38) 〈江田源三の物語〉が発生する契機や具体的環境については補説①に試論を述べた。
(39) 長門本『平家物語』の記述は以下の通り。「昌俊を召して、さらは、わ僧、のほりて、九郎を夜討にせよとて、隈井太郎、江田源三、源八兵衛広綱をそへて、文治元年九月廿九日に、かまくらをたちて、上洛す」。本文は『長門本平家物語の総合研究　校注篇』(勉誠出版)に拠る。

補説①　〈江田源三の物語〉の発生に関する一考察

はじめに

本補説は、第三章で扱った〈江田源三の物語〉について、その発生に関する試論を示すものである。この物語の発生について具体的に解明することで、『義経記』に取り込まれた伝承の起源の一例を示すとともに、〈義経の物語〉を相対化する〈江田源三の物語〉が当初はきわめてローカルな伝承であったことを明らかにしたい。

第三章で述べた通り、女性哀話へと結びつく江田源三の死に様には、話型的にきわめて近似した説話の存在が指摘できる。まずはこの点に注目して、江田源三とその母にまつわる物語が発生した文化的環境を推測したい。

一　〈江田源三の物語〉発生の文化圏

義経の郎等として戦死した息子を弔う故郷の母として有名なのは、佐藤継信・忠信兄弟の母である。すわなち、謡曲「摂待」や幸若舞曲「八島」「岡山」および流布本系『義経記』巻第八「継信兄弟御弔の事」等に描かれて知られる、いわゆる尼公物語の主人公である。特に「岡山」では、佐藤兄弟の母と妻が兄弟を弔って諸国をめぐる尼となることが語られている。そして事実、各地にこの尼公の伝承が残っており[1]、善光寺にも佐藤兄弟の供養塔とされる塔が存在している。したがって、佐藤兄弟の物語は、その母を称する女性の哀話として、尼の口によって語られた物語であったと思われ、信濃という場にも引きつけられた。

佐藤兄弟の物語のうち、先に挙げた諸作品の主要なテーマとなっているのは、佐藤継信の討死である。屋島合戦で義経をかばって能登守教経の矢を受け、義経の膝の上で思い残すことはないと言って絶命する、という死に様は有名であるが、これは『義経記』の江田源三とよく似ている。延慶本や覚一本『平家物語』も同じである。さらにこれが屋代本や八坂系諸本および『源平盛衰記』では、死ぬ間際に故郷の老母を案じる遺言を残すことになっており、江田源三の物語と一層近くなっていることは第三章で述べた通りである。

この話型を考える上でさらに重要な示唆を与えてくれるのが、御伽草子『明石物語』に登場する「加藤の太夫助高」という人物である。これは明石に住む主人公明石三郎がその北方に横恋慕する高松中将に謀られ、京都で捕らえられて津軽の牢に籠められるが、それを聞いた北方が夫を訪ねて苦難の旅をする物語である。最後には牢を破った明石三郎が奥州で北方と再会し、高松中将の悪事も露見して夫婦は富み栄えるという筋となっている。この物語は天文二十三年（一五五四）書写本が天理図書館に蔵されており、成立はそれ以前ということになる。「加藤の太夫助高」は、高松中将に謀られた明石三郎が小勢で上洛し、宿所で数千騎の敵に襲撃される場面において、奮戦の臣として特筆される人物である。しかしついには首を射られ、「加藤は明石殿の膝を枕にして、うち臥しけり。加藤申しけるは、「君を児よりも取り育てたてまつり、今年は二十三に御なり候ふ。されば助高、一番に討死つかまつること、これに過ぎたる喜びはなし。惜しかるべき命ならず。死出の山にて待ちたてまつらん」と、これを最期の言葉にて、つひに空しくなりにける」と書かれる。(2) そして、この物語の末尾では、「討たれし加藤の太夫をはじめとして、五十余騎の人々の孝養をねんごろに営」んだことが語られる。この死に方は、いうまでもなく佐藤継信とよく似ており、京都で小勢のまま襲撃される主人を守って討死する様は江田源三と重なっている。

そもそも『明石物語』は、熊野比丘尼の語る物語を踏襲して創作された物語であると考えられる。というのも、たとえば明石三郎は熊野権現の申し子として生まれており、高松中将が北方を見初めるのは両者が熊野へ参詣した折のこととなっている。また上洛した明石三郎に遊女「熊王御前」が高松中将の企みを告げる場面があり、他にも東国へ下る北方は様々な形で熊野権現の加護に助けられているのである。ところで『明石物語』は、「加藤の太夫」以外にも『義経記』や尼公物語と共通する要素を多く持っている。たとえば、北方と苦難の旅をともにする侍女の名は「常盤」となっている。また、常盤の先導によって二人が明石から京都を目指す際、書写山を経由することになっているが、これは無理な行程であり、書写山を書き込む必然的文脈の存在が推察される。謡曲「摂待」には尼公が播磨出身であることから義経一行の西国方言を見抜くという記述があるが、播磨の宗教的中心地である書写山は西国における修験者の聖地であった。『義経記』にも弁慶がこの寺を訪れたことが書かれている。さらに、奥州で熊野権現の夢告により北方と常盤を保護することとなる「信夫の庄司」すなわち「佐藤庄司」は、その呼称が尼公物語において佐藤兄弟の父とされる人物と重なっている。また、北方は「佐夜の中山」で山中出産し、子を「熊王」と名付けるが、山中出産のモチーフは『義経記』にも二度にわたって描かれている。(3)このモチーフは『熊野本地』において日本に熊野権現としてやってきた王子の出生譚にみられ、熊野比丘尼は『熊野本地』の絵解きをしていた。(4)つまり、『明石物語』は熊野比丘尼の物語を踏襲しており、『義経記』や尼公物語も同様の伝承基盤から多くの素材を摂取しているわけである。

ここまで述べてきたように、江田源三ときわめて類似した死に方をする佐藤継信や、『明石物語』の「加藤の太夫助高」の物語は、熊野比丘尼の語る物語を踏襲して創作された物語であると考えられる。また、第三章で述べた通り、江田源三の住国であり老母の遺された信濃国という場には、男を弔う尼の悲話を連想させる文脈が存した。以上のことを考え合わせると、江田源三とその母にまつわる物語の発生した文化的環境は、信濃における比丘尼の語りに求めることができると考えられるだろう。

二　佐久郡英多神社の信仰環境

それでは次に信濃国に注目し、歴史学の成果を積極的に活用しながら、現実的な文化環境を検討することで、〈江田源三の物語〉の具体的な発生地を推測していこう。なお、『義経記』の成立時期は室町前期とされている。したがって、『義経記』に取り込まれた各々の説話はそれ以前に成立していたことになる。そこで、以下の考察では〈江田源三の物語〉が発生・流通していたと思われる鎌倉後期から室町前期の史料を中心的に扱うこととする。

「信濃の住人」であった江田源三は「エタ」（「エダ」）の名を持つ土地を名字の地としているわけだが、信濃には「英多」と書いて「エダ」あるいは「エタ」と読む地が二箇所確認できる。ひとつは、現在の長野市松代地区にあったとされる、埴科郡英多庄であり、もうひとつは現在の佐久市安原に現存している、佐久郡英多沢の英多神社である。いずれも直接に義経にまつわる伝説が残っているわけではなく、伝承における江田源三の出身地として直ちに比定できるわけではない。しかし、特に後者の英多神社は信仰の場であり、この佐久の地は鎌倉から善光寺へ参詣するルート上に位置している交通の要衝である。また同じルート上で佐久から碓氷峠を挟んだすぐ東側には、『平治物語』で伊勢三郎が居住していたとされる松井田がある。また、佐久の地は他にも様々な意味で注目に値すると思われ、女性哀話の発生地として相応しいと考えられる。以下、このことを説明したい。

英多神社は現在、建御名方命を祭神としており、同じ神を祭る諏訪神社の影響が色濃いが、そもそも英多神社の歴史は古く、『延喜式』神名帳にも出ている式内社である。しかし、永徳年中（一三八一～八四）に焼亡、以来退転し、旧観をとどめなくなったという。このとき記録の類も全て焼失したらしく、その来歴は必ずしも明らかでない。(5) したがって、現在の英多神社から永徳以前の様相・位相を窺い知ることはできない。しかし、この神社を有

する安原一帯が中世には大井氏の支配下にあり、宗教的・文化的な中心地の一つであったことは明らかとなっている。(6)

大井氏は、鎌倉初期に小笠原長清の息子朝光が大井庄の地頭となって以来、文明十六年（一四八四）に滅亡するまで、佐久において強大な勢力を張った一族である。そしてこの一族は、宗教的・文化的な面においても佐久の地を領導する立場にあった。たとえば『一遍聖絵』第五には、弘安二年（一二七九）の冬、「信州佐久郡の大井太郎と申ける武士」が一遍に会って発心し、またその姉が霊夢によって一遍に帰依し、この地で踊り念仏が催されたことが描かれている。(7)続けて「数百人をどりまはりけるほどに、板敷ふみおとしなどしたりけるを、つくろふべきよし人申ければ、「これをば一遍聖のかたみとすべし、つくろふべからず」とて、そのまゝにてをき侍けり」とあり、大井氏が時衆を請じた建物に一遍聖の形見とされる遺跡が残されたというのである。大井氏が時衆を保護したことが十分に窺えよう。

また、同絵巻の第四には、同じく弘安二年に「信濃国佐久郡伴野の市庭の在家にして歳末の別時のとき、紫雲はじめてたち侍りけり」とあり、続けて「同国小田切の里、或武士の屋形にて、聖をどりはじめ給けるに、道俗おほくあつまりて結縁あまねかりければ、次第に相続して一期の行儀と成れり」とある。時衆教団史上初めて紫雲の立った伴野、同じく初めて踊り念仏の行われた小田切の地は、いずれも当時の佐久郡内で大井庄に隣接する伴野庄の内にある。小田切は一遍の叔父が承久の乱で配流された地でもあるため、この一帯が時衆教団において重要な聖地であったことが推測されるが、その聖地において、時衆は大井氏の庇護を受けていたのである。

ところで、一遍はこの年、二度目の善光寺参詣を果たしている。善光寺が男を弔う尼の信仰的拠点となっていたことは先述したが、この寺は時衆にとってもきわめて重要な拠点であり、また同時に三井寺の末寺でもあった。三井寺の長吏は聖護院門跡の法親王が熊野別当と兼ねることとなっており、鎌倉末期からは修験道本山派と称して熊野修験の徒を管理していた。そして東信濃における本山派修験者は、同じく聖護院末寺の大井法華堂を拠点とし、大井氏の保護下で隆盛したことが知られている。[8] 当然、大井法華堂の周辺には熊野比丘尼も集ったはずである。

さらに、南佐久郡小海町の松原諏訪神社に現存する梵鐘の銘文（後掲）によると、佐久郡大井庄落合には新善光寺があったが、これも大井氏の勧請であった。この寺には、『曽我物語』で曽我十郎を弔う未亡人となったことが書かれる虎御前が参詣したとの伝説が残っており、その跡には「虎塚」という遺跡がある。[9] この地における虎御前伝説の発生が中世まで遡れるかどうかは不明であるが、少なくともこの地域が、男を弔う尼の物語が成長しうる場としての文脈を備えていたことは確かである。

ここまで述べてきたように、江田源三の故郷であり老母の遺された信濃には、男を弔う遍歴の尼の物語を発生させる基盤があった。そのような信濃における宗教的・文化的な一大中心地に、佐久郡の大井氏が管理する一帯があり、こうした環境に取り巻かれて、「エタ」（「エダ」）の名を持つ英多神社も、室町前期までは信仰の場として繁栄していたわけである。以上のことを勘案するに、江田源三の物語は男を弔う比丘尼が語る物語として英多神社の周辺で発生した蓋然性は相当程度認められるのではないだろうか。

三　佐久と大和鍛冶

尼の語る物語であったと思われる〈江田源三の物語〉は、その発生段階においては、これまで見てきた熊野比丘尼や時衆といった宗教的磁場の関与が想定されるだろう。ところが第三章に述べた通り、少なくともこの物語が伝承される段階では、鍛冶や鋳物師の口によって運搬され、『義経記』に取り込まれたものと思われる。殊に、〈江田源三の物語〉の母胎となったと思われる、土佐坊正尊の伝承を運搬した大和の鍛冶は重要である。そこで、この物語が佐久郡の英多神社の周辺で発生したと考えるためには、この地域と大和の鍛冶・鋳物師との関係を確認する必要があるだろう。幸い、佐久については当該時期における金属製品の流通を示すいくつかの史料が残っている。まず、先に触れた松原諏訪神社に現存する梵鐘銘を検討したい。以下に全文を引用する。(10)

敬白
　信州佐久郡大井庄落合
　新善光寺
　奉施入槌鐘一口　長四尺二寸 口二尺六寸
　右志者為法界衆生往生極楽也

弘安二年己卯八月十五日
　大勧進法阿弥陀仏
　勧進説法者二人　念阿 道空
　大旦那源朝臣光長
　幷諸旦那　大工伴長

すなわち、この梵鐘はもと「佐久郡大井庄落合」に建立された「新善光寺」に施入されたものであり、弘安二年（一二七九）八月十五日、「大工伴長」が鋳造した、との内容が書かれている。坪井良平によると、この「大工伴長」は大和の鋳物師であると考えられる。彼らは皆「トモ」の字（朝、知、伴、友）を名に持っているからである。大和の鋳物師は現地で作る渡り職人であって、諸国の梵鐘を鋳造したが、尾張、美濃、信濃の方面では件数で群を抜いている。特に信濃国では文和四年（一三五五）から永享二年（一四三〇）までは、不明一例を除く五例が全て大和鋳物師の手になっている。戦国期以前には信濃に鋳物師がいなかったため、梵鐘鋳造の際は主に大和から鋳物師を招いたのである。なお、戦国期以降は在地鋳物師が増加して大和鋳物師の名は銘文に見られなくなる。[11]

大井庄落合新善光寺梵鐘銘からは、この地域と大和鋳物師との結びつきが見て取れた。とはいえ、梵鐘は鋳造技術においても鋳造の意義においても、やや特殊な金属製品である。そこで次に、この分野における先行研究である井原今朝男の論考[12]を参照しつつ、日用品としての金属製品の流通を示す史料を検討する。

まず、筒井寛聖氏所蔵文書の一乗院政所下文（鎌倉遺文二四八四九号）を検討する。これは正和二年（一三一三）に興福寺一乗院が下した裁判の判決文である。[13]すなわち、一乗院の「貝新座寄人」である「故四郎男」が、東国に鍬を行商し、その販売代金を「信濃国住人右馬太郎」に預けてさらに「坂東」へ赴く途中、山賊に殺害されるという事件があった。その際信濃に残された販売代金をめぐって、四郎男の伯父「木工有継」・その舅「寺鍛冶新座衆良仏」・四郎男の「後家弁息女」が争って訴訟が起こされたのである。井原によると、「故四郎男」は鍛冶新座のつてを利用して大和鋳物師の鍬を安く仕入れ、信濃に行商していたと考えられている。[14]「故四郎男」が属した「貝新座」とは螺鈿に用いる貝を扱う座であったと思われ、畿内の諸職人・商人の親族ネットワークが窺えるわけだが、先の史料から読みとれる情報のうち本補説の関心において重要な点は、梵鐘のみならず日用品としての金属製品に関しても、信濃においてはやはり大和鋳物師の製品が流通していた、ということである。

それでは、行商人により信濃に運搬された大和鋳物師の製品は、どのような形で販売されたのであろうか。遠隔地の製品が販売される形式としては、次の二つが考えられるだろう。ひとつは、行商人が在地の消費者に個別的に直接販売する形式であり、もうひとつは、在地の商人が行商人から製品をまとめて買い取り、消費者に販売する形式である。いずれの形式も行われたであろうが、佐久郡伴野庄の二日町屋においては後者の販売形式が存在していたことが、建武二年（一三三五）に書かれた「伴野荘野沢原郷百姓等請文」により知られる。これは「野沢原郷百姓」らが連名でこの郷の領家である大徳寺へ宛てた請文で、「浄阿の病気により百姓らが請人として彼の請負った年貢と替銭の究済を行うこと」を約した文書である。[15]「浄阿」とは伴野庄の二日町屋に住む在地商人であり、金融業・問屋・商人宿を営む人物であった。その「野沢原郷百姓」の中に「鍛冶屋四郎三郎宗重」がいる。井原はこの人物について「百姓と職人とが未分離のままで、農業に従事しながら二日町屋にも店を構え鍛冶屋をも兼業していたものと考えられる」と説明している。しかし、一般に金属製品の製造には精錬を経た鉄と大量の炭、および専門的な技術が必要であり、在地に定住する農業従事者が鍛冶を業務とすることができたとは考えにくい。もちろん必要に応じて若干の冶金を行った可能性はあるが、この「鍛冶屋四郎三郎宗重」は金属加工の業者ではなく、主に金属製品の販売業者であったものと思われる。とすると、大和で製造された金属製品が大和の行商人によって信濃に運搬され、少なくとも伴野庄においては、現地の販売業者がこれを一括して買い取り個別販売した、という流通経路が見て取れよう。つまり、佐久の在地民と大和の鍛冶・鋳物師との間には、一定のネットワークが存していたのである。

四　佐久近隣の土佐坊伝承

ところで、大和の鍛冶により運搬されたと思われる土佐坊正尊の物語は、少なくとも佐久郡に隣接する小県郡上田の塩田平に存在していたことが確認できる。上田は千曲川およびそれに並走する古街道によって佐久と直通しており、佐久から遠からぬ地に土佐坊伝承の温床があったと言える。最後にそのことを述べたい。

大井庄から古街道沿いに北西へ二〇キロメートルほど離れた、現在の長野県上田市、塩田平の舞田には、「金王五輪塔」と呼ばれる、鎌倉初期建立と見られる石塔がある。これは文治元年にこの地に「金王庵」を建立した「渋谷土佐入道昌順」を弔うために建てられた五輪塔であるという。[16]「金王」とは、源義朝の童、金王丸の名にちなんでいるのであろう。金王丸が土佐坊正尊の幼名として認識されていたことは先述の通りである。また、金王丸を渋谷氏の一族とする認識は近世において一般的となったが[17]、幸若舞曲「鎌田」で「渋谷の金王丸」と書かれているように、遅くとも中世後期にはその萌芽が認められる。「金王庵」建立とされる文治元年は堀川夜討事件の年であり、「渋谷土佐入道昌順」の墓所が「金王」の名を持つ以上、土佐坊正尊にまつわる伝承であることは間違いない。それが史実であるか虚構であるかは措くとしても、全く無根拠な説ではないらしい。なぜなら、この地に土佐坊の出自とされる渋谷一族が移住していた時期があったからである。

建治三年（一二七七）五月、時の執権北条時宗を補佐する連署北条義政が、突然引退・出家し、自領である信濃国塩田に籠居した。かくして義政は後の塩田北条氏の始祖となったわけだが、引退・出家の原因について確実なことはわかっていない。しかし、薩摩の渋谷一族の奉公先をめぐる事件から、時宗・義政の確執が推測されている[18]。すなわち、薩摩の地頭渋谷重経（定仏）は、三人の子息を時宗に奉公させようとしたが、子息の一人である重員は義政の被官となったため、定仏は時宗に報告して重員を勘当した、という事件である。このことから、信濃国小県郡上田の塩田には少なくとも建治三年以降、渋谷氏の一族が塩田北条氏の被官として居を構えていた時期があったものと考えられる。したがって、「金王五輪塔」が「渋谷土佐入道昌順」の墓所であるとの伝承は、この地に渋谷氏が居住したことが原因となって生まれたことが推測できる。以上のことから、少なくとも、佐久から遠からぬ地に土佐坊伝承の温床があったことが確認できるのである。

おわりに

本補説では、江田源三とその母にまつわる物語が発生した文化的環境とその具体的な発生地について追究してきた。まず、江田の母が遺された信濃国には男を弔う尼の悲話を連想させる文脈が存したこと、および江田の死に様から、この物語が比丘尼によって語り出された可能性が高いことを指摘した。次に、信濃国において江田源三の名字の地に設定されうる場として、佐久郡英多沢の「英多神社」に注目し、この一帯が宗教的・文化的な中心地として機能していたこと、特に熊野修験や時衆といった女性宗教者を擁する教団の活動と深い関わりを持っていたことを確認した。また、佐久の地には、〈江田源三の物語〉の母胎となった土佐坊正尊の物語を伝承したと思われる、大和の鍛冶・鋳物師との交流が認められることを述べた。さらに、佐久から遠からぬ地に土佐坊伝承の温床があったことをも確認した。これらを考え合わせると、〈江田源三の物語〉が信濃国佐久郡英多沢の英多神社の周辺で発生したという可能性は相当程度認められると言えるのではないだろうか。(19)

注

（1）武久堅「合戦譚伝承の一系譜――「屋島軍」の場合――」（『平家物語成立過程考』桜楓社、一九八六年十月。初出一九七六年十二月）。
（2）本文は新潮日本古典集成『御伽草子集』（新潮社）に拠る。
（3）巻第七「愛発山の事」および同巻「亀割山にて御産の事」。
（4）根井浄・山本殖生編著『熊野比丘尼を絵解く』（法蔵館、二〇〇七年十月）。なお、中世の比丘尼の実態は不明な点が多いが、山伏と夫婦の関係である場合が多く、巫女としての機能を帯びていたという。根井浄「熊野三山の本願と比丘尼たち」（説話・伝承学会編『説話―異界としての山―』翰林書房、一九九七年二月）。
（5）『北佐久郡志　第二巻　歴史篇』（北佐久郡、一九五六年）。
（6）『長野県史　通史編　第二巻　中世一』（長野県史刊行会、一九八六年）第六章第一節（井原今朝男執筆部分）。
（7）本文は岩波文庫『一遍聖絵』に拠る。
（8）『長野県史　通史編　第三巻　中世二』（長野県史刊行会、一九八七年）第六章第二節（小林計一郎執筆部分）。

（9）以上、金井清光「信濃における時衆の展開」（『時衆教団の地方展開』東京美術、一九八三年五月。初出一九七五年十一月）、坂井衡平『善光寺史　下』（東京美術、一九六九年五月）。また、北佐久郡牛鹿の地には「虎御前」という部落があり、「虎御前姿見の池」も残っている。

（10）坪井良平『梵鐘の研究』（ビジネス教育出版社、一九九一年七月。初出一九六一年十月）に拠る。なお、この寺の「大日那源朝臣光長」は『一遍聖絵』に出ていた時衆の庇護者「大井太郎」すなわち大井朝光の息子である。

（11）坪井良平前掲注（10）の著書および笹本正治『異郷を結ぶ商人と職人』（中央公論新社、二〇〇二年三月）により詳説されている。

（12）井原今朝男「中世東国商業史の一考察」（中世東国史研究会編『中世東国史の研究』東京大学出版会、一九八八年二月）。

（13）全文は以下の通り。本文は『鎌倉遺文』（東京堂出版）に拠り、私に訓読した。

一乗院政所下す　貝新座寄人故四郎男の息女犬女の所

早く御下知の旨に任せ存知すべき、亡父預け置く信濃国の銭貨三十貫文の間の事

右、当寄人故四郎男、去る応長元年正月のころ、鍬を売る所の直銭三十貫文を信濃国の住人右馬太郎のもとに預け置かしめ、その後坂東に下向するの所、山賊のために誅害され畢んぬと云々。ここにかの四郎の舎兄官行事所木工有継、訴へ申して云はく、件の三十貫文は、舎弟四郎男存生の時、有継の姉長寿女等の口入として、和泉国の住人千手王次郎の用途二百六十貫文を伝借せしめ畢んぬ。則ちその用途の内を以て、鍬を買ひ取り売り置く所の直銭たるの間、かの借物の弁償の足に宛てんがため、取りに遣はすの所、舅寺鍛冶新座衆良仏、遮りて使を信州に差し下し、抑留せしむるの条、猛悪の次第なり。押妨の儀を停止せられ、御成敗に預かるべきの由申し入るるの間、良仏に尋ね下知せらるるの所、四郎男かの用途借用の条、全く以てその儀なし。不実の申状なり。件の銭貨は良仏口請の銭なりと云々。しかるにまた四郎の後家ならびに息女申して云はく、相論の用途においては、四郎男の遺物たるの上は、余人は子細を申さず、早く之を宛て賜はるべしと云々。これらの申状につき、御沙汰を経らるるの所、良仏の口請においては頗る分明ならず。また有継らの備進する借書は真偽を決せられ難きの上、息女は加判せざるの間、弁償の限りにあらざるか。四郎男預け置く用途たるの条は、方々異論なきかてへれば、

早くかの三十貫文においては、息女犬女をして進退領掌せしむべきの状、仰せにより下知すること件のごとし。以て下す。

正和二年四月廿一日　　　　知院事権専当法師（花押）

　　　　　　　　　　　　　勾当法師（花押）

上座法橋大法師（花押）

寺主大法師（花押）

都維那法師（花押）

（14）井原今朝男前掲注（12）論文。

（15）井原今朝男前掲注（12）論文。

（16）『長野縣町村誌　東信篇』（長野県、一九三六年）を参照した。この伝承は金王五輪塔に隣接する寺院「法樹院」の寺伝に基づき、同寺伝によると法樹院は「金王庵」の後身とされているという。

（17）白根記念渋谷区郷土博物館・文学館編『伝説のつわもの　渋谷金王丸』（白根記念渋谷区郷土博物館・文学館、二〇〇七年一月）。

（18）本郷和人「霜月騒動再考」（『史学雑誌』一一二―一二、二〇〇三年十二月）。

（19）ただし、肝心の英多神社そのものに関しては不明な点があまりに多い。男の死の物語を語る尼がこの地に多く集ったことは事実であるが、本当にこの神社の周辺で江田源三の物語が語り出されたものかどうか、確証を欠くことは認めざるを得ない。そのため、本補説では試論的な見通しを述べるにとどめ、後考を期すこととしたい。

第四章　白拍子静の物語と語り手

一　問題の所在

文治二年（一一八六）九月十六日、白拍子静とその母磯禅師は鎌倉を発ち、帰洛の途に就いた。『吾妻鏡』にはそう書かれている。静は昨冬吉野山で捕捉され、逃亡する義経に関する尋問のために鎌倉に下されたものの、さしたる情報を持たなかった。しかし義経の子を出産する間、鎌倉に逗留していたのだった。静母子が鎌倉に到着したのが同年三月一日のことなので、二人は半年以上にわたって鎌倉に滞在していたことになる。閏七月二十九日に産まれた赤子は男児であったため、泣き叫ぶ静から取り上げられ、殺害された。そして帰洛の記事を最後に、静母子の消息は途切れる。

このとき静母子を憐れみ、餞別を与えたのは、北条政子・大姫の母子であった(1)。時に政子三十歳、大姫は九歳ほどである(2)。また白拍子の盛期から推して、静は十代後半であったと考えられる(3)。出産の日の記事においても、政子は赤子の宥免を求めており、静にきわめて同情的である。政子は静と同じ齢の頃、父時政により頼朝から引き離されて山木兼高に嫁がされ、雨夜に単身逃亡した経験を持つ。また石橋山合戦の際にも、独り伊豆山で夫の存否を焦慮した。義経との離別を余儀なくされ吉野山で一人さまよった末に、出産直後の我が子を殺された静の心情は、政子にとって同情を催すに十分な条件を備えていた(4)。

では大姫はどうか。『吾妻鏡』同年五月二十七日条には、「静女依大姫君仰。参南御堂。施芸給禄」とある。(5) 大姫は勝長寿院に十四日間の参籠をしていた。その満願の前夜、静を同寺に召して芸を奉納させたのである。この参籠は、開始日の十七日条に「是常有御邪気御気色。為御対治也」とある通り、自身の病気平癒のためのものである。(6) 大姫の病は、夫である清水冠者義高を失っての哀傷の病であった。遡ること二年、義高の父義仲が正月に討たれた元暦元年（一一八四）の六月二十七日条には既に、「姫公御哀傷之余。已沈病床給。追日憔悴。諸人莫不驚騒。依志水誅戮事。有此御病」と記されている。

父頼朝により夫を殺され、幼い大姫は病身となった。このときも政子は大姫の側に寄り添い、義高殺害の実行者を梟首させたが、静は、その傷心の病平癒の参籠に召されたのであった。しかしその甲斐もなく、大姫の病はその死期まで一進一退を繰り返す。建久五年（一一九四）七月二十九日条を引こう。

廿九日戊子。将軍家姫君自夜御不例。是雖為恒事。今日殊危急。志水殿有事之後。御悲歎之故。追日御憔悴。不堪断金之志。殆沈為石之思給歟。且貞女之操行。衆人所美談也。

夫を頼朝に追われ、また嬰児を出産直後に殺された静の痛みは、大姫にとってもまた、他人のものではなかっただろう。『吾妻鏡』の一連の記事からは、そうした文脈を読み取ることができる。そしてこの記事から三年後の建久八年（一一九七）七月十四日、大姫はその生涯を閉じた。(7)

ところで、『吾妻鏡』によると、大姫死去から二十六年を経た貞応二年（一二二三）八月二十日、大姫追善のために建立された勝長寿院新御堂の供養が行われた。時は既に源氏将軍時代を終え、承久の乱を経て摂家将軍の三寅（後の頼経）が未だ六歳の幼少の頃、すなわち政子が将軍格を務めていた時代にあたる。(8) 六十七歳を迎えた政子の御願として、この年二月から建設された御堂であるが、政子は同時に勝長寿院内に邸宅も新造し、以後その地を終の住処としている。(9) この新御堂は頼朝が建立しようとしたものだったが、頼朝の死去により果たされなかった大姫追善の願を、政子がようやく遂げたのであった。

　勝長寿院は、政子の新御堂建立が示す通り、大姫追善の場としての意義も帯びた。白拍子静が大姫のために芸を奉納した場所は、後にこのような背景を持つこととなったのである。こうした事情を踏まえるならば、勝長寿院に管理される唱導文芸の中に静の物語が取り込まれたという角川源義の説[10]には相当の脈絡が見出せることとなる。

　角川は、『義経記』に描かれる静の物語が、同書における佐藤忠信の物語および勧修坊得業の物語とともに強く勝長寿院に関係させられていることから、これら三つの物語を「勝長寿院縁起」と呼びうることを説いた。氏の見通しは、鎌倉で成立したこれら「「判官びいき」の物語」が『吾妻鏡』に取り込まれ、その後勝長寿院の管理する「勝長寿院縁起」となって、室町期には『義経記』へ取り込まれたというものである。

　しかし、この物語を単に「「判官びいき」の物語」の一部と見ると、『吾妻鏡』における広範な文脈を見逃すこととなるのではないか。角川論以後さほど検討されてこなかったが、『吾妻鏡』に描かれる静の物語は、大姫・義高の悲劇との同調の文脈を視野に入れなければ、その内実を十全に読解することはできないのではないだろうか[11]。さらに、議論を先取りすると、『義経記』における鎌倉の静物語もまた、角川の言うような「勝長寿院縁起」をそのまま取り込んだものではなく、そうした先行説話をあくまで下敷きとした上で別の主題を描いていることが指摘できるのである。

　如上の問題意識のもと、本章では、静の鎌倉下向を軸に、『吾妻鏡』と『義経記』それぞれの性質および両者の関係を論じてゆくこととする。手順として、まず、静の物語について鎌倉下向以前の情報を整理する。それを踏まえ、『吾妻鏡』に静の物語がどのように書かれているのかを検討したい。しかる後に、『義経記』に至る変化を考察してゆく。

二　鎌倉下向まで

静に関する物語は、①文治元年（一一八五）十月の堀川夜討、②同年十一月の義経都落ち同行から十二月の吉野山での離別、③翌文治二年の鎌倉下向の三つに大別できる。以下、ひとまず①②について確認してゆこう。

もちろん、静にも生い立ちがあり、義経の妻となるまでの過程があるわけだが、その辺の事情は『義経記』に神泉苑での祈雨の舞を義経に見初められたとあるのみで、中世前期以前に資料がないためひとまず措く。そこで静の関わる説話として時系列上最初に検討したいのは、いわゆる堀川夜討事件での活躍である。平家を討ち取り在京していた義経が鎌倉から派遣された土佐坊昌俊によって夜襲された事件で、『平家物語』諸本や『義経記』、謡曲・舞曲に描かれて有名である。このとき、静は土佐坊の宿所にかぶろを遣わして事前に察知し、寝入る義経を起こして襲撃に備えさせることで迎撃に貢献したことが知られる。しかしこれは、延慶本をはじめ『平家物語』諸本でも、弁慶の活躍が描かれるほぼ唯一と言ってよい場面であり、後補性が窺われる。この事件そのものは『玉葉』や『百練抄』にも確認できるが、当然、静も弁慶も記されることはない。それは『吾妻鏡』においても同様である。

この堀川夜討事件をきっかけに義経は都落ちするが、暴風に遭い難破した末、行方をくらますこととなる。その大筋は諸記録に一致する。また『義経記』ではその後の事績について説話化が進み、より具体的になる。すなわち、吉野山に潜伏した義経一行は、都落ちに同道させたものの足手まといとなった静と泣く泣く離別し、吉野大衆に追われる危機を佐藤忠信の身代わりにより脱したという、よく知られた潜伏譚である。ところが、そうした都落ち後の義経一行については、記録類で静の名が記されることのないのはもちろん、『平家物語』諸本においても詳述されず、静が伴われたと書かれる場合も簡略である。(12)ただし、巻十二に独自本文を持つ大島本においては、離別に際し義経が静に鼓を授与し、その鼓の由来が語られるなど、『義経記』に近い説話が採用される。これについては室町期以後における本文流動の一環として確認するにとどめたい。これを除くと、『平家物語』諸本で吉野の離別を描くのは、延慶本のみである。

延慶本では、その第六末「十二　九郎判官都ヲ落事」に、次のようにある。(13)

義経ハ僅ニ三十余騎ノ勢ニテ吉野山ニ籠ニケリ。彼山大雪ノ中ナレバ、オボロケニハ人カヨフベクモナシ。京ヨリ相グシタリシ女房共モ、皆大物ノ浜ニテ捨置ツ、礒ノ禅師ガ娘ニ、閑ト云シ計ゾグシタリケル。彼大雪ノ中へ行べキヤウナカリケレバ、判官、閑ニ宣ケルハ、「イヅクヘモグシ奉リタケレドモ、カヽル雪ノ中ナレバ、女房ノ身ニテハ叶マジ。我身モ通ルべシトモ覚ヘネバ、自害ヲセムズルナリ。此ヨリトク〳〵都へ行ベシ」ト宣ケレバ、閑泣々申ケルハ、「イカニ成給ハム所マデモ、我命ノアラムカギリハグシ給へ。ステラレ奉テ、堪忍べシトモ覚ヘズ」トテ泣ケレバ、「誰モサコソハ思ヘドモ、カヽル大雪ナリ、不力及。命アラバ尋給へ。我モ尋ム」トテ、金銀ノタグヒトラセテ、郎等ニグセサセテ送ニケリ。郎等此宝ヲトラムトテ、打捨テ失ニケレバ、吉野ノ蔵王堂ヘタドリ参タリケルヲ、吉野法師哀ミテ京へ送ケリ。サテ判官ヲバ吉野法師押寄テ打ムトシケルヲ、左藤四郎兵衛忠信ト申者、戦ヒテ判官ヲバ

雪の吉野山における涙の離別が描かれるが、引用末尾はいわゆる吉野軍に言が及ぶ。しかし、本文はここで改行され、次の行からは「十三　義経可追討之由被下院宣事」が始まっており、明らかに執筆が中断されている。(14) 吉野軍が八坂系諸本の一部にしか描かれないのは周知の通りであるし、ここに佐藤忠信の名が書かれる諸本も、延慶本の他には吉野軍を持つ本文のみである。池田敬子は「「吉野軍」の話の出所はおそらく義経記に求められ、そしてそこに室町の好みを認めることができる」と述べる。(15) これに従えば、延慶本の引用部分（少なくとも末尾）は室町期の所産ということになる。

また、延慶本では堀川夜討の場面でも「判官ハ其比、礒ノ禅師ガ娘、閑ト云白拍子ヲ被思ケリ」とあり、先の引用本文傍線部で静が重複して紹介される点、両説話の独立性が窺われる。さらに、先の引用部の直前には、次のような本文がある。

　京ヨリ具シタリケル女房共モ、皆捨置タリケレバ、砂ノ上、松ノ下ニ袖ヲ片敷、袴フミシダキテ泣臥タリケルヲ、其辺ノ者共憐テ、都ヘゾ送リケル。其中ニ、イカヾシタリケム、礒ノ禅師ガ娘ニ閑ト云白拍子バカリゾ、判官ニ付テ不見ケル。

この部分、多くの諸本で近似の記述を共有するが、静を「礒ノ禅師ガ娘ニ閑ト云白拍子」と改めて紹介するのは延慶本のみである。この静の紹介は、堀川夜討の場面のみならず直後の本文（先の引用部）と重複することになり、つながりが悪い。こうした事情を勘案するに、先に引用した中断を含む本文は、別本を継ぎ足した後補的部分である可能性が高いのではないだろうか[16]。

ところで、難破後も義経に同行した女性を延慶本が「礒ノ禅師ガ娘ニ閑ト云白拍子バカリ」とする部分、『源平盛衰記』では「白拍子二人、礒ノ禅師ハカリ」としている[17]。また、続く義経伝における都落ち場面では、吉野ではなく金峰山に逃れた義経が「金王法橋カ坊ニテ、具シタリシ白拍子二人舞セテ、世ヲ世トモセス、二三日遊戯《アソビタハフレ》テ、ア、サテノミ非可有トテ、白拍子ヲ此ヨリ京へ返送《カヘシヲクレ》トテ、金王法橋ニ誂《アツラヘ》付テ、年来ノ妻ノ局河越太郎カ娘計ヲ相具テ下ニケリ」とある。つまり『源平盛衰記』では、白拍子および磯禅師が同行したことを記すにもかかわらず、その娘静の名を一切出さない。有名な静を書かずあえて異説を記すあたり、静が同行したという認識以前の伝承を保存しているとも考えられよう。なお、磯禅師は中山忠親の著した往来物『貴嶺問答』に名が出るなど、実在する遊女の長者であったことが知られる[18]。

ともあれ、吉野の離別譚について『平家物語』諸本の記述内容は大きく揺れており、またこれ以後も静の行方が語られることはない。しかし『吾妻鏡』では逆に、義経都落ちは静が初めて登場する場面となっている。すなわち、文治元年（一一八五）十一月六日条に、義経一行が西海に落ちるも難破・離散したため、「相従予州之輩纔四人。所謂伊豆右衛門尉。堀弥太郎。武蔵房弁慶幷妾女〈字静。〉一人也」との伝聞記事である。しかし先述の通り、他の記録類に都落ちの同行者名を見出すことはできず、『平家物語』や『義経記』以下の文学・芸能を除いてはこの記事が唯一の文献である。

『吾妻鏡』で次に静が出るのは、十一日後の十七日条である。義経の捜索が問題となっていたこの日の深夜、吉野の蔵王堂に「予州妾静」が現れたとある。吉野執行の質問に答えて、義経に金銀を与えられ雑色を付けて京に送られたものの、彼らに財宝を奪われ雪の山中に捨て置かれた末蔵王堂にたどり着いたと語られる静の動向は、延慶本の記述と一致する。翌十八日条および翌月十二月八日条によると、静は執行に憐憫をかけられた上、京都の北条時政邸に送られた。

続いて十五日条には時政からの飛脚により、静の件および尋問の内容が鎌倉へ伝えられたことが記され、翌十六日には静を鎌倉に下すよう返事が遣わされる。しかし約一ヶ月半を経た翌文治二年正月二十九日条には「可進静女之由。被仰北条殿云々。又此事尤可有沙汰由。付経房卿令申給云々」とあり、静はいまだ京都に滞在している。またこの記事によると、静の鎌倉下向については吉田経房にも伝わっている。その後、翌二月十三日条に「当番雑色自京都参着。進北条殿状等。静女相催可送進。」とあり、二月中旬には下向を開始したようである。

このように『吾妻鏡』によると、静は実に二ヶ月以上にわたり北条時政の管理下で京都に滞在した。そのことは吉田経房にも伝えられており、義経捜索がこの時期の朝幕関係における重大問題である以上、九条兼実も知っていた可能性が高いが、静については『吾妻鏡』以外の記録に見えない。あるいは、『吾妻鏡』の義経関係記事に数々の「曲筆」が見られることを考え合わせると[19]、この編纂物が描く白拍子静の物語は、静の実在を含め、その史実性を一度真剣に疑う必要があるのではないか。たとえば『源平盛衰記』の記述および磯禅師が遊女長者として実在していたことや、『平家物語』では静が必ず「磯禅師の娘」として語られること、また白拍子の起源伝承として有名な『徒然草』二二五段でも、その主眼は信西が創作し磯禅師に教えたという点にあり、静は付加的に語られるに過ぎないこと等に注目すると、静の物語の出所として、磯禅師を長者とする遊女・白拍子の集団が想定されうる。少なくとも後世、歩き巫女としての静が廻国していたことは、徳江元正の論じたところである。[20]とはいえ、これらは推測の域を出ないため、ここでは問題を提起するにとどめ、ひとまず鎌倉下向以前の静の情報を整理したことを確認して、次節以下、静の物語がどのように書かれているのかという点に絞って論を進める。

三　大姫との交差――『吾妻鏡』――

『吾妻鏡』によると、静が鎌倉に到着したのは、三月一日のことであった。宿所は、後に男児を責め取ることとなる頼朝の雑色、安達新三郎清経の宅と定まる。六日には尋問が行われるが、静は義経の行方に関する有力な情報を語らなかったという。また、二十二日には義経の子を懐妊していることが問題となり、鎌倉で出産させることとなる。

この妊娠中期の静が、政子の強い要望により鶴岡の回廊に立たされたのは、翌四月八日のことであった。「天下名仁」の芸を奉納すべしというのである。静は「恥辱」の思いから度々辞退し、座に臨んでなお固辞したが、再三に及ぶ政子の命に、ついにその芸を披露する次第となった。工藤祐経の鼓と畠山重忠の銅拍子で、静は「廻白雪之袖」。ところが、静が歌ったのは、未だ逃亡を続ける夫への思いであった。その祈りの舞台に、誰もが心を動かされたという。[21]

静先吟出歌云。よし野山みねのしら雪ふみ分ていりにし人のあとそこひしき。次歌別物曲之後。又吟和歌云。しつやしつ〳〵のをたまきくり返し昔を今になすよしもかな。誠是社壇之壮観。梁塵殆可動。上下皆催興感。

しかし、幕府に反逆する義経への思いは、頼朝の不興を買う。

二品仰云。於八幡宮宝前。施芸之時。尤可祝関東万歳之処。不憚所聞食。慕反逆義経。歌別曲歌。奇怪云々。

これを宥めたのは、他でもない政子であった。政子にとって静の境遇が決して他人事でなかったことは既に述べた。

御台所被報申云。君為流人坐豆州給之比。於吾雖有芳契。北条殿怖時宜。潜被引籠之。而猶和順君。迷暗夜。凌深雨。到君之所。亦出石橋戦場給之時。独残留伊豆山。不知君存亡。日夜消魂。論其愁者。如今静之心。忘予州多年之好。不恋慕者。非貞女之姿。寄形外之風情。謝動中之露胆。尤可謂幽玄。枉可賞翫給云々。于時休御憤云々。小時押出〈卯花重。〉於簾外。被纏頭之云々。

このきわめて物語的な記事について、たとえば祇王の話型との類似と相違に関しては村上学が整理しており、福田晃は当該記事の史実性を積極的に疑う[22]。しかし歴史的実態がどうあれ、ここではひとまず『吾妻鏡』の論理を読み解きたい。

当該記事の中心的志向は、戻らぬ過去に対する静の哀傷であるとともに、それに共鳴する政子の哀切でもある。そしてまた、頼朝の公的論理に基づく意思を政子が私的論理により否定する点で、静に対する政子の憐憫は、大姫に対するそれと同様の態度であると言えよう。二年前の夏、夫を殺され病に伏した娘の姿に政子が強く申し入れ、頼朝は自らの命令で義高を手に掛けた「堀藤次親家郎従」を梟首することとなったのであった。政子の憤りの深さに、頼朝は矛盾を犯すことを免れ得なかったという[23]。

また、政子が静を称して言った「貞女」（傍線部）とは、初節に引用した通り、大姫がちょうど静と同じ歳の程となった建久五年（一一九四）七月に称された言葉でもあった[24]。静の物語と大姫の物語はともに、公的行動規範よりも私的心情を一途に貫くという、「貞女」の「美談」であったろう[25]。また同じ建久五年の翌八月十八日、憂いの散ぜぬ大姫に再婚の可能性が浮上する。縁談をもちかけたのは、政子その人であった。しかし大姫は頑なに拒否する。そのようなこととなるなら深淵に身を沈めるとまで言った。頼朝は娘に陳謝の意を伝えたという。

大姫と同じく静もまた、他の男を強く拒んだことがあった。鶴岡の舞台から一ヶ月あまり後、文治二年五月十四日のことである。宴席で言い寄る梶原景茂に、静は泣きながら言った。

予州者鎌倉殿御連枝。吾者彼妾也。為御家人身。争存普通男女哉。予州不牢籠者。対面于和主。猶不可有事也。況於今儀哉云々。

失われた過去の忘却を拒否する二人の態度からは、遺された女性の痛切な哀しみが見て取れよう[26]。それは、鶴岡での吟詠によく表現されていたものでもある。

かくして艶言を退けた静は、十三日後の五月二十七日条で、勝長寿院に参籠する大姫に召され、芸を奉納することとなったわけである。ここに、大姫と静の物語は明確に交わっている。その後、閏七月に静の産んだ男児が政子の愁歎空しく殺害される記事を挟み、冒頭に示した通り、晩秋の帰洛にあたって、大姫・政子は「依憐愍御。多賜重宝」こととなった。『吾妻鏡』における静物語の末尾は、大姫の物語と交差することで結ばれるのである。大姫の悲劇と深く響き合うことで説得力を高められる同書の静物語は、その意味で相当に洗練されていると言える。

翻って二年前、『吾妻鏡』元暦元年（一一八四）四月二十一日条に描かれる、有名な義高殺害の記事には、ある政治的意図が見え隠れする。というのも、その九日後にあたる五月一日条には、頼朝の命令により、義高の残党追討を目的として、有力御家人を大規模に軍事動員した甲斐・信濃の捜索が描かれる[27]。しかしこの時までの信濃は、保元の乱以前に上野国を本拠地とした源義賢の子である義仲の勢力下にあった。つまり、頼朝にとって信濃は南関東と異なり、父義朝以来の支配が及ばない地域であった。この点、元暦元年までの信濃は、前年に野木宮合戦で頼朝の支配下に入る以前の北関東と位相を同じくする(28)。ところがこの年正月に義仲が討たれ、信濃は一時的に軍事力の真空地帯となっていた。それを頼朝は、義高排斥に続くこの軍事行動で押さえたことになる。事実、この後の信濃は、比企能員を代官として幕府の支配下に入った。比企能員は奥州合戦や京都大番役でも信濃御家人らを統括し、のちに信濃の守護となっている(29)。比企氏は頼朝の乳母比企尼の一族であり、この点も、北関東が頼朝の乳母寒川尼の一族である宇都宮・小山両氏に押さえられたことと相通ずる。

このように、『吾妻鏡』における義高殺害騒動は、義仲死後の信濃支配に必然性を与えている。『吾妻鏡』に記される野木宮合戦が北関東支配の起源神話と捉えられることは本書補説②に述べるが、義高・大姫の悲劇は、幕府にとって、信濃支配の起源神話としての側面を備えている。そしてそのような大姫の悲劇が、奥州支配の起源となる義経追討にまつわる静の悲劇と、文脈の上で響き合わせられているのである。

さらに、義経と義高はある時期、ともに幕府を脅かす存在となっていたことも、加えて注意される。よく知られるように、『吾妻鏡』には鎌倉幕府における義経の怨霊鎮魂が明記される。すなわち、宝治二年（一二四八）二月五日条の永福寺修理の記事に「当寺者。右大将軍。文治五年討取伊予守義顕。又入奥州征伐藤原泰衡。令帰鎌倉給之後。陸奥出羽両国可令知行之由被蒙　勅裁。是依為泰衡管領跡也。而今廻関長東《ママ》久遠慮給之余。欲宥怨霊。云義顕云泰衡。非指朝敵。只以私宿意誅亡之故也」とある。これに従えば、文治五年（一一八九）十二月九日条に「今日永福寺事始也。於奥州。令覧泰衡管領之精舎。被企当寺花構之懇府。且宥数万之怨霊。且為救三有之苦果也」と記される永福寺建立は、泰衡と並び、義経の怨霊鎮魂を意図したものだった。そして同二十三日条では、奥州からの飛脚により、実際に義経（を称する者）が出現して鎌倉に向かおうとしているとの風説が伝えられる。

奥州飛脚去夜参申云。有予州幷木曽左典厩子息。及秀衡入道男等者。各令同心合力。擬発向鎌倉之由。有謳歌説云々。

同年閏四月三十日の義経の死は生々しい記憶であっただろう。しかし引用記事で注目すべきは、義経とともに義仲の子息や秀衡の子息が同時に出現し「同心合力」したという部分である。この記事の続報が、十三日後の文治六年（一一九〇）正月六日条に見られる。すなわち、「奥州故泰衡郎従大河次郎兼任以下」の残党が仇討ちを企てて蜂起し、「或号伊予守義経。出於出羽国海辺庄。或称左馬頭義仲嫡男朝日冠者。起于同国山北郡」と記される。義経の怨霊鎮魂が意識されていたこの時期には、同じく幕府確立の犠牲となった義高もまた、義経と並び称されるべき脅威として認識されていた。また、四年後の建久五年（一一九四）、病に沈む大姫が再婚を拒否した翌月の閏八月八日条には、政子の主催で「為志水冠者追福」の供養が行われ、「仏経讃嘆之後。述幽霊往事等。聴衆皆随喜。嗚咽拭悲涙」とある事実も付け加えられる。

このように、義経・義高の怨霊と鎮魂の文脈は、文治五年以後の鎌倉に確かに存在しており、時に両者は並列された。その二人の怨霊は、鎌倉の地において、それぞれ静と大姫という遺された女性の哀しみの物語により弔われ続けただろう。そして二つの物語は相補的に交差するのであった。このように『吾妻鏡』というテクストは、日付により分断される記録風の文体の背後に、豊かな文脈を眺望しうる広がりを備えている。

四　助力者の功名譚――『義経記』――

ところが、『義経記』における鎌倉の静物語は趣を異にする。そこでは大姫の文脈がきれいに消去され、かわりに、角川の言うように「勝長寿院縁起」としての性質が付加されている。というのも、『義経記』では、静が産んだ男児の亡骸は「勝長寿院の後ろに埋みて」供養されているとともに、静が鶴岡若宮での芸能により得た大量の褒美は「長持をば一枝も残さず若宮の修理の為に参らせけり。小袖、直垂も一つも散らさず、皆我が君の孝養の為に大御堂へ参らする」と、若宮および勝長寿院に寄付されるのである。(30)また、樋口州男が「勝長寿院の別当・供僧として義経ゆかりの僧が任じられていること」に注目し、同寺で平氏一門の僧が起用・厚遇された事実に「諸国で滅びた平家の人々の怨霊を恐れたからであり、平家一門の手によって怨霊を鎮め、転じて源氏の武運長久を祈らせようとする」(31)論理が働いていたことと類比して、「義経の怨霊対策、義経鎮魂を意図するものだったのであり、その意味において、勝長寿院もまた、永福寺同様の役割を担わされた鎌倉の寺だったのである」と論じる通り、勝長寿院の唱導と結びつく形で義経縁者の物語が成長した必然性も見出せる。(32)ただし、従来指摘されてこなかったが、『義経記』においてさらに注目すべきは、静母子を鎌倉へ護送した上で一貫して庇護し、男児の死骸を勝長寿院に供養して、帰洛の際にも母子を護送した、堀藤次親家なる武士の存在である。

『義経記』巻第六「静鎌倉へ下る事」は、義経に遺棄された吉野から帰洛し北白川の磯禅師のもとに身を寄せていた静の懐妊が鎌倉に聞こえ、頼朝が静を召す場面から始まる。その使者について「堀藤次を御使ひにて、都へ上せられけり」とある。静母子を鎌倉に護送する使者が堀藤次なのであり、以下鎌倉下向から帰洛まで、『義経記』では藤次の動向を軸として語られると言ってよい。上洛した藤次は時政に連れられ院御所にて院宣を得、静を尋ね出して管理下に置く。そして下向に際し、悲嘆する磯禅師および二人の美女が泣きながら付いて来るのを、「親家も道すがらやうやうに労りてぞ下りける」と、情け深く描かれる。かくして鎌倉に着いた静は、藤次に連れられ頼朝の御前で懐妊の実否等について尋問を受ける。この時産所が問題となるが、静は「堀殿の承るならばいかが嬉しかりなん」と言い、宿所ならびに産所は藤次の館と定まる。これに藤次は「時にとりては親家が面目」と思い、妻女に「判官殿の奥州にて聞こし召さるる所もあり。これにてよくよく労り参らせよ」と命じた上、「我は傍らに候ひて、館をば御産所と名づけて、心ある女房達五六人付け奉りてぞもてなしける」と厚遇する。つまり、男児が取り上げられる悲劇は、『義経記』では藤次の宿所を舞台とするのである。やがて藤次が静の出産を頼朝に報告すると、男児を棄てる過酷な役目は安達新三郎清経に命じられる。『吾妻鏡』においても清経は同様の働きをするが、同書では静の宿所も清経の館であった。さて、清経を追う磯禅師の後に付いて由比浜へ向かい、その骸を回収するのも堀藤次である。そして「堀藤次が若党に申し付けて、幼き人の曽祖父、故左馬頭殿の為に作られたりける勝長寿院の後ろに埋みてぞ帰りける」と続く。こうしてみると『義経記』の静にまつわる「勝長寿院縁起」は、堀藤次を視点人物としているのが明らかである。

その後も、静はしばらく藤次の宿所に滞在し、続く「静若宮八幡宮へ参詣の事」における鶴岡若宮での一件はその間に起こる。『吾妻鏡』と比べると、出産と舞奉納の順序を入れ替えることで、『義経記』の静物語が「芸能成功譚としての構成にまとめられた」と読めることは既に指摘がある。(33)ともあれ、頼朝の所望により静に舞を披露させるため、都育ちの工藤祐経の妻が静を懐柔し賺すことで、若宮での舞台が実現する。そして先述の通り、静は褒美を得、すべて若宮と勝長寿院に寄進したのだった。静は「やがて堀藤次が館へ帰り、明くれば、鎌倉殿の暇を申しければ、心ある侍共、堀藤次が館へ行き、様々に慰めけり。鎌倉殿より、百物百をぞ賜はりける。やがて親家承りて、五十余騎の勢にて都まで送りけり」と帰洛する。以後、十九で出家し翌年往生を遂げるわけだが、『義経記』の叙述からはやはり、静の悲劇が、情け深い堀藤次の物語に包摂される構造が見て取れる。

しかし、『義経記』において堀藤次親家が狂言回しを務めるのは、静の鎌倉下向の物語だけではない。その直前の「関東より勧修坊を召さるる事」、つまり角川が「勝長寿院縁起」に数えた勧修坊得業の鎌倉下向の物語もまた、同様の構造を備えている。

勧修坊は、南都に義経を匿ったことが露顕し、鎌倉に召されるが、『義経記』はこの僧を連行するにあたり「堀藤次親家に仰せ付けらる」とする。藤次はここでも時政に連れられて院御所で院宣を得るが、勧修坊は「当帝の御祈りの師、仏法興隆の有験、広大慈悲の知識」の僧ゆえ、内裏に赴き宣旨をも得て、ようやく京都に召喚する。勧修坊の離京は公達や法然による悲嘆に彩られており、その偉大さがしきりに強調されているが、そのような勧修坊を「堀藤次受け取り奉り」、鎌倉へと護送することとなる。続く道行文は法然の件と同様『平家物語』における重衡の鎌倉下向を踏襲するが、一行はこの日近江の鏡の宿に留まる。翌日藤次は「いたはしくや思ひ奉りけん、長者に輿を借りて乗せ奉る」。この時のやりとりは、心ある藤次の振る舞いを称揚するものと言える。

「都を御出での時も、かくこそ召させ参らすべく候ひしかども、鎌倉の聞こえその憚り候ひて、御馬を参らせて候。また鎌倉へ御入りの時も、腰越の辺より御馬を参らせ候はんずるにて候」と申しければ、勧修坊、「道の程の御情けこそ、悦び入りて候へ」と仰せられけるこそ哀れなれ。

鎌倉に着いてからも、「堀藤次の宿所に入れ奉りて、四五日は鎌倉殿にも申し入れず」との気遣いを施したことが書かれる。そして藤次の仲介により、勧修坊は頼朝と対面し、有名なやりとりが展開される。すなわち、威圧的に詰問する頼朝に対して、勧修坊は堂々と対峙し、義経の美徳を説くとともに頼朝の不義理を諫め、理路整然と論駁するわけだが、これに心動かされた頼朝は、鎌倉の仏法興隆のためにこの高僧を勝長寿院の別当に取り立てることとなる。『吾妻鏡』にも同様の事件が描かれているが[34]、この人物が任じられたのは「勝長寿院供僧職」である。しかし『義経記』では、「勝長寿院の後ろに、檜皮の山荘を作りて入れ奉る。鎌倉殿も日々の御出仕にてありける。門外に鞍置き馬の絶え止む隙もなし。鎌倉はこれぞ仏法の始めなる」と、まさに「勝長寿院縁起」の様相を呈している。また静物語の場合と同様、『義経記』で勧修坊物語の視点人物を務める堀藤次であるが、『吾妻鏡』の当該記事には一切見えない。

ところで、『義経記』の勧修坊は文治五年の義経の死後、東大寺に帰り、「判官の御菩提を弔ひ、わが御身は水食を止めて、七十余にて往生をぞ遂げられける」と簡略に記されるのみである。ここに描かれる私的な行動原理に、前節で確認したような、勝長寿院で義経の怨霊鎮魂を担う義経縁者の面影はない。その意味で『義経記』の勧修坊物語は、角川の言う「勝長寿院縁起」の様相を呈しながらも、そこからややずれた位置にあると言える。また、思えば『義経記』の静物語もまた、『吾妻鏡』に比し、義経への思慕の迫真性において後退を認めざるをえない。というのも、『吾妻鏡』では鶴岡での舞奉納の時、静が「よし野山みねのしら雪ふみ分ていりにし人のあとそこひしき」「しつやしつ〳〵のをたまきくり返し昔を今になすよしもかな」と吟じ、これに怒った頼朝が政子に諫められることで、纏頭が与えられる流れとなっていた。しかし『義経記』では、政子の諫言にも頼朝は「御簾の方々を少し上げられたり」とあるのみで、直ちに意を転ずるわけではない。直後に「静悪しき御気色と思ひて、また立ち返り、「吉野山峯の白雪踏み分けて入りにし人の跡絶えにけり」と歌ひたりければ、御簾を高らかに上げさせ給ひて」纏頭に及ぶのである。静自身が「跡ぞ恋ひしき」を「跡絶えにけり」と即興で歌い変える機転により窮地を脱するわけで、芸能成功譚としての意味合いが強く[35]、義経思慕の志向性が大きく損なわれていることは明らかであろう。

このように、少なくとも『義経記』の段階では、「勝長寿院縁起」は、角川の説くような義経の怨霊鎮魂の話ではない。むしろ、利根川清がこの作品の「勝長寿院縁起」について、「縁起的世界を基底にもちながらも、それを借りて同時代の為政者の兄弟争いを不人情を軸に暗に諷刺している風がある」[36]とするのは妥当な解釈であろう。『義経記』に書き込まれる多様な主体の発話が「諷刺」とまで言えるかどうかは議論の余地があるにせよ[37]、この作品の静物語や勧修坊物語は「勝長寿院縁起」を「世界」としながら、その主題が既に別の所にあるとの指摘は当を得ている。そしてその立役者が、堀藤次親家である。偉大な高僧を労り、悲劇の女性を保護し、終始情け深く振る舞う藤次の狂言回しという結構は、義経にまつわる名場面に事寄せて、その助力者を称揚するものとなっている。『義経記』の「勝長寿院縁起」は堀藤次の物語に包摂され、義経の鎮魂譚から助力者の功名譚へと転ぜられていると言えよう。

五　語り手の脈絡

ここまで、『吾妻鏡』と『義経記』における静の鎌倉下向物語について論じてきた。前者は大姫の悲劇の文脈と響き合うことで説得力を高められ、幕府確立の犠牲者に対する鎮魂の脈絡を胚胎していたが、後者ではそうした主題が後景へ退き、堀藤次の功名譚へと更新されていた。こうした、義経周辺人物の物語が焦点化される特徴は、この作品に普遍的に見られるものと言え、その原因や意義については別に論じた[38]。しかしそれでは、ここで重要な役割を果たすのが、一体なぜ堀藤次親家なのか。この人物は『義経記』を除き、義経に関する物語においては影もない。堀藤次が視点人物として登場することには、どんな背景があるのだろうか。未だ明確な結論は得られていないものの、いくつかの興味深い事実を指摘することは可能である。最後にこの点を述べて結びとしたい。

『吾妻鏡』によると堀藤次親家は、頼朝挙兵の時、山木合戦で頼朝に近侍した三人の中に初めて名が出る[39]。石橋山合戦にも参加し、その後は鎌倉にあって奥州合戦にも名を連ねている。また、義高殺害記事においては「堀藤次親家已下軍兵」が義高を追討しており[40]、内乱終結後は二度にわたる頼朝の上洛に随行している。なお、最後の登場記事は、将軍頼家の北条時政追討命令を奉じ和田義盛らに伝えるも、義盛に告発され誅されるとの記事である[41]。

このように、『吾妻鏡』の堀藤次は一貫して源氏将軍家の側近的武士として出る。しかし、その素性等は明らかにし難い。そこで注目したいのが、同じ堀氏を名乗る堀弥太郎景光という人物の存在である。景光は義経の郎等であり、近江国篠原宿で平宗盛が斬首された直後、野路口で宗盛の子清宗を斬首したことで知られる[42]。この堀弥太郎は後述の『玉葉』にも載り、名は「景光」であることが確認できる。しかし『源平盛衰記』では一貫して「親広」となっており、覚一本巻第十一「能登殿最期」では「堀弥太郎親経」とある。「親」の字からすると、堀弥太郎が堀藤次親家と同族との認識が存した可能性もあろう。

そのような堀弥太郎は、『玉葉』によると、義経都落ちに随行し、一行が行方をくらませて十二ヶ月が経とうという文治二年（一一八六）九月二十日、佐藤忠信とともに比企朝宗に捕縛されている。[43] しかし、忠信が自害したのに対して、堀弥太郎は生き残ることとなる。そして二日後の二十二日条では、南都の「観修房得業聖弘房〈称放光房云々〉」が、義経を匿った疑いで追捕される。糾問された堀弥太郎の白状による追捕であったという。してみるに、堀弥太郎は義経潜行の過程を白状した唯一の話者であった。また約一ヶ月後の十月二十八日には、義経に同意したことを疑われた木工頭藤原範季が、堀弥太郎景光と「一両度」面会したことを認めている。翌月京都に届く頼朝の申状には、そうした義経の助力者が跳梁する当時の不穏な状況が、よく伝えられている。[44]

堀弥太郎は、社会の変革期において、こうした義経を匿う人脈、犯罪的世界のネットワークを暴露する語り手として出現したわけである。しかし堀弥太郎がその後どうなったのか、他の記録類を含め、どこにも書かれない。

ところで、堀弥太郎というと、古活字本『平治物語』巻下に記される「堀弥太郎と申すは、金商人也」との一節で知られる。堀（ただし学習院本では「窪」）弥太郎は、金商人吉次と同一人物であるとの言説である。ここから読み取るべきは、堀弥太郎が、幼少の義経を助けて京都から東国へと護送した商人の人脈を備えているという、認識の広がりであろう。[45] また、『尊卑分脈』に載る義経伝には、この時の助力者として吉次ではなく「東国旅人諸陵助重頼」の名が記される。これは『平治物語』で「深栖三郎光重が子」の「陵助重頼と云者」が下向を助けるのと対応しているが、『尊卑分脈』に載る「深栖頼重」の号には、「諸陵頭」「皇后宮侍長」とともに「堀三郎」と記されている。すなわち、「堀三郎」は、幼少の義経を東国に護送した人物の号として書かれているわけである。義経を匿う人脈の中に存在していた堀弥太郎の一族には、こうしたイメージが付随していた側面が指摘できよう。

『義経記』で堀藤次親家が視点人物を務める背景には、このように金商人吉次との相同関係において認識されたことが確認される。しかし、その『義経記』では、堀弥太郎は、義経の助力者としても、白状する人物としても現れない。既に忘れられたのか、堀藤次の功名譚に都合が悪かったか。いずれにせよ、この作品で堀弥太郎は二箇所に登場し、義経ではなく頼朝の使者としての役割を果たしている。一度目の登場は巻第四「頼朝義経対面の事」において、奥州から駿河へ馳せ参じた義経のもとに赴き頼朝の軍陣へ導く役を演じる。ここに堀藤次の役割との類似を見出すこともできようが、より注目すべきは二度目の登場の方である。すなわち、巻第六「忠信が首鎌倉へ下る事」において、鎌倉に下された佐藤忠信の首を「八幡の鳥居の東」に掛けたのが、堀弥太郎なのである。そしてもちろん、忠信の首が三日後に「勝長寿院の後ろに埋め」られ、同寺で供養されたとの記述は、角川が「勝長寿院縁起」に忠信物語を含める根拠となっている。『玉葉』では、共に捕縛された忠信が自害を遂げたのと対照的に、生き残った末に助力者を白状した堀弥太郎であったが、『義経記』では、忠信が勝長寿院で供養される過程に間接的に荷担していたわけである。

とはいえ、これ以上は今のところ不明とせざるをえない。一つ付け加えるならば、鎌倉末から室町前期成立とみられる御伽草子『清水冠者物語』が、大姫追善の唱導として勝長寿院周辺で作成されたとの説がある[46]。そしてその義高を追討したのが、堀藤次親家であった。大姫追善を通じて、勝長寿院の唱導と堀藤次との間に何らかのつながりが見出せるとするならば、『義経記』の勝長寿院説話で堀藤次が語り手となっている意味も理解できることになる。ただし断定するにはあまりにも証拠に乏しい。後考を俟ちたい。

注

(1) 内藤浩誉「母と娘の記憶と物語―鎌倉における静御前―」(『静御前の伝承と文芸』国学院大学、二〇〇四年十月)は、ここに「母と娘の物語」としての枠組みを指摘する。

（2）大姫の生年に関して明証はないが、渡辺保の考証（人物叢書『北条政子』吉川弘文館、一九六一年二月）に従い治承二、三年（一一七八、九）の生まれとするのが通説である。しかし福田晃が指摘するように（「頼朝伊豆流離説の生成」補説―史実と物語との間―」『軍記物語と民間伝承』岩崎美術社、一九七二年二月。初出一九六六年十二月）、もう少し前と考えるのが自然か。
（3）『義経記』には、帰洛後十九歳で出家したとある。
（4）『吾妻鏡』文治二年四月八日条。
（5）本文は新訂増補国史大系『吾妻鏡』に拠り、割注は〈　〉に括った。なお、後筆による訓点の類は省略した。
（6）ただし日付の計算が合わない点、不審。
（7）『愚管抄』巻第六。
（8）『吾妻鏡』巻頭の「関東将軍次第」には、実朝と頼経の間に「平政子　治八年」「自承久元年　至嘉禄元年」とある。
（9）『吾妻鏡』二月二十七日、三月三日、四月十九日、七月二十六日条。
（10）角川源義「『義経記』の成立」（『語り物文芸の発生』東京堂出版、一九七五年十月。初出一九六〇年四月）。
（11）管見では村上学「静」（『国文学　解釈と鑑賞』七〇―三、二〇〇五年三月）と清水眞澄『源氏将軍神話の誕生　襲う義経、奪う頼朝』（日本放送出版協会、二〇〇九年二月）に若干の指摘があるのみ。より深く掘り下げることが必要と考える。また『吾妻鏡』の静物語を史料として用いる場合も、本来ならば有機的に連関した物語的文脈を無視してはならないはずである。
（12）たとえば覚一本や『源平盛衰記』等では都落ちに同道したことすら記されず、長門本・南都本・四部本・屋代本等では都落ちに伴われたと書かれるものの、名が記されるのみである。城方本・奥村家本等では吉野軍が描かれていいるにもかかわらず、静については長門本等と同様で、離別は描かれない。
（13）本文は汲古書院刊の影印に拠って適宜句読点と鉤括弧を補い、振仮名を一部省略した。以下同じ。なお、延慶本は静の名に「閑」の字をあてる。
（14）山下宏明編『平家物語八坂系諸本の研究』（三弥井書店、一九九七年十月）。
（15）池田敬子「八坂系諸本における巻十二」（『軍記と室町物語』清文堂出版、二〇〇一年十月。初出一九八六年三月）。

(16) ただしそれが現存延慶本成立過程のどの段階での操作であったかは俄かに判定し難い。
(17) 本文は勉誠社刊の慶長古活字本影印による。
(18) 五味文彦『源義経』(岩波書店、二〇〇四年十月)。
(19) 元木泰雄『源義経』(吉川弘文館、二〇〇七年二月)。
(20) 徳江元正「静御前の廻国」(『国学院雑誌』六一―一、一九六〇年一月)。
(21) 前掲注(11)の清水眞澄著書は、「しづやしづ」の歌について、本歌である『伊勢物語』の歌では詠者が男であることに注目し、業平と重ねられた義経の意志を詠んだ歌と解釈することで、「義経の代弁者としての静の可能性」を論じる。魅力的な説である。
(22) 前掲注(11)の村上学論文、および注(2)の福田晃論文。
(23) 元暦元年(一一八四)六月二十七日条。
(24) 二十九日条。
(25) 「貞女」の語義については細川涼一「静小論」(『京都橘女子大学研究紀要』一六、一九八九年十二月)に整理されている。
(26) 『曽我物語』の虎御前の物語(『吾妻鏡』にも載る)に通じるものがある。
(27) 一日戊子。故志水冠者義高伴類等令隠居甲斐信濃等国。擬起叛逆之由風聞之間。遣軍兵。可被加征罰之由。有其沙汰。足利冠者義兼。小笠原次郎長清。相伴御家人等。可発向甲斐国。又小山宇都宮比企河越豊島足立吾妻小林之輩令下向信濃国。可捜求彼凶徒之由被定云々。此外相模伊豆駿河安房上総御家人等同相催之。今月十日可進発之旨。被仰義盛。能員等云々。
(28) 本書補説②。
(29) 井原今朝男「源平争乱から中先代の乱へ」(『長野県の歴史』山川出版社、一九九七年三月)。
(30) 本文は田中本を底本とする新編日本古典文学全集(小学館)に拠る。
(31) 五味文彦『平家物語　史と説話』(平凡社、一九八七年十一月)。
(32) 樋口州男「御霊義経の可能性―敗者から弱者へ―」(『軍記と語り物』四二、二〇〇六年三月)。

(33)　岩松研吉郎「巻六の静について―『義経記』ノート・2―」（『芸文研究』五七、一九九〇年三月）。
(34)　文治三年三月八日条。静の帰京の翌年の出来事であり、『義経記』とは順序が逆である。なお、『吾妻鏡』ではこの人物は「南都周防得業聖弘」と称される。
(35)　前掲注（33）の岩松研吉郎論文。なお、このくだりは田中本以外では明らかな脱文があり意味が通じない。
(36)　利根川清「義経記　『義経記』の文芸方法」―方法としての「義経」の役回り―」（『国文学　解釈と教材の研究』四五―七、二〇〇〇年六月）。
(37)　本書第六章。
(38)　本書第一章・二章・三章・六章。
(39)　治承四年（一一八〇）八月十七日条。近侍の三人は堀藤次の他、加藤次景廉と佐々木三郎盛綱。
(40)　元暦元年四月二十一日・二十六日条。「堀藤次親家郎従」は先述の通り、政子の怒りにより六月二十七日条で斬首される。
(41)　建仁三年（一二〇三）九月五日条。
(42)　『平家物語』巻第十二および『吾妻鏡』元暦二年（一一八五）六月二十一日条。
(43)　「伝聞、九郎義行郎従二人〈堀弥太郎景光・四郎兵衛尉忠信〉搦取了、忠信自殺、景光被捕得云々、藤内朝宗搦之云々」とある。本文は図書寮叢刊『九条家本玉葉』（明治書院）に拠り、割注は〈　〉に括った。
(44)　『玉葉』文治二年十一月十六日条に「頼朝申状云、義行事、南北二京、在々所々、多与力彼男、尤不便、於今者、若差進二三万騎武士、山々寺々可捜求也、但事定及大事歟、仍先為公家沙汰、可被召取也、随重仰可差上武士也、兼又仁和寺宮、始終有御芳心之由、所承也云々」とある。
(45)　本書第一章。
(46)　浅井由香子「『清水冠者物語』研究―伝承の場と成立時期に関する一考察―」（『南山国文論集』二三、一九九九年九月）。

補説② 『吾妻鏡』における〈歴史〉構築の一方法

はじめに――野木宮合戦の重要性と問題点――

早くから貴重な史料としてその価値が認められてきた『吾妻鏡』には、しかし同時に「潤色」や「誤謬」の数々も指摘されてきた(1)。一方近年では、そうした曲筆のみられる箇所からより積極的に「構想」を読み取ろうとする研究も現れている(2)。そしてまた、軍記物語研究の立場からすれば、『吾妻鏡』には文学作品としての分析に堪えうる物語的記事も見出すことができる。就中、本補説で扱ういわゆる野木宮合戦にまつわる記事群は、高度に組織化された言説によって幕府の〈歴史〉を構築していることが明らかである(3)。文学研究・史料批判の双方に資するところがあると思われるため、ここに報告しておきたい。

『吾妻鏡』養和元年(一一八一)閏二月に記される野木宮合戦は、頼朝に敵対する源(志田)義広および藤原性足利氏の忠綱が下野国において軍事行動を企て、後に幕府の宿老となる小山朝政らにより鎮圧された武力衝突である。この事件は同書で欠巻となっている寿永二年(一一八三)の出来事であったと判明しているが(4)、記述内容自体には信頼が置かれており、事典類や自治体史がこの事件を紹介する際には、年次を除き『吾妻鏡』の記述に基づいて叙述している。しかし当該記事は、分量・内容ともにまとまりを持っている上、暴風の助力や鶴岡若宮の神託が記され、足利忠綱の怪物的身体を描くなど、叙述態度も明らかに物語的色彩を帯びている。そこで本補説では、その物語的な記述を読み直すことで、同書における〈歴史〉構築の方法の一端を考察していきたい。なお、「養和元年」

は野木宮合戦後の治承五年七月十四日に改元された元号であり、また東国ではその後も引き続き「治承」を使い続けているが、ここでは便宜上この年を「養和元年」に統一して表記することとする。

さて、『吾妻鏡』本文の分析に入る前に、まずは野木宮合戦の歴史的重要性を確認しておきたい。人口に膾炙しているとはいい言い難いこの合戦は、しかし頼朝挙兵前後における北関東の情勢を鑑みるに、ひとつの重大な分岐点となる出来事であった。というのも、頼朝が挙兵した治承四年（一一八〇）当時、下野・上野では頼朝・義広・平家の三者がそれぞれ支配をもくろみ、また在地勢力として小山氏・藤原姓足利氏・新田氏、そして木曽義仲が影響力を持っていた。[5] 元木泰雄によると、治承三年（一一七九）の清盛によるクーデターの結果、各地で在庁の利害関係が激変し、「下野でも平氏家人の藤原姓足利氏と、源姓足利、小山両氏との対立が激化」した。そして、頼朝にとって「元来、北関東は父義朝の勢力範囲ではなく、常陸以外の諸国も頼朝の権威が十分に及ばない地域であった」。[6] つまり、北関東は諸勢力がせめぎ合う不安定な情勢にあり、頼朝にとって押さえねばならない重要地域であった。こうした状況下、治承四年十二月二十二日には、挙兵当初から頼朝と連携して行動した小山氏に加えて、上野の新田氏も頼朝に服した。その結果藤原性足利氏は孤立し、劣勢の挽回を図って、頼朝に対抗する志田義広の勢力に加担したと考えられている。[7] そして頼朝と義広の対立は、治承寿永内乱の持つ「長く続いていた河内源氏の一族間抗争の最終ラウンドとしての側面」[8] のあらわれであった。こうしてみると、野木宮合戦には、平家家人側と反平家勢力側との争い、藤原姓足利氏と小山氏との下野における主導権争い、頼朝と義広との河内源氏間の争い等、複数の対立が絡み合っている。それらの抗争にまとめて決着をつけ、不安定な北関東における頼朝の支配を確立させた点で、草創期幕府にとってこの合戦の意味は重大だったと言える。

このような重要性を帯びているにもかかわらず、野木宮合戦を詳細に記した『吾妻鏡』の記事には先述のような諸問題がみられる。そこで次に、この記事群に関する先行研究を確認しつつ、諸文献に現れる野木宮合戦の記述を通覧し、『吾妻鏡』当該記事にかかわる問題点について整理しておきたい(9)。

一　諸文献の野木宮合戦と先行研究

この合戦に関する最も重要な先行論の一つは、『吾妻鏡』では養和元年閏二月に記されるこの出来事が実は寿永二年二月の事実であることを明らかにした、石井進の研究である(10)。氏はまず、『吾妻鏡』元久二年（一二〇五）八月七日条に、小山朝政について「随而去寿永二年。対治志太三郎先生蜂起之間。都鄙動感。仍被行賞」との記事があることを指摘し、さらに建久三年（一一九二）九月十二日条には次のような文書が載ることを示した。

十二日辛巳。小山左衛門尉朝政先年募勲功浴恩沢。常陸国村田下庄也。而今日賜政所御下文。其状云。

将軍家政所下　常陸国村田下庄〈下妻宮等〉

補任地頭職事

左衛門尉藤原朝政

右。去寿永二年。三郎先生義広発謀叛企闘乱。爰朝政偏仰朝威。独欲相禦。即待具官軍。同年二月廿三日。於下野国野木宮辺合戦之刻。抽以致軍功畢。仍彼時所補任地頭職也。庄官宜承知不可違失之状。所仰如件。以下。

建久三年九月十二日　　案主藤井

令民部少丞藤原　　知家事中原

別当前因幡守中原朝臣

下総守源朝臣

小山朝政は寿永二年に義広が謀叛を発し闘乱を企てた際に独力で防ぎ軍功を上げたため、常陸国村田下庄の地頭職を安堵する、との将軍政所下文である。ここには、同年二月二十三日に下野国野木宮の辺で合戦をした、と明記されている。この下文には同内容の文書が残っており、[11]『吾妻鏡』がその案文を載録した、実際に発給された文書であることが確かめられる。なお、この文書の記述に足利忠綱が登場していないことは、『吾妻鏡』における野木宮合戦記事の形成過程を考える上で一つの手がかりとなるので後にまた触れる。ともあれ、石井は以上の資料に加え、義広が義仲と合流し寿永二年七月に入京することとの整合性から考えても、野木宮合戦の年次は寿永二年であるべきことを論証した。

ところで、同氏はこの年次錯誤を、八代国治の言葉を用いて「切り貼りの誤謬」と表現した。しかし、『吾妻鏡』の当該記事群を再読すると、これを単なる「誤謬」と片付け得ないのではないかとの疑問が生じる。というのも、養和元年九月七日〜十八日条には、足利忠綱の父である俊綱、およびその郎等桐生六郎の討伐が、野木宮合戦の事後処理の一環として記されているからである。十八日条には日付の明示された文書も引用されており、文書を掲載するにあたり偽装はしないという『吾妻鏡』の原則を考えると、俊綱の討伐自体は養和元年の事実であることになる。また、『玉葉』の同年八月十二日条に「伝聞、足利俊綱有背頼朝之聞」とあることとも整合する。[12]にもかかわらず、『吾妻鏡』同九月七日条では「嫡子又太郎忠綱同意三郎先生義広。依此等事。不参武衛御方。武衛亦頻咎思食之間。仰和田次郎義茂。被下俊綱追討御書」と、寿永二年に起きたはずの野木宮合戦と結びつけられている。つまり、俊綱討伐は養和元年の事実で、寿永二年の野木宮合戦とは本来無関係であったが、『吾妻鏡』の記事では後次的に野木宮合戦と関連付けられているのである。仮に「誤謬」に端を発したとしても、ここには編集の跡が明瞭に見て取れるため、後に検討したい。

さて次に、『吾妻鏡』当該記事作成にあたり直接参照されたと思われる文献として既に指摘されている、『六代勝

事記』について確認しておきたい。承久の乱直後の成立と考えられている同書には、次のような記事がある。(13)

> 爰源三郎先生の野心をさしはさむに、佐の舎弟かばの冠者、八田の四郎武者〈後筑後守〉・小山の四郎〈今廷尉〉等をして、下野国能毛の宮の原に征戦せしむるに、春天暴風東南よりおこりて、やけのの灰塵を吹たて、雲霞のいくさの西北より起る、人馬眼路をうしなへるゆゑに、わづかに千騎の勢をもちて、数万の兵をほろぼしつ。これ偏に天力をあたふる也。

義広の蜂起に対して頼朝が、弟の範頼、八田知家、小山朝政らを用いて「下野国能毛の宮の原」で合戦したとの記事である。暴風が東南から起こって灰塵を吹き立て、西北から攻めてきた義広勢の視界を奪ったとの内容は、後述する『吾妻鏡』の当該記事と一致する。小勢で大軍を破ったとする点、および、天が頼朝に味方したとされる点も『吾妻鏡』と同様である。また、鹿ヶ谷事件、以仁王事件、平家の悪行（福原遷都・南都炎上）の後、頼朝による関東平定という文脈で語られ、直後に清盛死去の記事を控えることから、『六代勝事記』でも野木宮合戦は養和元年の出来事として記されていることがわかる。(14)これらのことから、平田俊春・弓削繁らにより、『吾妻鏡』の野木宮合戦記事は『六代勝事記』を参照して書かれていると論じられ、(15)現在ではこれが通説となっている。

本補説の立場としてもこの説に異存はないが、両書の記事の相違点について二点付け加えておく。まず、『六代勝事記』においては幕府軍の中心が小山朝政であるとは読めないということ、そして、前掲の下文と同じく義広に加担したとされる藤原性足利氏が登場しないということである。これらも後に『吾妻鏡』本文の検討材料としたい。(16)

最後に、『吾妻鏡』当該記事群と『平家物語』との関係について指摘しておく。『吾妻鏡』養和元年閏二月二十三日条には「去年夏之比。可誅滅平相国一族之旨。高倉宮被下令旨於諸国畢。小山則承別語。忠綱非其列。太含鬱憤。加平氏。渡宇治河」との記述がある。以仁王の令旨が諸国に下されたとき、小山が「別語」を承ったのに足利忠綱はそれを下されなかったため、平氏軍に加わり宇治川を渡った、との内容であるが、この記事は『平家物語』を下敷きにしている。というのも、以仁王追討合戦におけるいわゆる橋合戦に関して、『平家物語』では忠綱が馬筏により宇治川を渡す活躍が書かれる。しかし当時の記録から、これを実行したのが実は同名の別人であったことが明らかになっている(17)。つまり、『吾妻鏡』当該記事には、『平家物語』における事実と異なる脚色が前提的に踏襲されているのである。

それでは、以上の問題点を踏まえた上で、以下、実際に『吾妻鏡』の当該記事を具体的に分析してゆきたい。

二　『吾妻鏡』の〈歴史〉構築

まず指摘しておきたいのは、寿永二年二月の出来事であるはずの野木宮合戦に関する『吾妻鏡』の記事が、養和元年閏二月の文脈に接合されているという事実である。たとえば、十五日条には、「被下院庁御下文於東海道之諸国。蔵人頭重衡朝臣帯之。率千余騎精兵。発向東国。是為追討前武衛也」と、平重衡の率いる頼朝追討軍が東国に発向したことが記される。このことは『玉葉』『明月記』等にもあり、事実と認められる。続く十七日条には「可相待平氏襲来之故」に頼朝の命令で安田義定等が浜松に到着したことが書かれるが、これを受けるように、野木宮合戦の発端にあたる二十日条は、次のように語り起こされる。

廿日丙寅。武衛伯父志田三郎先生義広忘骨肉之好。忽率数万騎逆党。欲度鎌倉。綺已発覚。出常陸国。到于下野国云々。平家軍兵襲来之由。日来風聞之間。勇士多以被遣駿河国以西要害等畢。彼此計会。殊思食煩。爰下河辺庄司行平在下総国。小山小四郎朝政在下野国。彼両人者雖不被仰遣。定励勲功歟之由。尤令恃其武勇給。

義広の蜂起が発覚したものの、頼朝の麾下にある勇士の多くが平家軍襲来を防ぐために駿河以西に出払っていた。そこで頼朝がその武勇を頼みにしたのが、下河辺行平と、小山朝政だったという。つまり、養和元年閏二月の事実である平家の東国征討軍発向が、寿永二年の出来事であるはずの朝政らの活躍を導いたように叙述されているわけである。

次に二十三日条では、先に述べたように義広に加担した足利忠綱が治承四年の橋合戦で宇治川を渡ったことが書かれるが、時系列に注目するとそれが「去年夏之比」のこととして語られていることに気付く。このように、野木宮合戦の記事が養和元年閏二月の文脈に接合され、『平家物語』の歴史叙述を交えつつ、展開に必然性が付加されているのは明らかである。

また、九月の足利俊綱討伐記事との関連も注目に値する。それが養和元年のことであるにもかかわらず野木宮合戦と関連付ける記述があることは先述の通りであるが、これに加え、閏二月二十五日条に「招郎従桐生六郎許。数日蟄居。遂随桐生之諫。経山陰道。赴西海方云々」とあるのも問題である。忠綱は桐生六郎にかくまわれたと書かれているが、九月十八日条には桐生六郎が殺害されたことが記されているので、桐生六郎の助力は寿永二年の野木宮合戦においてはありえないのである。このように、九月の記事も閏二月の記事と有機的に関連させられていることが指摘できる。

こうしてみると、『吾妻鏡』の当該記事群は単なる「切り貼りの誤謬」の産物ではなく、むしろ高度な編集がなされていることが認められよう。それでは、そうした編集の結果、『吾妻鏡』ではどのような歴史叙述がなされているのだろうか。次に、当該記事群の構成を確認し、そこに軍記物語としての明確な構造が読み取れることを示したい。

『吾妻鏡』の野木宮合戦記事は、先に引用した閏二月二十日条の、義広が大軍を率いて鎌倉へ向かい下野へ侵入したとの報告から始まり、下河辺行平・小山朝政への頼朝の信頼が語られていた。翌二十一日条では、「今日以後七ヶ日。可有御参鶴岡若宮之由立願給。是東西逆徒蜂起事為静謐也」と、頼朝が戦勝祈願のため鶴岡若宮に七日間の参籠を始めたことが書かれる。それに続く二十三日条では、まず先に引用した足利忠綱の義広軍への加担とその動機（小山氏への対抗心）が語られ、次に詳細な戦闘の有様が描かれる。つまり、朝政の館へ向かう義広を小山勢は野木宮で奇襲し、朝政の弟でのち長沼を名乗る宗政の加勢、および暴風の助力により勝利を収めるという展開である。そのうち暴風の助力は「義広聊引退。張陣於野木宮之坤方。朝政宗政自東方襲攻。于時暴風起於巽。揚焼野之塵。人馬共失眼路。横行分散」とあり、東南からという方角を含めて先述の『六代勝事記』との照応がうかがえるとともに、頼朝の祈願に対する鶴岡若宮の感応と読めることに注意したい。また、この日の記事の末尾には「彼朝政者。曩祖秀郷朝臣。天慶年中追討朝敵。〈平将門。〉兼任両国守。令叙従下四位以降。伝勲功之跡。久護当国。為門葉棟梁也。今聞義広之謀計。思忠軽命之故。臨戦場得乗勝矣」と、下野国を護ってきたのが秀郷流藤原氏であり、小山朝政がその棟梁であること、朝政が命を賭して頼朝への忠心を貫くことが記される。

合戦後の二十五日条では、「悔先非。恥後勘」た足利忠綱が桐生六郎の諫言に従い「経山陰道。赴西海方」と、関東から去ったことが記される。これに付随して、「是末代無双勇士也。三事越人也。所謂一其力対百人也。二其声響十里也。三其歯一寸也云々」と、忠綱の怪物的身体が殊更に述べられることも注目される。そして二十七日条には、「今日所満七ヶ日也。而跪宝前。三郎先生蜂起如何之由。独被仰出。于時小山七郎朝光持御剣。候御共。承此御旨云。先生已為朝政被攻落訖歟云々。武衛顧面曰。少冠口状者。偏非心之所発也。尤可為神託」と、頼朝の参籠満願の七日目に、朝政・宗政の弟で今年十五歳となる小山（のちに結城を名乗る）朝光の口を通して、鶴岡若宮による戦勝の託宣があったことが語られる。そしてその直後に、小山勝利の報がもたらされるのである。最後に翌二十八日条において、頼朝による捕虜の処理、義広の所領収公および小山への恩賞が描かれて閏二月の記事は結ばれる。

以上が『吾妻鏡』における野木宮合戦記事の構成であるが、ここから思い出されるのは、大津雄一による「軍記」の定義である。氏は初期軍記から後期軍記までを見渡した上で、軍記物語の最大公約数的な枠組みを示す重要な指摘を導いた[18]。その要点を引用しておこう。

天皇王権の至高性を共通の規則とする共同体内部の秩序に、異者（反逆者・朝敵）が混沌を一時的に現出させるが、天皇王権を護持する超越者（神仏・冥衆・天）の加護のもと、異者は忠臣により排除され、共同体は秩序を回復する。

テクストによる偏差はあるものの、軍記はこの〈物語〉に等しく構造化されている。異者や忠臣に固有名詞を当てはめれば、それぞれの作品の要約が得られるはずだ。軍記とは、天皇王権の志向性を共通の規則とする共同体、いわば王土の共同体の危機と回復の物語である。

これに従えば、「天皇」を「頼朝」に替えると、『吾妻鏡』当該記事は明確に軍記物語の構造を備えていることになる。「異者」は義広・忠綱にあたり、「超越者」は鶴岡若宮、「忠臣」は小山兄弟にそれぞれ当てはまる。したがって『吾妻鏡』における野木宮合戦の叙述は、頼朝を中心とする〈王権の絶対性の物語〉であると言えるのである。なお、朝政・宗政・朝光の三人が皆のちに幕府の重臣となることは周知の通りである。

また、物語の構造と関連して、視点の移動が効果的になされていることも指摘しておきたい。つまり、二十・二十一日条は鎌倉に視点が置かれ、鎌倉に情報が入って来る。続く二十三日条の冒頭は、足利勢の視点で、忠綱の思考と行動が描かれる。二十三日条の続きは小山勢の視点となり、下野での合戦と勝利が語られる。そして二十五日条は再び忠綱の思考と行動が記され、二十七・二十八日条になると最初と同じく鎌倉に視点を置き、鎌倉に情報が入ってくる。このように視点が移動させられることにより、鎌倉を中心とする共同体秩序の混乱と回復が空間的にも表現されていると言えよう。

さらに、『吾妻鏡』当該記事が軍記物語の構造と表現を備えていることを示す重要な特質としてもう一つ付け加

えたいのは、暴風の助力に関する類例の存在である。まず『将門記』を引用しよう。(19)

時に新皇順風を得て、貞盛・秀郷等不幸にして咲下に立つ。その日、暴風枝を鳴らして、地籟《ちらい》塊《つちくれ》を運ぶ。新皇の南の楯は前を払ひて自ら倒れ、貞盛の北の楯は面を覆ふ。……これ等方《みち》を失ひて立ち巡る間、還りて順風を得つ。時に新皇、本陣に帰るの間、咲下に立つ。貞盛・秀郷等、身命を棄てて力の限り合ひ戦ふ。……新皇は暗《そら》に神鏑に中りて、終に託鹿《たくろく》の野に戦ひて、独り蚩尤《しいふ》の地に滅びぬ。

下野国の合戦において、春の嵐が平貞盛・藤原秀郷らの味方となり、劣勢を覆して将門軍に勝利するという記述である。下野国という場所、小山氏の祖先である秀郷という人物、反乱軍の鎮圧という文脈など、『吾妻鏡』における野木宮合戦のモデルかとも疑われるほど共通点が多い。また、『陸奥話記』にも次のような場面がある。

将軍馬より下り、遥に皇城を拝して誓ひて言はく、昔漢徳いまだ衰へざりし、飛泉忽に校尉が節に応ず、今天威これ新なり、大風老臣が忠を助くべし。伏して乞はく、八幡三所風を出し火を吹きて、かの柵を焼かむことをといへり。自ら火を把りて神火と称ひて投ぐ。この時に鳩あり、軍の陣の上に翔《かけ》る。将軍再び拝せり。暴《あら》き風忽に起り、烟焔飛ぶがごとし。これより先官軍が射たるところの矢、柵の面楼の頭に立てること、猶し蓑毛のごとし。飛ぶ焔は風に随ひて矢の羽に着きぬ。

河内源氏の棟梁である将軍頼義が、八幡神への祈念により暴風・神火の助力を得、劣位を逆転して朝敵である安倍勢を破るという場面である。これは、『吾妻鏡』で頼朝の鶴岡参籠に応える形で暴風の助力が描かれることと照応しよう。このように、雌雄を決する暴風の助力は、『吾妻鏡』と同じ漢文の歴史叙述である『将門記』や『陸奥話記』における定型的想像力を継承していることがわかるだろう。

加えて、忠綱の怪物的身体についても論じておきたい。先に引用した二十七日条によると、「末代無双勇士」としての忠綱は力・声・歯の三つにおいて超人的な特徴を見せていた。これは、『陸奥話記』における安倍貞任が

「その長六尺有余、腰の囲七尺四寸、容貌魁偉にして、皮膚肥え白し」と描かれ、半井本『保元物語』における源為朝が「為朝ガ可然弓取ト生レツキタル事ハ、弓手ノカヰナスデニ四寸マサリテ、弓ノホコ普通ニスギ、矢ツカ人ニモ勝テ候也」「為朝ハ保元ノ乱ニ左右ノカヰナヲ抜《ぬかれ》テ、伊豆ノ大島ニ被流タリシガ、自然ニカヰナ癒着テ、弓ヲ引ニ、昔ノ弓ノ力程ハ無《なけ》レ共、極テ能成《よくなり》タリケルガ、カヰナガイトヾ長ク成テ、本ノニ二伏セ延タリケルニ依テ、「弓ノ力ハ劣リタレ共、矢柄ガ延タリケレバ、物ヲ通ス事ハ、昔ニハ増リニケリ」ト申ケル」と超人的な身体の持主として描かれることと共通する。[20] つまり、『吾妻鏡』当該記事において反逆する「異者」が怪物的身体を備えていることも、軍記物語の定型を踏んでいるわけである。

そして最後に、回復される秩序の中心にいる、頼朝の描かれ方を分析しておきたい。結論から言うと、頼朝は当該記事において、運命を予見でき、また事態を裁定することのできる絶対的な支配者として描かれている。まず二十日条に下河辺行平・小山朝政への信頼が語られていたことは既に述べた。また、同日条には「政平参御前申身暇。起座訖。武衛覧之。政平者有弐心之由被仰。果而自道不相伴于宗政。経閑路馳加義広之陣云々」との記述がある。つまり、宗政とともに鎮圧軍として鎌倉を発った関政平が途中で寝返って義広の勢に加わるが、これを頼朝は予見していたというのである。さらに、頼朝の祈願と鶴岡若宮の感応が描かれていたことも既述の通りだが、満願の二十七日に朝光が「先生已為朝政被攻落訖歟」と言ったのを、頼朝は「武衛顧面曰。少冠口状者。偏非心之所発也。尤可為神託」と若宮の託宣としてとらえ、その直後に戦勝の報が到着しており、あたかも司祭のごとき能力者として描かれている。そして、この合戦の事後処理では「武衛有御対面。被感仰勲功」と忠臣を評価し、「常陸下野上野之間。同意三郎先生之輩所領等。悉以被収公之。朝政朝光等預恩賞云々」（以上二十八日条）と遺領を収公して小山氏に預け、また九月の俊綱討伐記事においては「俊綱遺領等事。有其沙汰。於所領者収公。至妻子等者。可令本宅資財安堵之由被定之」（九月十八日条）と遺族を保護するなど、慈悲深く公正な裁定を下したことが描かれる。あたかも全てが頼朝の掌の上で御されているかのごとき筆致である。このように、当該記事群においては、支配者としての頼朝の絶対性を保証し、共同体秩序の回復・強化を強調する構想が貫かれていると言える。

こうした構想・表現は、おそらく最初に述べたこの合戦の重要性と深く結びついている。というのも、複数の対立を同時に解決し、不安定だった北関東の支配を確立させたこの合戦は、幕府草創の〈歴史〉において十全に語られる必要性があったからである。つまり、『吾妻鏡』における野木宮合戦の叙述は、頼朝による北関東支配の起源とその正当性・絶対性を語る構造と機能を帯びていると考えることができよう。こうした枠組みを持つ当該記事群が、鎌倉幕府の公的な〈歴史〉叙述であることは論を俟たない。ところが、そうした記事の核となっているのは、実際にはもっと私的でローカルな物語であると言える。次にこのことを述べたい。

三　小山／足利の物語

『吾妻鏡』の野木宮合戦記事には、頼朝の絶対性が繰り返し語られていた。しかしそれとともに、忠臣として活躍した小山一族を執拗に称揚し、その勲功を強調していることも指摘できる。たとえば、二十日条に頼朝の厚い信頼が語られていたが、二十三日条では小山氏について、以仁王の「別語」にあらわれた高い評価、および「一国之両虎」たる藤原姓足利氏に対する優位性が述べられていることになる。

また、同日条にある合戦の描写を一読すると、その表現は小山氏の勲功譚としての軍記物語そのものである。たとえば、「朝政父政光者。為　皇居警衛未在京。郎従悉以相従之。仍雖為無勢」と、小山氏の無勢が語られ、それゆえに「中心之所之在武衛」が強調される。そして「可討取義広之由凝群議。老軍等云。早可令与同之趣。偽而先令領状之後。可度之也者。則示遣其旨」「朝政廻計議而令人昇于登々呂木沢地獄谷等林之梢。令造時之声。其音響谷。為多勢之粧」と、無勢を逆手に取り地形を生かした奇襲により優位を得る様が描かれる。また、「朝政着火威甲。駕鹿毛馬。時年廿五。勇力太盛而懸四方」と、朝政の装束と年齢まで明記される。さらに、「義広所発之矢中于朝政。雖令落馬。不及死悶。爰件馬離主。嘶于登々呂木沢。而五郎宗政〈年廿。〉自鎌倉向小山之処。見此馬。合戦已敗北。存令朝政夭亡歟之由。馳駕向于義広陣方。義広乳母子多和利山七太揚鞭。隔于其中。宗政逢于弓手。射取七太訖。宗政小舎人童取七太之首」と、朝政が落馬し、その馬が登々呂木沢で嘶き、宗政がこれを聞き付けて駆けつける描写がある。ここでは馬の動向により視点が移動し、宗政が活躍する契機となるなど、巧みなプロットがみられるとともに、宗政の武勇と年齢も記される。

またここに些末な従者たちの名までが記されていることにも注目したい。この日の記事には他にも「朝政郎従太田菅五。水代六次々郎。和田池二郎。蔭沢次郎。幷七郎朝光郎等保志秦三郎」「足利七郎有綱。同嫡男佐野太郎基綱。四男阿曽沼四郎広綱。五男木村五郎信綱。及太田小権守行朝」「八田武者所知家。下妻四郎清氏。小野寺太郎道綱。小栗十郎重成。宇都宮所信房。鎌田七郎為成。湊河庄司太郎景澄等」と、小山に加勢した者たちとして無名の人物を含む交名が載り、「野木宮」「登々呂木沢」「地獄谷」「小手差原」「小堤」など、ローカルな地名が頻出する。

そして、合戦の終わりには「彼朝政者。曩祖秀郷朝臣。天慶年中追討朝敵。〈平将門。〉兼任両国守。令叙従下四位以降。伝勳功之跡。久護当国。為門葉棟梁也。今聞義広之謀計。思忠軽命之故。臨戦場得乗勝矣」とあり、朝政は将門追討以来久しく下野国を護る秀郷流藤原氏の「門葉棟梁」であることが、両者を重ねつつ語られている。つまりこの軍記物語は、小山氏が頼朝の代官として、また秀郷流藤原氏の正統な後継者として、下野国を統治することの起源を語る、一種の家伝的勲功譚と読むことができる。それは、『六代勝事記』等の記事と比べた時、範頼のはたらきが矮小化されていることと連動していよう。となれば、先述の通りこの合戦記事群の末尾において、義広に加担した者たちの所領が収公され小山氏に預けられたことが述べられるのも当然であろう。このように、『吾妻鏡』の描く〈歴史〉の核となっているのは、小山氏の勲功譚という私的かつローカルな言説であることが確認される。

ここで少し想像をたくましくすると、こうした記事の原資料は、小山氏周辺で作成された家伝かと推測できる。そしてそれは、先に引用した、建久三年に朝政が得た地頭職安堵の下文の発給と深く結びついているのではないだろうか。つまり、下文を請求するために朝政が将軍家政所に提示した記録があったはずである。それが『吾妻鏡』野木宮合戦記事の原資料となったと考えることは十分に可能であろう(21)。

さて、その建久三年の下文や『六代勝事記』など、他の諸文献には記されていなかったのが、もうひとつのローカルな言説である、足利忠綱の物語である。『吾妻鏡』当該記事には、小山氏の勲功譚であるとともに、藤原姓足利氏の下野国追放の物語としての側面が見出せるのである。最後にそのことを示しておきたい。

先述の通り、以仁王追討の橋合戦において宇治川を渡り、怪物的な身体を持つことが記されるなど、足利忠綱に関する記述は明らかな虚構が目立つ。忠綱が自らの非を悔い、養和元年九月に殺害されているはずの桐生六郎にかくまわれ、その諫言で逐電したとの記事も、野木宮合戦が寿永二年の出来事である以上、虚構である。そして、この合戦における小山と足利という「一国之両虎」による秀郷一流の主導権争いの枠組みは、『吾妻鏡』以外では見られない。さらに、合戦には義広に加担した足利勢が全く描かれておらず、実のところ忠綱の行動はこの合戦の流れに何ら影響を及ぼしていない。つまり、忠綱関係記事がなくとも、義広追討の物語自体は完結するのである。これらを勘案するに、忠綱の思考と動向に関する記述は、小山氏との関連で後から追加されたものと見るのが妥当であろう。忠綱追放の物語が付加されることにより、秩序の危機と回復という物語の構造が効果的に強調され、頼朝による北関東支配の起源の〈歴史〉がより確かなものになっているわけである。

ただし結果的に、他の軍記物語における「異者」とは異なり、忠綱は西海へ逃れてしまう。『吾妻鏡』では承元四年（一二一〇）九月十一日条で「故足利又太郎忠綱遺領上野国散在名田等。此間称尋出之」と、忠綱が故人とされているが、その死についてはどこにも説明がなされていない。そして怪物的身体により強調された過剰な不気味さだけが残ることとなる。つまり、『吾妻鏡』の読み方によってはこの合戦で忠綱を調伏しきれなかったとの意味合いが生じ、〈歴史〉の構想にほころびを含み込んでしまっているのである。このように忠綱の物語は『吾妻鏡』の構築する〈歴史〉とは別の志向性を孕んでいるわけだが、下野国においては実際に忠綱の物語が別の展開を生んでいる。たとえば、嘉永三年（一八五〇）に河野守弘により書かれた地誌『下野国誌』には、栃木県彦間村の貝沢に鎮座する「忠綱明神」が紹介され、「足利又太郎忠綱の霊を祀る所なり」と記されている。(22)また、柳田国男によると「この地方でも入彦間といふ村などでは、足利忠綱が山鳥の羽の箭で射られたと称して、人民が山鳥を食ふことを忌んでゐる」との伝承もある。(23)さらに、鑁阿寺にある蛭子堂の由来としても、忠綱が平家滅亡後も足利地方に潜伏し、しかし無実の罪によって自害に追い込まれたとの物語が伝えられている。(24)このように、在地社会においては〈歴史〉における勝利者の小山氏ではなく、敗者である忠綱への崇拝が息づいていたようである。足利追放の物語という枠組みの追加により、野木宮合戦にまつわる〈歴史〉は効果的に強調されたが、その一方で忠綱が無念を残す敗者として在地社会に記憶され、『吾妻鏡』の構築した〈歴史〉を裏切りながら、新たな物語を生むこととなったのである。

おわりに――歴史と物語の相互関係――

ここまで論じてきたことをまとめよう。本補説では『吾妻鏡』野木宮合戦記事の物語的な記述を軍記文学として読み直すことで、同書における〈歴史〉構築の方法の一端を示し、歴史と物語とが相互に生成し合う様相を考察してきた。まず、前後の記事との因果関係を示す言説に注目し、寿永二年の出来事が養和元年の文脈に接合され、展開に必然性が付加されていることから、当該記事が単なる「切り貼り」の誤りを犯しているのではなく、『六代勝事記』や『平家物語』を取り込みつつ高度な編集を施していることを指摘した。次に叙述構造を分析し、当該記事が頼朝による北関東支配の〈歴史〉とその正当性・絶対性を語り、周知・既成事実化させる神話的物語としての構造と機能を帯びていることを明らかにした。また、そうした〈歴史〉の核となっているのは、小山氏の勲功譚という私的かつローカルな言説であること、足利忠綱の思考と動向の叙述は後次的に追加された可能性が高いことを論じた。そして、追加された足利追放の物語という枠組みが『吾妻鏡』の記述とは別の志向性を帯び、在地社会に新たな物語を発生させたことを述べた。

『吾妻鏡』は、少なくとも当該記事において、頼朝の絶対性に支えられた幕府と御家人の〈歴史〉構築を志向している。しかし、それを効果的に強調するよう配置された各々の物語は、それぞれに独自の志向性を保っており、そのために新たな物語を生んできたわけである。おそらく、このように歴史と物語とがせめぎ合い、相互に生成してゆく現象が見出せるのは、ひとりこの記事群のみにとどまらない。支配者側の公的な〈歴史〉に吊り下げられるだけではなく、また、対抗して独自の〈歴史〉を構築するのでもなく、自分たちに都合よく〈歴史〉を利用し、新たな物語を発生させる、被支配者側の眼差し、そのしたたかさは、歴史叙述を論じる上でもっと評価されてもよいのではないか。失われた文脈を再発見することが文学研究の一つの使命であるならば、『吾妻鏡』は、そこに豊穣の沃野をもたらしてくれるだろう。

注

（1）原勝郎「吾妻鏡の性質及其史料としての価値」（『史学雑誌』九―五・六、一八九八年五月・六月）、八代国治『吾

妻鏡の研究』（明世堂書店、一九一三年十二月）等。
（2）山下宏明「関東の〈歴史〉記述―『吾妻鏡』頼朝将軍記をめぐって―」（『日本文学』三四―五、一九八五年五月）、五味文彦『増補吾妻鏡の方法　事実と神話にみる中世』（吉川弘文館、二〇〇〇年十一月）、小林直樹「『吾妻鏡』における頼家狩猟伝承―北条泰時との対比の視点から―」（『国語国文』八〇―一、二〇一一年一月）、同「『吾妻鏡』における観音・補陀落伝承―源頼朝と北条泰時を結ぶ―」（『文学史研究』五〇、二〇一〇年三月）。
（3）本章ではいわゆる史実か否かにかかわらず、事後の視点から叙述されることで意味付けられた過去像の体系を〈歴史〉と表記する。
（4）石井進「志太義広の蜂起は果して養和元年の事実か」（『石井進著作集　第五巻』岩波書店。初出一九六二年十一月）。ただし最近菱沼一憲により改めて異論が提出されており（「総論　章立てと先行研究・人物史」『源範頼』戎光祥出版、二〇一五年四月）、今後の議論が期待される。
（5）『吾妻鏡』治承四年九月二日、三十日、十月十三日の各条に諸勢力の動向が記されている。
（6）元木泰雄「院政と武家政権の成立」（上横手雅敬・元木泰雄・勝山清次『日本の中世8　院政と平氏、鎌倉政権』中央公論新社、二〇〇二年十一月）。
（7）野口実「秀郷流小山氏・足利氏」（『坂東武士団の成立と発展』弘生書林、一九八二年十二月。初出一九七五年五月）。
（8）野口実『源氏と坂東武士』（吉川弘文館、二〇〇七年七月）。
（9）本文は新訂増補国史大系『吾妻鏡』（吉川弘文館）に拠り、割注は〈　〉内に括った。なお、後筆による訓点の類は省略した。
（10）注（4）に同じ。
（11）『鎌倉遺文』六一八・六一九号。
（12）平田俊春「吾妻鏡と平家物語及び源平盛衰記との関係」（『防衛大学校紀要』八・一〇・一一、一九六三年十一月・一九六五年三月・九月）。
（13）本文は『六代勝事記・五代帝王物語』（三弥井書店）に拠る。

(14) なお、清盛の死は実際には閏二月四日であり、野木宮合戦よりも前であるが、この合戦が養和元年に配置されていることは動かない。

(15) 平田俊春「六代勝事記をめぐる諸問題（一）～（五）」（『金沢文庫研究』八～一二、一九六六年八月～十二月）、弓削繁「六代勝事記と吾妻鏡の構想」（『六代勝事記の成立と展開』風間書房、二〇〇三年一月。初出二〇〇一年三月）。

(16) 野木宮合戦を記したもうひとつの文献である『保暦間記』の記事についても注記しておく。「同二十三日、東国へ、頼朝伯父三郎先生義憲〈六条判官為義三男〉、数多ノ軍兵ヲ卒シテ謀叛発ス。頼朝、舎弟範頼ヲ差遣候テ、下野国野毛ノ宮ニシテ合戦イタス。義憲程ナク討レケリ」との記事である（本文は『校本　保暦間記』（和泉書院）に拠る）。「義憲」とは義広の別称である。養和元年二月十三日の記事の後に語られるこの本文は、源氏に加担した反乱が各地で起きて平氏を脅かすという文脈の一環として位置付けられており、またこの直後に清盛の発病と死去が書かれることからも、『吾妻鏡』や『六代勝事記』と同様、養和元年のこととされているのがわかる。『六代勝事記』の影響がうかがわれるとともに、幕府軍の中心は小山氏ではなく範頼であったとの認識が示されていることは確認しておきたい。

(17) 野口実「橋合戦における二人の忠綱」（『文学』三―四、二〇〇二年七月）。

(18) 大津雄一「軍記と王権の物語―イデオロギー批評のために―」（『軍記と王権のイデオロギー』翰林書房、二〇〇五年三月。初出一九九六年六月）。

(19) 『将門記』『陸奥話記』の本文は日本思想大系『古代政治社会思想』（岩波書店）に拠る。

(20) 本文は新日本古典文学大系『保元物語　平治物語　承久記』（岩波書店）に拠る。

(21) 『吾妻鏡』にある合戦記事の原資料について、高橋秀樹「吾妻鏡原史料論序説」（『中世の内乱と社会』東京堂出版、二〇〇七年五月）は、幕府や朝廷の作成した「合戦記」や「申詞記」を想定している。こうした合戦当事者の提出する報告書も、その一つの材料となったものと思われる。

(22) 河野守弘著・佐藤行哉校訂・徳田浩淳再校訂『校訂増補　下野国誌』（下野新聞社、一九六八年八月）。

(23) 柳田国男「一目小僧」（『定本柳田国男集　第五巻』筑摩書房。初出一九一七年八月）。

(24) 北口英雄「伝足利又太郎忠綱礼拝仏について―鎌倉中期南伊予造像界の一動向について―」（『鹿沼史林』一六、一九七七年二月）。

II　権威と逸脱の力学

第五章　『義経記』の源氏将軍家神話
――「源氏」の権威の不可侵性――

はじめに

大津雄一は『軍記と王権のイデオロギー』において『将門記』から『応仁記』に至るまで多様な軍記物語を俎上に載せ、軍記一般の論理的枠組みとして〈王権の絶対性の物語〉という視角を提出した(1)。氏の鮮やかな分析により多くの軍記物語が王権のイデオロギーを基層構造として内包していることが明らかにされたわけだが、同書の分析対象に『義経記』は入っていない(2)。確かに、『義経記』という作品が統合体としての一貫した論理性を欠いていることは、否定しがたい事実である(3)。本書ではここまで、この作品の叙述がそれ以前の文献において前提となっていた政治的文脈から乖離し、個々の説話の素材となった〈義経の助力者の物語〉の文脈に基づく伝承者の視点・価値観・論理に強く規定されていることを論じてきた。それでは、『義経記』は大津の言う〈王権の絶対性の物語〉から完全に自由な作品なのであろうか。

近年の『義経記』論では、この作品の一貫した論理や構想をどのように見出すかという点が問題化され、多くの場合作者論的な視点からさかんに議論がなされてきた(4)。とはいえ、そうした試みがまとまった作品論に到達しているとは言い難い。その原因の一つは、〈義経の物語〉を下敷きとしながら〈義経の助力者の物語〉を語る形式を備えた『義経記』という作品の多層性・多元性にあるだろう。そもそも複数の〈義経の助力者の物語〉群の「寄せ集め」である『義経記』に一貫した構想や整合性を求めるのは、やはり困難なのである。[5] しかし、ならばこの作品が〈義経の物語〉を基層的な前提としている点に注目することで、『義経記』に通底する論理性について有効な視角を導きうるのではないだろうか。

こうした見通しから、本章では大津がとった物語の前提とする権力構造の分析方法に倣い、物語が享受者に発するメッセージを読解することで、『義経記』の下敷きとする〈義経の物語〉が内包している、ある一貫した論理的枠組みの一端を確認してゆきたい。具体的には、主に巻第四「頼朝義経対面の事」における『義経記』独自記事を分析する。当場面をめぐる室町期当時の解釈回路を復元する作業を通して、[6]〈義経の助力者の物語〉をまがりなりにも統括する『義経記』の方法を読み解くことができれば幸いである。

頼朝と義経の対面は、古く和辻哲郎が指摘する通り、[7]『義経記』前半最大の山場であり、『義経記』の中で義経が社会的に表立って評価される唯一の場面でもある。逆に言えば、本場面を境に義経が高みから没落する悲劇の主人公となってゆく、『義経記』における権力構造の重要な転換点である。そのため複数の論者により研究がなされているが、本場面の叙述に特徴的な源氏先祖への言説についてはさほど注目されることがなかった。[8] しかしたとえば兵藤裕己は、軍記が現実に生きる人々の歴史認識へ与える影響を論じているし、[9] 最近では鈴木彰が、中世人の軍記享受における一側面として先祖の系譜が強く意識されたことを実証しており、[10]『義経記』享受者もまた義経の先祖の系譜に常に関心を払っていたという見方は十分な蓋然性を有しているものと考えられる。そこで本章では、この場面に多出する源氏の先祖への言説を分析してゆくことにしたい。

一　「頼朝義経対面事」の源氏先祖言説

それでは、巻第四「頼朝義経対面の事」における先祖言説をみてゆこう。まずは当該場面の文脈を確認しておく。伊豆で挙兵した頼朝は石橋山で敗北したものの、海路安房へ渡り、坂東の武士を続々と味方につけながら西進する。奥州の秀衡のもとで庇護を受けていた義経は頼朝挙兵の報を聞き、手勢を打ち連れて兄の軍を追う。そして駿河の浮島が原にて、ついに頼朝と合流する。かくして頼朝義経兄弟は対面を果たし、互いに涙して語り合う。頼朝は義経に、噂は聞いていたものの幼少以来の再会であり、参軍してくれて嬉しい、東国の統率と平氏の追討を同時にはできないため信頼の置ける代官を欲していた、ということを語り、続けて先祖の名を口にする。長文となるが、頼朝の台詞の途中から引用しよう(11)。

今御辺を待ち付け参らせて候へば、故頭殿の生き返らせ給ひたるやうにこそ存じ候へ。我らが先祖、八幡殿二三年の合戦に、むなうの城を攻められしに、大勢皆亡ぼされて、無勢になりて、厨川の端に降り下りて、幣帛を捧げて、王城を伏し拝む。『南無八幡大菩薩と御覚えを改めず、今度の寿命を助けて、本意を遂げさせて賜べ』と祈誓せられければ、まことに八幡大菩薩感応にやありけん、都におはする八幡殿の御弟、刑部少輔義光、内裏に候はれけるが、俄かに内裏を紛れ出で給ふ。奥州の覚束なければとて、二百余騎にて馳せ下られける。路次の勢打ち加はり、三千余騎にて、厨川の端に馳せ来たつて、八幡殿と一つになりて、終に奥州を従へけり。その時の御心も、頼朝が御辺を待ち得参らせたる心も、いかでかこれには勝るべき。今日より後は、魚と水との如くにして、先祖の恥を清め、亡魂の憤りを休めんとは思し召されずや。御同心に候はば、尤も然るべし」と宣ひも敢へず、涙を流し給ひけり。御曹司とかくの御返事もなくして、袂をぞ絞られける。これを見奉る大名小名互ひの心中、さこそと推し量られて皆袖をぞ濡らされける。暫くありて御曹司申されけるは、「仰せのごとく幼少の時、御目にかかりて候ふやらん。配所へ御下りの後は、義経も山科に候ひしが、七歳になり候ふ時、鞍馬に候ひて、十六歳まで形の如く学問を仕り、さても京都に候ふべかりしを、平家内々方便を作る由承り候ひし間、奥州へ下向仕り、秀衡を頼みて候ひつるが、御謀反の由承り、取る物も取り敢へず馳せ参る。今君を見奉り候へば、故頭殿の御見参に参り候ふ心地してこそ存じ候へ。命をば故頭殿に参らせ、身をば君に参らする上は、いかが仰せに従ひ参らせでは候ふべき」と申されけるこそ哀れなれ。さてこそ、この御曹司を大将軍にて、平家の討つ手に向けられける。　（巻第四「頼朝義経対面の事」）[12]

ここでは実に三人の源氏先祖が引き合いに出されている。まず、頼朝が義経を「故頭殿」つまり兄弟の父義朝に准える。続いて同じく頼朝が、自軍への義経の参軍を、「八幡殿」つまり兄弟にとって三代の祖父義家の軍への「八幡殿の御弟、刑部少輔義光」の参軍に准える[13]。このように頼朝は、現在における自分たちを過去における自分たちの先祖に准えた上で、挙兵の動機付けとして源氏の系譜意識を強調して協力を要請している。それに対して義経が頼朝を「故頭殿」つまり義朝に准えて忠誠を誓う。この描写から、頼朝の挙兵と義経の参軍という『義経記』における権力構造の転換点に、源氏の系譜が強く意識されていることがわかる。

ではひとまず、同じ場面を描く中世の諸文献との比較により、この本文がどのように生成されたのかをみていこう。その作業から、『義経記』本文の生まれた必然性と、他の文献からはみ出してゆく独自性とを測定したい。

二　本文の生成過程

本場面と同場面を描く諸文献の先祖言説に関する要素を抽象すると、【表1】のようになる。比較対象とした作品はおおよその成立年代順に並べてある。[14] この表から、『義経記』の頼朝義経対面場面における先祖語りの生成過程を推測することができる。図式化すれば以下のようになろうか。

まず平安末期、『奥州後三年記』において、義家が自軍に参軍した義光を父頼義に准える記述が生まれる。次に鎌倉中期、『吾妻鏡』において、頼朝が義経と対面した際に義家・義光の対面を引き合いに出す記述がなされ、相前後して延慶本や四部本の『平家物語』において、頼朝が義経と対面した際に義経を父義朝に准える記述が現れる。ここまでを第一段階としよう。続いて第二段階として、南北朝期以降、『源平盛衰記』や『源平闘諍録』において、

【表1】

作品名＼話者・内容	頼朝：義経を義朝に准える	頼朝：頼朝を義家に准える	頼朝：義経を義光に准える	頼朝：義家が八幡神に祈る	義家：義光を頼義に准える	義経：頼朝を義朝に准える
奥州後三年記	×	×	×	×	○	×
吾妻鏡	×	○	○	×	×	×
延慶本平家物語	○	×	×	×	×	×
四部本平家物語	○	×	×	×	×	×
源平盛衰記	○	○	△（義綱）	×	○	×
源平闘諍録	○	○	○	×	○	×
平治物語	×	○	○	×	○	×
義経記	○	○	○	○	×	○

第一段階で出そろった材料群を全て取り込んだ頼朝義経対面場面の記述が出来上がる。『源平盛衰記』は義光を「義綱」とするが、これは文脈上「義光」の誤記と考えられる。(15)学習院本『平治物語』では頼朝が義経を義朝に准える記述を欠くが、第二段階の定型を踏襲していると言えよう。そして『義経記』もまた、義家が自軍に参軍した義光を父頼義に准える記述を欠くものの、第二段階の定型をなぞっていると見て間違いない。

さて、諸文献との比較、および本文の生成過程を推測する作業から、この場面で頼朝が先祖の例を引き合いに出すのは一種の定型であったことが明らかになった。『義経記』における当場面の重要性が揺らぐわけではないが、ただこうなると源氏先祖への系譜意識における『義経記』の特殊性は弱まるようにも感じられる。しかしむしろ、以上を踏まえた上で注目されるのが、『義経記』における二つの独自記事である。すなわち、義家が八幡神に祈る記述と、義経が頼朝を「故頭殿」に准える記述との二つである。他の文献をはみ出す『義経記』独自記事には、少なからず『義経記』内部に特有の論理が見出せるはずである。そこで、以下にこれらの独自記事の持つ意味について検討していきたい。方法として、『義経記』全体を通して源氏先祖への言説がどのように現れているのか、という点を分析してゆく。その作業を通して、『義経記』内部において源氏先祖の言説が帯びる論理、および当該場面の独自記事の持つ意味を解明してゆきたい。

三　『義経記』における源氏先祖言説

『義経記』全体では、源氏の先祖に関してどのように語られているのだろうか。試みに、頼朝義経兄弟の四代の祖父頼義、三代の祖父義家、祖父為義、父義朝等に関する記事を調査した。(16)これをまとめたものが【表2】である。なお、頼朝に結びつけた先祖言説には波線を付して示し、源氏以外の人物が義経との関係を主張するために持ち出した源氏先祖の言説には下線を付して示した。また巻第四「頼朝義経対面の事」は次節で言及するため囲み線を付している[17]。

表を一見して明らかなように、源氏の先祖に関する言及の大半が、義経の出自を言う文脈で現れている。これは義経の一代記たる『義経記』の志向上当然とも言えるだろう。以下、順を追ってみていく。

『義経記』冒頭は、義経を父義朝の子として位置づける記述から始まる。

本朝の昔をたづぬるに、田村、利仁、将門、純友、保昌、頼光、漢の樊噲、陳平、張良は、武勇といへども、名をのみ聞きて目には見ず。目のあたりに芸を世にほどこし、万人の目をおどろかし給ひしは、下野の左馬頭義朝の末の子、源九郎義経とて、わが朝にならびなき名将軍にてぞおはしける。（巻第一「義朝都落の事」）

物語が始まり、まず地の文によって、次に「左馬頭殿の御乳母子に、鎌田次郎正清が子息」である四条室町の法師少進坊によって、義経が源氏の子孫であることが語られる。少進坊は源氏再起を企んで鞍馬の牛若のもとへ出向き、牛若に次のように耳打ちする。

「君は知ろし召さで今まで思し召し候はぬか。君は清和天皇の十代の御末、左馬頭殿の御子、かく申すは、頭殿の御乳母子に鎌田次郎兵衛が子にて候。御一門の源氏国々に打ち籠められて御渡り候ふをば心憂しとは思し召されず候ふかや」（巻第一「少進坊の事」）

続いて源氏の子孫を自覚した義経は、京都と奥州を往復する金商人吉次から源氏先祖による奥州征討の事績を聞き、自ら義朝の実子と名乗る。

「汝なれば知らするぞ。人に披露はあるべからず。われこそ左馬頭の子にてあれ。秀衡がもとへ言づけせばや。何時頃か返事を取りてくれんずる」（巻第一「遮那王殿鞍馬出の事」）

しかし、平家全盛の世にあって源氏の子孫は危険人物として扱われる状況が前提にあることも確かである。吉次

【表2】

巻数・目録	先祖名	話者	文脈
巻第一			
義朝都落の事	義朝	地の文	義経の出自
常盤都落の事			
牛若鞍馬入の事	義朝	常盤・別当	鞍馬入りの契機
少進坊の事	為義・義朝	地の文	少進坊の出自
	義朝	少進坊	義経の出自
牛若貴船詣の事			
吉次が奥州物語の事	義朝	吉次・秀衡	義経の出自
	頼義・義家	吉次	源氏奥州征討の歴史
遮那王殿鞍馬出の事	義朝	義経	義経の出自
巻第二			
鏡の宿吉次が宿に強盗の入る事	義朝	長者・義経	義経の出自
遮那王殿元服の事	義朝	地の文	熱田宮と源氏の関係
	為義・義朝	義経	義経の出自
阿濃禅師に御対面の事	義朝	阿濃禅師	阿濃禅師の出自
義経陵が館焼き給ふ事	義朝	義経	義経の出自
伊勢三郎義経の臣下に初めてなる事	義朝	義経	義経の出自
	義朝	伊勢三郎	伊勢三郎の出自
義経はじめて秀衡に対面の事	義朝	泰衡	義経の出自
義経鬼一法眼が所へ御出の事	義朝	義経・鬼一等	義経の出自
巻第三			
熊野の別当乱行の事			
弁慶生まるる事			
弁慶山門を出る事			
書写炎上の事			
弁慶洛中にて人の太刀を奪ひ取る事			
弁慶義経に君臣の契約申す事			
頼朝謀反の事	為義・義朝	加藤景員	頼朝の出自
頼朝謀反により義経奥州より出給事			
巻第四			
頼朝義経対面の事	義朝・義家	頼朝・義経	（本章で検討）
義経平家の討手に上り給ふ事			
腰越の申状の事	義朝	義経	義経の出自
土佐坊義経の討手に上る事			
義経都落の事			
住吉大物二か所合戦の事			

巻数・目録	先祖名	話者	文脈
巻第五			
判官吉野山に入り給ふ事			
静吉野山に捨てらるる事			
義経吉野山を落ち給ふ事			
忠信吉野に止まる事	義朝	義経	忠信に託した義経の刀の伝来
忠信吉野山の合戦の事			
吉野法師判官を追ひかけ奉る事			
巻第六			
忠信都へ忍び上る事			
忠信最期の事	義朝	佐藤忠信	義経と頼朝の出自
忠信が首鎌倉へ下る事	義朝	地の文	勝長寿院の紹介
判官南都へ忍び御出である事			
関東より勧修坊を召さるる事	義朝	勧修坊	勧修坊の出自
静鎌倉へ下る事	義朝	地の文	勝長寿院の紹介
静若宮八幡宮へ参詣の事			
巻第七			
判官北国落の事			
大津次郎の事			
愛発山の事			
三の口の関通り給ふ事			
平泉寺御見物の事			
如意の渡にて義経を弁慶打ち奉る事	義家	地の文	直江津花園観音堂の本尊の由来
直江の津にて笈探されし事			
亀割山にて御産の事			
判官平泉へ御着の事			
巻第八			
秀衡死去の事	義朝	義経	義経庇護の系譜
秀衡が子共判官殿に謀反の事	義朝	基成	基成と義経の関係
鈴木三郎重家高館へ参る事			
衣川合戦の事			
判官御自害の事			
兼房が最期の事	義家	兼房	兼房と義経の関係
秀衡が子供御追討の事			

とともに奥州へ向かう義経は正体を隠しての途次を強いられる。とはいえ、たとえば「吉次が年ごろの知人」である鏡の宿の長者は義経の正体を見破るが、六波羅へ通報するどころか逆に感動し、協力を申し出る。

長者はらはらと涙を流し、「あはれなることどもかな。何しに生きてゐて、初めて憂き事を見るらん。ただむかしの御事、今の心地して覚ゆるぞや。この殿の打ち振る舞ひ給へるおもかげ姿、故左馬頭殿次男、中宮大夫殿に少しも違ひ給はぬものかな。もし言葉の末を以て具し奉るかや。保元、平治よりこのかた、源氏の子孫、ここかしこに打ち籠められておはする。成人して思ひ立ち給ふことあらば、よくよく拵へ奉りて具し参らせ給へ。壁に耳、石に口といふ事あり。紅は園に植ゑて隠せども、色ある物は隠れなし」と申しければ、吉次、「何くれにても候はず。身がため親しき者にて候ふ」とて言ひければ、長者、「人は何とも言はば言へ」とて、座敷を立ちて、少き人の袖を引き奉る。（巻第二「鏡の宿吉次が宿に強盗の入る事」）

義朝の子であるということそのものが下位身分者たちを従いつかせ、義経が助力者を増やしてゆく様が象徴的に語られるエピソードである。以後も義経は事毎に自ら義朝の実子と名乗る。たとえば巻第二「伊勢三郎義経の臣下に初めてなる事」では、義経は伊勢三郎に次のように述べる。

「これは奥州の方へ下る者なり。平治の乱れに滅びし下野の左馬頭の末子、牛若とて、鞍馬に学問して候ひしが、今は男になりて、左馬の九郎義経と申すなり。奥州の秀衡を頼みて下り候。今は自然として知人にこそなり奉らめ」（巻第二「伊勢三郎義経の臣下に初めてなる事」）

これを聞いた伊勢三郎は涙を流し、源氏は「われわれが為には重代の君」であると言い、以後義経の腹心の郎等となる。義経の奔放な活躍を支える助力者たちを惹きつけた権威の源泉は、基本的に「左馬頭の子」という出自神話であったと言えそうである。(18) ここで頼義や義家でなく義朝が一貫して召喚されているのは、義朝が平治の乱で憂き目を見て源氏凋落の転換点を生きることとなった人物であり、悲劇性や哀感を帯びているからであろう。それが雌伏期の義経と重ねられているものと考えられる。

　さて、源氏の先祖に関する言及は巻第一、巻第二に集中しているが、頼朝の登場を境に義朝が義経との直系性で語られる場面が激減し、特に義経本人が名乗りを上げる状況に関しては巻第四「腰越の申状の事」以降皆無である。表を見ても頼朝に関する先祖語りである波線や源氏以外の人物が義経との関係を主張するために持ち出した源氏先祖の言説である傍線がほとんどとなる。三箇所ほど引用しておく。

伊勢の加藤申しけるは、「悲しきかなや、保元に為義斬られ給ひ、平治に義朝討たれ給ひて後は、源氏の子孫栄え給はで、弓馬の名を埋んで星霜を送り給ひ、偶々源氏思ひ立ち給へば、不運の宮に与し参らせて、世を損じ給ふこそ悲しけれ」と申しければ、兵衛佐殿仰せられけるは、「かく心弱くな思ひそ。八幡大菩薩いかでか思し召し捨てさせ給ふべき」と諫め給ひけるこそ頼もしけれ。　（巻第三「頼朝謀反の事」）

忠信これを聞きて、縁の上に立ちたる蔀の下をがはと突き落として、矢取つて差し矧げ申しけるは、「江馬小四郎殿に申すべき事あり。あはれ御辺達は、法をも知り給はぬものかな。保元・平治の合戦と申すは、上と上との御事なれば、内裏にも御所にも恐れなし、思ふ様にこそ振る舞ひしか。これはそれに似るべきにあらず。某と御辺とは私軍にてこそあれ、鎌倉殿も、左馬頭殿の御公達、我らが殿も頭殿の御子息ぞかし。例へば人の讒言によりて御兄弟の御仲不和になり給ふとも、これに現在無実なれば、思し召しも直したらん時は、あはれ一門の煩ひかな」と言ひも果てず縁より下へ飛んで落ち、雨打ちに立ちて差し詰め差し詰め散々に射る。

（巻第六「忠信最期の事」）

兼房言ひけるは、「唐土、天竺は知らず、我が朝において、御館の御座所に馬に乗りながら控ゆべきものは覚えず。かく言ふ者は、誰とか思ふ。清和天皇に十代の御末、八幡殿には四代の孫、鎌倉殿の御弟、九郎大夫判官の御内に、十郎権頭兼房、元は久我大臣殿の侍、今は源氏の郎等、樊噲を欺く程の剛の者、いざ、手並みの程を見せん」とて、長崎太郎が馬手の鎧の草摺、半枚かけて、膝口、鐙の鐙靼革《みつをがは》、馬の折骨五枚かけて斬り付けたり。（巻第八「兼房が最期の事」）

頼朝に追われる身となる後半の義経は、素性を明かせば罪人として捕縛され鎌倉に連行されてしまうだろう。そのような逃避行において、義経が「左馬頭の子」と名乗ることができないのは一方では当然のことと言える。しかしまた一方では、平氏にみつからぬよう素性を隠す前半の義経が、その活躍を「左馬頭の子」という出自神話に支えられていたことも想起される。前半と後半の義経はいずれも、当時隆盛の公権力から敵視される不遇の主人公である。しかしこのように先祖への言説に注目する時、両者の構造的な位相差が明らかとなる。すなわち、「左馬頭の子」という源氏の系譜的正統性を自分のものとして主張できた前半の義経に対して、後半の義経はその正統性を兄頼朝に独占され、源氏の系譜から疎外されているという位相差である。

この決定的な差異を生みだしたのは、物語の背景にある権力的な対立の構図の転換であると言えよう。優位にある平氏に対して劣位にある源氏、という構図から、優位にある頼朝に対して劣位にある義経、という構図への転換である。前者は義経にとって明快な対立関係であり、敵対者に対して自己の正統性はひとつの武器となりうる。しかし後者はそもそも対立自体が正統性の抗争という明快な構図を描ける性質のものではない。頼朝と義経はいずれも「左馬頭の子」という源氏の系譜的正統性を共有しているはずである。しかし『義経記』の叙述はそのようになっていない、ということが明らかになった。頼朝と義経の対立関係は「左馬頭の子」という源氏の系譜的正統性が頼朝に独占されたことから生まれた優劣関係に基づいて表現されている、ということである。

以上見てきたように、源氏先祖の言説に注目することで、源氏の系譜的正統性とその移行という『義経記』に一貫した論理的枠組みを見出すことができた。それでは、そのような権力的構造の転換点である頼朝義経対面場面の独自記事からは、どのような意味が見出せるのだろうか。

四　『義経記』独自記事の持つ意味

それでは、『義経記』における二つの独自記事を解釈していこう。すなわち、義家が八幡神に祈る記述と、義経が頼朝を「故頭殿」に准える記述という二つの記事の発するメッセージの解明である。

論の展開上、先に義経が頼朝を「故頭殿」に准える記述から考察する。ただし、この記述はそもそも文脈的にやや問題を抱えている。義経の台詞にある「故頭殿」義朝は、すぐ前に頼朝が義経を准えて称した先祖であった。それを義経が頼朝を准えて称する先祖として引き合いに出しているのは、一見して不自然の感がある、という問題である。[19]『義経記』には度々文脈の不整合や非合理が指摘される。[20]しかしそれらは、作品内部での整合性や合理性とは異質の論理に基づいた叙述であると考えるべきであろう。[21]ならば頼朝を「故頭殿」に准える記述からも、不自然を犯してまで指示するべきメッセージを読み取ることができるはずである。

義家と義光の説話は、『吾妻鏡』では合戦における兄弟対面の佳例として、『源平盛衰記』では頼朝の喜びを准えるために持ち出されている。ならば『義経記』では、義家と義光の説話はどのように機能しているのだろうか。それを考えるに当たって、ここでは、義経と頼朝の今後を享受者が既に知っているという観点を導入したい。他の本と違い義経の一代記である『義経記』の構成上、この場面がどのような位置に当たるのかということが、室町期当時の享受者達には潜在的にせよ意識されていたはずである。

先述の通り、本場面は〈義経の物語〉における転換点である。この「頼朝義経対面の事」以前を前半、以後を後半と考えることもできるだろう。前半における物語内部の対立関係は、絶対的優位にある平氏勢力に対して劣位にある源氏の一族、という枠組みであった。それが後半には、絶対的優位にある頼朝権力に対して劣位にある義経一行、という枠組みへとシフトする。このとき、基本的に読者の視点は一貫して劣位にある義経に固定されている。ただし前半においては義経に源氏の先祖の系譜を語る局面が散見され、それと連動して義経が立ちはだかる敵を次々と倒してゆく一種の明るさが漂っていた。それが後半になると、義経は源氏の系譜的正統性から疎外され、ひたすら身を窶して潜行する悲劇的な造型へと変貌してゆく。おそらくこの場面を享受する室町期当時の人々の脳裏には、そういった文脈が前提とされていた。(22)このことを踏まえた上で頼朝義経対面場面が享受されたとすれば、頼朝が義経に対して源氏先祖の名を挙げ現状に准えていることは、享受者にある示唆を与えたのではないだろうか。

　ここまで義経が主張してきた源氏先祖の系譜的正統性が頼朝によって主張され始め、これ以降義経は頼朝に追われる身となってその権利を失う。その意味で、この場面で起こったことは源氏先祖の系譜語的正統性を主張する権利の、頼朝による収奪であると言えよう。義経の側からすれば、源氏の系譜的正統性からの疎外、あるいは追放である。そもそも源氏の系譜において、義家は嫡流であるのに対して義光は庶流である。このことは室町期において常識の範疇であった。(23)頼朝は自己と義経を義家と義光に重ね、義経に対して自己の系譜的正統性を主張している。〈義経の物語〉を既に知る当時の享受者には、そのような解釈がなされただろう。そして義経がそれに呼応する形で、自分よりも頼朝こそ義朝の系譜を名乗るにふさわしいことを宣言する。つまり「故頭殿」の直喩される対象が義経から頼朝へ逆転することは、〈義経の物語〉の文脈を知る当時の享受者にとって、この場面以降源氏の系譜的正統性が頼朝に移り、義経が転落してゆくことを暗示する機能を担っていたことになる。

　このように考えると、もう一つの『義経記』独自記事である、義家が八幡神に祈る記述もまた、重要な意味を帯びたものとなってくる。(24)言うまでもなく「八幡大菩薩」とは源氏の氏神である。そして義家が「八幡太郎」「八幡殿」と称されることからもわかる通り、源氏と八幡神との強い結びつきは室町期にあって一般的に義家を起点として想起された。(25)『義経記』における八幡神は全二十五例の用例が見られるが、徳竹由明や中村和子によって「源氏の守護神」として描かれていることが指摘されている。(26)全体としては両者の見解に従って問題ないものと思われるが、たとえば巻第四「義経都落の事」に見える次の本文は義経自身と八幡神との関係をよく示しているものとして注目に値する。

弁慶申しけるは、「この雲の景気を見て候ふに、よも風雲にては候はじ。君は何時の程に思し召し忘れさせ給ひて候ふぞ。平家を攻めさせ給ひし時、平家の公達多く浪の底に屍を沈め、苔の下に骨を埋み給ひし時、仰せられ候ひし言の今の様にこそ候へ。『我らは厳島の明神の神罰なれば力及ばず。源氏は八幡の護り給へば、事に重ね日に添へて、安穏なり。源氏の大将軍においては、我ら悪霊、死霊とならん』と仰せられ候ひしぞかし。いか様にても候へ、これは君の御為に悪風とこそ覚えて候へ。あの雲砕けて御船にかからば、君も全く渡らせ給ふまじ。我らも二度故郷へ帰らんこと不定なり」とぞ申しける。（巻第四「義経都落の事」）

ここで弁慶は、平家の公達の残した言葉を引き、源氏は八幡の守護があるから安穏だが義経には平家の怨霊が祟る、と言う。(27)義経は「源氏」の範疇、八幡の加護から漏れているという認識が弁慶によって明示されていると読める。『義経記』後半、転落期の義経は源氏の系譜的正統性から疎外されることが前節で確認された。都落ちの場面で引用の本文が語られることは、そのような頼朝による正統性収奪と呼応している。そしてまさにその収奪を描く対面場面において、義家が八幡に祈る様が頼朝の口から語られていた。その独自記事の意味はもはや明らかである。すなわち、源氏の系譜的正統性を義家に引き付けて強調することで、頼朝が義家に准える自らを源氏の系譜の中へ位置づけることをより明確に宣言する機能を帯びているのである。裏を返せば、室町期当時において義家以来源氏の氏神であると認識されていた八幡神の記述は、源氏の系譜意識を明確化することで義経の疎外を際立たせる機能をも帯びていることになる。その意味で、義家が八幡神に祈るという一見不要にも見える『義経記』の独自増補記事もまた、実はきわめて重要な役割を果たしていると言える。

五　頼朝義経の関係と『義経記』の構造

ここまで『義経記』の頼朝義経対面場面が、源氏の系譜的正統性から義経を疎外する言説によって叙述されていることを実証してきたわけだが、そのような叙述の意味は享受者の既得知識によって支えられていた。『義経記』独自記事である義経が頼朝を「故頭殿」に准える記述は、義経が頼朝に呼応する形で語られており、ここに享受者が介在して初めて義経疎外の文脈が際立つ仕組みである。『義経記』本文に即して考えれば、頼朝と義経の君臣契約という形によって、源氏の系譜的正統性からの義経の疎外が開始されたと言えるだろう。しかしそのように考えた時、この場面の義経はあまりにも無抵抗である。自主的に頼朝を「故頭殿」に准える義経の姿は、兄頼朝と抗争せず、むしろ自分から兄に譲る形で、源氏の系譜的正統性から退いてゆくようにも見える。いわば、義経の疎外が頼朝と義経自身との協調関係によって決定的となっている、ということである。

以下、『義経記』後半における頼朝義経の関係を分析し、疎外する者とされる者であるはずの頼朝と義経との関係が、両者の対立ではなく協調という形によって推移していることを確認していきたい。この分析対象に関しては以下に述べる通り、これまで多くの議論が蓄積され、いくつかの特徴が指摘されてきた。しかしここでは本章でみてきた源氏の系譜的正統性とその移行という享受者の既得知識や、義経の無抵抗という視角を導入し、従来指摘されてきた諸現象の導因となるべき『義経記』の特異な構造を解明してゆく。

『義経記』後半における頼朝と義経との関係を論じた先行研究の成果として第一に挙げられるのは、兄弟の敵対関係の引き金となった梶原景時の役割の拡大である。徳竹は「頼朝義経対面事」の直後に続く、義経の運命が活躍から転落へ急転直下で暗転する場面である巻第四「義経平家の打手に上り給ふ事」「腰越申状の事」を分析し、『平家物語』に比べ『義経記』は梶原を悪役化し、その一方で頼朝を徳人化して描いていることを明らかにした。義経の敵対者を頼朝から梶原へすり替えることで、兄弟の敵対関係が免罪されているとの指摘である[28]。

そのような特徴と関連して第二に挙げられるのは、頼朝義経の兄弟の絆が強調されている点である。徳竹は先の論点に引き続き、『義経記』後半の三つの三場面を分析し、頼朝の免罪を指摘している。すなわち、①巻第六「関東より勧修坊を召さるる事」に現れる、頼朝は勧修坊の勧めに従い義経との和解に同意するが梶原が阻止する記述。②巻第八「秀衡が子共判官殿に謀反の事」に現れる、頼朝と義経の対立を互いの敵対心ではなく不可避の事情によるものとする記述。③巻第八「秀衡が子共御追討の事」に現れる、頼朝が義経の死を悼む記述の三場面である。また徳竹の指摘以外に、巻第六「忠信最期の事」に現れる、佐藤忠信が最後の抵抗をする際に相手の不当をなじる台詞にも、頼朝と義経が兄弟であることを強調する記述がある。

ところで柳田洋一郎は、③の本文から、頼朝と義経との関係に、祠祭者と怨霊という関係性が見出せると指摘している[29]。本章では柳田のような人類学的見地はとらないが、氏の指摘は少なくとも抗争しない兄弟関係叙述のある特殊なあり方を示唆している点で注目される。すなわち、両者が協調する形で源氏の正統的系譜からの義経の疎外を成り立たせている、ということである[30]。梶原の悪役化・兄弟の絆の強調は、頼朝と義経の協調関係という権力構造を導因とする表現的特徴だったのではないだろうか。それを裏付けるのが、『義経記』後半における義経の頼朝に対する態度である。

前節の分析により、兄弟対面場面における義経の無抵抗な姿がみえてきたわけだが、頼朝の討手に追われる後半でも、先述した二つの表現的特徴により、義経は頼朝を恨む態度をみせることなく叙述される。それどころか義経の描かれ方は、対面場面から引き続き、自らの選択によって、源氏の正統的系譜から身を退けているようにみえる。たとえば巻六「判官南都へ忍び御出ある事」には、次のような本文がある。

さても判官は南都勧修坊の得業のもとへおはしましたりける程に、勧修坊これを見奉りて、大きに悦び給ひ、幼少の時より崇め奉りける普賢、虚空蔵の渡らせ給ひける持仏殿に入れ奉りて、様々に労り奉り給へり。折々毎に申しけるは、「御身は三年に平家を攻めさせ給ふとて、多くの人の命を滅ぼし給ひしかば、その罪いかでか逃れ給ふべき。一心に御菩提心を起こさせ給ひて、高野、粉河に閉ぢ籠り、仏の御名を唱へ奉り、今生幾程ならねば、来世を助からんと思し召されずや」と勧め奉り給ひければ、判官申させ給ひけるは、「度々仰せ蒙り候へども、今一両年もつれなき髻を付け候ひて、辛く当たられて候ふ梶原めにさりともと存じ候へ」と仰せられけるこそ恐ろしけれ。されども、もしや出家の心出で来給ふと、尊き法文などを、常には説き聞かせ奉り給ひけれども、出家の御心はなかりけり。（巻六「判官南都へ忍び御出ある事」）[31]

義経は勧修坊に出家を勧められるが、梶原への復讐の意志を語って拒否する。徳竹は梶原の悪役化の一環としてこの場面に触れるが、注目すべきはこの場面に対する池田敬子の指摘である[32]。すなわち、この場面は『続往生伝』『発心集』『古事談』『平家物語』にみえる頼義の出家譚を連想させる、との指摘である。池田はこれら先行の諸文献との関係から、頼義と義経のコントラストを強調して義経の「恐ろし」き異者性を確認する機能を見出す。しかしここまで見てきた『義経記』後半の文脈を考慮に入れれば、義経が自らの選択で頼義の故事から自己を遠ざけている意味が見えてくるのではないだろうか。つまりこの場面も、義経が自らの選択で源氏の正統的系譜から身を退ける叙述方法の一環と考えられるのである。それでは、こうした論理的枠組みは、どのような機能を持っているのだろうか。

そのことを考える上で念頭に置きたいのは、『義経記』という作品における〈義経の物語〉の構造的役割である。本書の中で繰り返し述べる通り、『義経記』の叙述の中心は、起源を異にする複数の〈義経の助力者の物語〉にある。そして〈義経の物語〉は、これらの下敷きとして機能する舞台背景であると言える。しかし、助力者にとって義経が護るに値する人物であることが、義経の貴種性により担保されることは否定できない。したがって、〈義経の助力者の物語〉が闊達に叙述されるための条件として、義経が貴種であり続けること、すなわち義経が権威ある源氏の子弟であり続けることが必要なのである。ところが、物語の大枠としては、義経が正統性を失い没落することは動かし得ない。そこで、義経が正統性を失い没落しながらも、頼朝の弟という形で権威を保持し続ける仕掛けが求められた。その結果、義経は頼朝と抗争することなく、没落後も頼朝との君臣関係を保守する、という叙述方法が生み出されたものと考えられるのである。

かくして、〈義経の助力者の物語〉が縦横に描かれる『義経記』という作品は成り立っている。『義経記』は〈義経の物語〉を下敷きとしながらも〈義経の助力者の物語〉を語る一種の改作文学であるが、ここまで述べてきたように、義経は没落の憂き目を見ながらも頼朝と抗争することなく、むしろ協調する形で描かれている。その結果としてこの作品は、前提的に、源氏の正統的系譜の絶対性というイデオロギーを保守・再生産する物語ともなっているわけである。

おわりに

本章ではここまで、『義経記』巻第四「頼朝義経対面の事」における源氏の先祖への言説について、まず他の文献との対照から、義家が八幡神に祈る記述・義経が頼朝を「故頭殿」に准える記述という二つの独自記事を析出した。次に『義経記』の源氏先祖言説を通覧することで、源氏の系譜的正統性とその移行という『義経記』に一貫した叙述原理を発見した。そして、これを享受者の既得知識とする観点から先の独自記事を読めば、頼朝によって源氏の系譜的正統性が義経から収奪される対面場面を明確化する意味が読みとれることを述べてきた。さらに『義経記』後半における頼朝義経の関係を分析し、疎外する者とされる者であるはずの頼朝と義経との関係が、両者の対立という形ではなく協調関係という形によって推移していることを指摘した。このことから、『義経記』という作品全体を支える求心的論理、イデオロギー的基軸として、〈義経の物語〉が内包する、源氏の正統的系譜の絶対性を保守・再生産する論理を見出した。

それでは、このように義経が貴種性を帯びたまま没落する『義経記』後半においては、〈義経の物語〉と〈義経の助力者の物語〉はどのようにせめぎ合い、またどのように協調し合っているのであろうか。次章以下ではそのことを論じたい。

注

（1）大津雄一『軍記と王権のイデオロギー』（翰林書房、二〇〇五年三月）。

（2）このことについて、著書の「終わりに」には以下のように書かれている。

『義経記』を対象としなかったのは、それが『曽我物語』のようには歴史叙述を欲望していないと判断したからである。軍記を、ごく単純に、「権力をめぐる武力闘争を記した共同体の歴史叙述」と規定するなら、『義経記』は、源義経の個人の歴史は記していても、共同体の歴史は記していない。『義経記』を論じるには、また別の視線が必要である。

（3）柳田国男「義経記成長の時代」（『定本柳田国男集　第七巻』筑摩書房。初出一九二六年十月）。

（4）本書序章。

（5）本書序章。

（6）正確な成立年代が明らかでなく貴賤上下に享受された『義経記』の享受者を厳密に定義するのは難しい。たとえば『看聞日記』応永二十七年（一四二〇）正月十一日条にある「入夜松拍参〈地下殿原〉種々風流〈九郎判官奥州下向之体〉」との記事（本文は図書寮叢刊『看聞日記』（明治書院）に拠り、割注は〈 〉に括った）からも、十五世紀以降の京都における公家から地下侍に至る人々にとって、少なくとも義経の物語はよく知られていたことがわかる。本章では「享受者」という言葉を度々用いるが、そのような広い意味での享受者を想定している。

（7）和辻哲郎『日本倫理思想史　上』（岩波書店、一九五二年一月）。

（8）現時点で最新のものは徳竹由明の「『義経記』に於ける頼朝義経兄弟対面」（『国語国文』七五―六、二〇〇六年六月）であるが、氏は本場面に見られる特徴を、坂東武士の希薄化・頼朝義経兄弟の絆の強調・八幡神の記述増補という三つの観点から分析し、『義経記』全体として頼朝義経の対立関係が免罪されるよう叙述が組み立てられていることを実証している。またその注において本場面の先行研究を整理しているが、本章もこれらの研究成果による恩恵を大いに被っている。また、羽原彩「『源平盛衰記』頼朝挙兵譚における義家叙述の機能―頼朝に連なる〈過去〉―」（『国文学研究』一四〇、二〇〇三年六月）は『源平盛衰記』における源氏先祖への言説を分析する過程で頼朝義経対面場面にも触れているが、分析対象に『義経記』は入っていない。

（9）『語り物序説「平家」語りの発生と表現』（有精堂、一九八五年十月）、『王権と物語』（青弓社、一九八九年九月）、『太平記〈よみ〉の可能性』（講談社選書メチエ、一九九五年十一月）、『平家物語の歴史と芸能』（吉川弘文館、二〇〇〇年一月）等。

（10）鈴木彰『平家物語の展開と中世社会』（汲古書院、二〇〇六年二月）。

（11）本文は田中本を底本とする新編日本古典文学全集『義経記』（小学館）に拠る。適宜田中本影印を参照した他に、十二行木活字本を底本とする日本古典文学大系『義経記』（岩波書店）と、赤木文庫本を底本とする角川貴重古典籍叢刊『義経物語』（角川書店）を対照し、異同に問題のある場合はその都度言及する。

（12）本文中「二三年の合戦」という部分には問題がある。このような呼ばれ方をする合戦はなく、直後に語られる内容から推して「後三年の合戦」とあるべき。「こ三年」の誤写である可能性が考えられる。実際、田中本『義経記』巻第八「衣川合戦の事」には「後三年の戦ひ」という用例があるが、影印では「こ三年の戦ひ」となっている。十二行木活字本や赤木文庫本も「二三年の合戦」、田中本の影印を確認しても「二三年」となっている。

（13）「三代」は、頼朝義経兄弟の祖父である為義が、その祖父義家の養子となり嫡流を継いだことを前提とした数字。

（14）なお、『奥州後三年記』は貞和三年（一三四七）の序文を持つが、野中哲照「『奥州後三年記』の成立年代」（『鹿児島短期大学研究紀要』五六、一九九五年十一月）はこの物語本文の成立を一二二〇年代と結論する。今のところ有力な反論は出ていないようなので、ここでは野中説に従った。また、『平家物語』長門本では対面場面自体は描かれるものの、源氏先祖への言説はない。『平家物語』語り本系諸本や金刀比羅本『平治物語』には頼朝と義経の対面場面自体が描かれていない。

(15)　美濃部重克・松尾葦江校注『源平盛衰記（四）』（三弥井書店、一九九四年十月）頭注等。

(16)　「三代」「四代」は為義が祖父義家の養子となり嫡流を継いだことを前提とした数字。

(17)　なお、今回は扱わなかったが、清和源氏の祖である天皇の諡号「清和」の用例について付言しておく。「清和」の用例は全九例の全てが、義経は清和天皇の子孫であるとの文脈で語られる。前半には一例しか見られず、義経が自分を称する例もやはり一例しかない。主に義経が追われる身となる『義経記』後半において、義経の周辺人物が、義経の高貴な出自を強調する表現に用いられていると言える。

(18)　「基本的に」というのは、弁慶との対決に義経の名乗りが現れないなど、必ずしも先祖に言及されない箇所もあるためである。たとえば室町末の書写になる『武蔵坊絵縁起』では双方が先祖以来の系譜を高らかに名乗る場面があるが、『義経記』ではこの場面が採用されていない。とはいえ、『義経記』全体を見渡す限り、義朝の子であるという要素が義経の活躍の一つの原動力となっていると見ることは妥当であると思われる。

(19)　『義経記』を語り物としてとらえれば、後の言葉が述べられる時には前の言葉が忘れられるため不自然とは感じられないと考えることもできるだろうが、ここでは少し別の視点からこの記述の意味を考察する。

(20)　前掲注（3）の柳田国男論文。

(21)　本書第一章・第二章・第三章。

(22)　三澤祐子「『義経記』成立論の問題点」（『軍記文学研究叢書11曽我・義経記の世界』汲古書院、一九九七年十二月）は本場面引用部末尾の地の文に現れる義経への評語「哀れなれ」に、本章と同じく享受者の既得知識との響き合いを読み取る。

(23)　前掲注（8）の羽原論文は『平家物語』『保元物語』『平治物語』諸本における源氏先祖言説を分析し、後出諸本では源氏系譜における先祖として主に義家が強調されるようになることを証明している。そのような状況が生まれた厳密な時期は明らかでないが、『義経記』の享受者にとっても「義家」は源氏の系譜的正統性を象徴する意味を帯びてイメージされたと推測することは許されるものと思われる。

(24) 新編日本古典文学全集『義経記』（小学館）の頭注では、「厨川の辺で王城を伏し拝むというくだりは、『陸奥話記』に見える義家の父頼義の逸話を誤り伝えたものらし」いと説明されている。しかしたとえば覚一本『平家物語』では富士川の勝利の後頼朝が「王城の方を伏し拝」んで八幡神の加護を語る場面があり、さほど希少な描写ではなかったと考えられる。

(25)『十輪院内府記』文明十三年（一四八一）三月二十五日条には記主中院通秀に吉田兼倶が語った言葉として「凡源氏々神、以平野社為正也、於八幡宮、清和源氏義家以来事也云々」との記事がある（本文は史料纂集『十輪院内府記』（続群書類従完成会）に拠る）。中院流は村上源氏であり、兼倶が「平野社」の重要性を説いているわけだが、清和源氏にとっては「八幡宮」が「義家以来」氏神として扱われていることがわかる。宮地直一「源氏と八幡宮」（中野幡能編『八幡信仰事典』戎光祥出版、二〇〇二年二月）はこれを当時の「流布の説」であったと分析している。

(26) 前掲注（8）の徳竹論文、および中村和子「中世軍記物語と八幡信仰」（志村有弘・高橋貢・奥山芳広編『八幡神社の研究』叢文社、一九八九年五月）。

(27) 赤木文庫本および十二行木活字本では平家公達の台詞に脱文があり、文意が不明瞭となっている。

(28)「『義経記』に於ける頼朝義経兄弟不和の発端」（『中京大学文学部紀要』三九―三・四、二〇〇五年三月）。

(29) 柳田洋一郎「『義経記』の名のり―祟りなす供犠―」（『同志社国文学』二六、一九八六年三月）。

(30) 柳田洋一郎前掲論文はまた、頼朝義経対面場面を分析して、身を捧げる義経／捧げられる頼朝という関係を指摘してもいる。

(31) 田中本「辛く当たられて候ふ梶原めにさりともと存じ候へと仰せられけるこそ恐ろしけれ」の部分、十二行木活字本は「つら〳〵世の有様も見んとこその給ひけれ」となっている。赤木文庫本では「梶原めにさりともと存じ候へと仰せられける」との一行が行間に補入されており、このような脱文のある状態の本文をもとに十二行木活字本は意味が通るよう改編されたものと思われる。

(32) 池田敬子「中世人の義経像―文学にたどる―」（『軍記と語り物』四二、二〇〇六年三月）。

第六章　『義経記』の義経主従
――主従の相克と協調――

はじめに

『義経記』は、源義経の不遇な人生と死という大枠を持つ物語である。しかし、その叙述の中心は多くの場合、義経自身ではなくその従者達の活躍にある。また、方々に視点が拡散する傾向にあり、下もない下郎や名も記されない人夫、端役の下女までもが主体化する場面さえある。つまり、『義経記』の叙述においては、物語の枠組みである〈義経の物語〉は舞台設定として後景へ退き、義経を取り巻く人々の物語すなわち〈義経の助力者の物語〉が肥大化して、しばしば本筋が見失われることとなるのである。

このように、『義経記』が悪く言えば散漫な作品となっているのは、複数の起源を持つ〈義経の助力者の物語〉群が集成されることで成立したという、この作品の成立事情に起因することは、夙に指摘されている(1)。しかし、その各々の起源の追究は相当な成果を上げていると言えるものの、統合体としての『義経記』をいかに読み、いかに把握するのかという作品論へは還流してこなかったことが、長らく研究史上の課題となっている(2)。それは、この作品の含み込む過剰な逸脱を論理的に定位することの困難さゆえであろう。

しかし、この過剰な逸脱を単一的思考に収斂しない複眼的な叙述として捉え、『義経記』のひとつの特徴として肯定的に位置付けることで、『平家物語』等先行の軍記文学とは異なる思考・論理を見出し、『義経記』を積極的に読み直すことはできるのではないだろうか。本章では、こうした見通しのもとに『義経記』の全体像を把握することを試みる。その端緒として、如上の『義経記』の特徴がよく表れていると思われる、堀川夜討事件の本文を分析したい。第三章と重複するが、論の展開上、まずはこの事件の紹介から書き起こすこととする。

一　『義経記』以前の堀川夜討

堀川夜討事件とは、文治元年（一一八五）十月十七日の夜、在京していた義経の六条堀川邸が、兄頼朝が鎌倉から差し向けた刺客、土佐坊正尊によって襲撃された事件である(3)。義経は、弁慶や静御前に支えられながら何とか防いだものの、兄との不和は明白となり、都落ちを余儀なくされた。この事件は謡曲「正尊」や舞曲「堀川夜討」の題材として知られており、『平家物語』諸本にも記されて有名であるが、特に『義経記』では詳細に描かれている。ひとまず当時の記録から確認してゆこう。

時の右大臣九条兼実の日記である『玉葉』文治元年十月十七日条によると、この日の亥刻頃、「頼朝の郎従の中、小玉党〈武蔵国の住人〉卅騎ばかり」が「義経の家〈院御所近辺なり〉に寄せ攻め」たが、「ほとんど勝に乗ぜんと欲するの間、行家この事を聞き馳せ向かひ、件の小玉党を追ひ散らし了んぬと云々」と書かれている(4)。このように堀川夜討ち事件自体は当時の記録に確認できる。しかし、義経を主に支えたのは有名な従者達ではなく、叔父の源行家であったようである。また、襲撃者として有名な土佐坊の名は出ていない。とはいえ、兼実の弟慈円が承久の乱前に著した『愚管抄』巻第五では、義経を襲撃したのが土佐坊の仕業となっている(5)。

頼朝郎従ノ中ニ土佐房ト云フ法師アリケリ、左右ナク九郎義経ガモトヘ夜打ニイリニケリ。九郎ヲキアイテヒシ〳〵トタ、カイテ、ソノ害ヲノガレニケレド、キスサヘラレテハカ〴〵シク勢モナクテ、宣旨ヲ頸ニカケテ、文治元年十一月三日、西国方ヘトテ船ニノリテ出ニケリトキコヘシニ、ソノ夜京中コトニサハギケリ。

このように鎌倉時代前期には、土佐坊が義経を夜襲したという堀川夜討の基本的な認識が存在していたようである。さらに、これが『平家物語』に描かれ、説話としての成長を遂げた形で人口に膾炙することとなる。覚一本『平家物語』によると、梶原景時の讒言を受けた頼朝は、義経を追討するために鎌倉から土佐坊を差し向け、土佐坊は熊野詣とみせかけて上洛する。しかし義経は土佐坊の上洛を察知し、弁慶に命じて六条堀川邸に連行するものの、起請文を書かせて釈放してしまう。ところが、静御前はなおも土佐坊を怪しみ、かぶろを用いて偵察に向かわせる。本文を引用しよう。(6)

判官は、磯禅師といふ白拍子のむすめ、しづかといふ女を最愛せられけり。しづかもかたはらを立さる事なし。しづか申けるは、「大路は皆武者でさぶらふなる。是より催しのなからんに、大番衆の者ども、これほどさはぐべき様やさぶらふ。あはれ是はひるの記請法師のしわざとおぼえ候。人をつかはして見せさぶらはばや」とて、六波羅の故入道相国の召しつかはれけるかぶろを三四人つかはれけるを、二人つかはしたりけるが、程ふるまで帰らず。中〳〵女はくるしからじとて、はしたものを一人見せにつかはす。程なくはしり帰ッて申けるは、「かぶろとおぼしきものはふたりながら、土佐房の門にきり臥せられてさぶらふ。宿所には鞍をき馬どもひしとひッたてて、大幕のうちには、矢負ひ弓はり、者ども皆具足して、唯今よせんといでたちさぶらふ。すこしも物まふでのけしきとは見えさぶらはず」と申ければ、判官是を聞いて、やがてうッたち給ふ。

かぶろが帰ってこないために、女ならば大丈夫だろうと「はしたもの」を追って遣わすと、かぶろが土佐坊の宿所の門で斬殺されていたこと、土佐坊は戦の準備をしていることが報告されたわけである。こうして静御前の活躍により事前に情報を得た義経は、「伊勢三郎義盛・奥州佐藤四郎兵衛忠信・江田源三・熊井太郎・武蔵房弁慶なンどいふ、一人当千の兵共」とともに、土佐坊を迎撃することに成功する。そして土佐坊は逃走の末に鞍馬山で生け捕られ、六条河原で斬首されるという筋となっている。

以上が『平家物語』の描く堀川夜討事件である。『玉葉』や『愚管抄』と比べると記述が具体的になっており、弁慶や静御前といった義経の著名な助力者達が登場し活躍する等、説話化が進んでいることがわかる。とはいえ、引用した静御前が偵察を行う場面においても、視点は六条堀川邸に固定されており、叙述の中心が義経にあることは確かである。(7) ところが、これらの記述と比べると、『義経記』における堀川夜討事件の叙述態度は、大きく異なった様相を呈している。

二　『義経記』の堀川夜討

『義経記』巻第四「土佐坊義経の討手に上る事」の記事は、『平家物語』よりもさらに詳細で具体的である。とりわけ、義経の郎等や土佐坊の従者等、名もない下郎あるいは下位身分の人々に関する記述がふんだんに書き込まれている。たとえば、鎌倉を出発する前の土佐坊の邸宅の記述には、既に郎等の様々な心情が現れる。(8)

「九郎判官殿を討ちて参らせよとの仰せを承りて候」といひければ、物に心得たりける者は「安房、上総の国も命がありてこそ持たんずれ。生きて二度帰らばこそ」と申す者もあり。あるいは、「主の世におはせば我らも何とか世になからん」と勇む者もあり。されば人の心はまちまちなりとぞ申しける。

勲功に国を賜るとはいえ生きて帰れるとは限るまいと冷静に判断する者、主人の出世に便乗できるはずと浮き立つ者など、「人の心はまちまち」であったという。ともあれ、熊野詣に扮した土佐坊一行は上洛し、これを義経の郎等「江田源三」が最初に察知することとなる。

祇園大路を通りて、河原を打ち渡りて、東洞院を下りに打つ程に、判官殿の御内に、信濃の住人に、江田源三といふ者あり。三条京極に女のもとに通ひけるが、六条堀川の殿を出て行く程に、五条東洞院にて、鼻突きにこそ行き会ひたれ。人の屋陰の仄暗き所にて見ければ、熊野詣と見なして、何処の道者やらんと思ひて、先陣を通して後陣を見れば、二階堂の土佐坊と見なして、正尊がこの頃大勢にて、熊野詣すべしとこそ覚えね。我らが殿と鎌倉殿とは、下心よくもおはせぬによりて、問はばやと思ひけれども、ありのままにはよも言はじ。知らぬ顔にて、夫めを嫌して問はばやと思ひて、待つところに、案の如く遅れ馳せの者共、「六条の坊門、油小路には何方へ行くぞ」と問ひければ、云々教へけり。江田源三追ひつきて、「何の国に誰と申す人ぞ」と言ひければ、「相模の国二階堂の土佐坊」とぞ申しける。後を来る奴ばらの言ひけるは、「さもあれ男の一期の大事は京とこそ言へ、何ぞ日中に京入りをばせで、道にて日の暮らし様は。下部共も帯しなん。我らも物は持ちたり。道は暗し」と呟きければ、今一人が言ひけるは、「心短き人の言ひ様かな。一日もあらば見んずらん」と言ひければ、今一人の夫が言ひけるは、「和殿ばらも今宵ばかりこそ静かならんずれ。明日は都の件の事にて、大乱れにてこそあらんずれ。されば我らまでもいかがあらんずらんと恐ろしきぞ」と申しければ、源三これを聞きて、これらが後に付きて物語をぞしたりける。「これも自体は相模の国の者にて候ふが、主に付き奉りて在京して候ふが、わが国の人と聞けばいとどなつかしきぞや」なんどと嫌されて、「同じ国の人と仰せられ候へば申すぞ。げに鎌倉殿の御弟、九郎判官殿を討ち参らせよとの討つ手の使ひを賜りて上りて候ふぞ。披露は詮なく候」とぞ申しける。江田源三これを聞きて、わが宿所へ行くに及ばず、走り帰りて、六条堀川にてこの由を申す。

土佐坊一行に行き会った江田源三という人物は、『義経記』以前の文献では義経の郎等として名前こそ現れるものの、具体的な活躍が知られる人物ではない。その江田源三が、土佐坊の上洛の意図を疑い、遅れて来る人夫をうまく嫌して聞き出そうと試みる場面である。人夫達は人夫達で、京都を見物したいのに日が暮れてしまう、荷物はあるし道は暗い、明日の大乱が恐ろしいと文句を垂れている。主人であるはずの土佐坊に対する不満を抱く従者が描かれるわけだが、江田源三は自分も相模の出身なので懐かしいと虚言を弄し、弁舌巧みに土佐坊が義経を襲撃しにやってきたことを聞き出す流れとなっている。

『義経記』にはこうした必要性の不明確な具体的描写が頻出し、物語の本筋を拡散させてゆく傾向がある。本来は義経の悲劇的な境遇を象徴する出来事であったはずの堀川夜討事件であり、従者達はそれを演出するために配置されていると考えるのが自然であろうが、『義経記』においてはその主客関係が転倒している。またそれのみならず、義経と従者の主従関係もまたしばしば攪拌される。というのも、この場面の義経は一貫して頼り甲斐のない迂闊な人物として描かれているのである。たとえば、土佐坊に起請文を書かせて安心した義経は、従者達の忠告を袖にして彼等を帰してしまい、無防備となった邸宅で酒盛りをした上酔いつぶれて寝てしまう。

判官の宿所には、武蔵坊をはじめとして、侍共申しけるは、「起請と申すは、小事にこそ書かすれ。これ程の事に、今宵は御用心あるべし」と申せば、判官へらぬ体にて、「何事かあらんずる」と、事もなげにぞ仰せける。「今夜打ち解くる事は候ふまじ」と申せば、判官、「今夜何事もあらば、ただ義経に任せよ。侍共皆々帰れ」と仰せられければ、各々宿所々々へぞ帰りける。判官は一日の酒盛りに酔ひ給ひて、前後も知らず臥し給ふ。

そこで、心配した静御前が土佐坊の宿所へ偵察を使わす記述が現れる。

その頃判官は静といふ遊者を置かれたり。賢々しき者にて、「これ程の大事を聞きながら、か様に打ち臥し給ふも只事ならぬ事ぞ」とて、端者《はしたもの》を土佐が宿所は近かりければ、遣はして機嫌を見せらる。端者行きて見るに、只今兜の緒を締め、馬引き立て既に打ち出でんとす。今夜は丑の刻の終りにこそなりぬらめ。猶深き議をやすると立ち入りて、奥にて子細を見澄まして申さんとて、震ひ震ひ入る程に、土佐が下部これを見て、「此処なる女は只者ならず」と申しければ、「さもあるらん、召し捕れ」とて、かの女を捕らへて上げつ下しつ糺問す。暫しは落ちざりけれども、余りに強く責められて、ありのままにぞ落ちにける。か様の者を許しては、悪しかるべしとて、やがて刺し殺してけり。時刻移して叶ふまじとて、土佐坊手勢百騎、白川印地五十人相語らひて、京都の案内者として、十月十七日の丑の刻ばかりに、六条堀川に押し寄せたり。

先に引用した覚一本『平家物語』の叙述では、視点が六条堀川邸に固定されていた。それと比較すると明らかなように、静御前の端者や土佐坊の下部を通して視点が移動しているのが見て取れるだろう。すなわち、義経の不用心さに呆れた静御前が端者を土佐坊の宿所に遣わす。端者は土佐坊一行が合戦の準備をしているのを見、詳しく探ろうと震えながら入る。すると、土佐坊の下部がこれを発見して拷問し殺害する。そして、土佐坊は急ぎ義経の邸宅へ押し寄せる、という叙述となっている。また、土佐坊が白川印地の一団を仲間に入れている点も『義経記』の特徴をよく表す独自記事として注目に値する。彼等は室町期の京都におけるごろつきであり、下賤のアウトロー達だからである(9)。

一方六条堀川邸では、鬨の声を聞いた静御前が、起きようとしない義経に鎧を投げかけて起こすこととなる。

静敵の鬨の声に驚き、判官殿を引き動かし奉り、「敵の寄せたり」と申しけれども、先後も知り給はず。御枕なりける唐櫃の蓋を開けて、着背長を引き出だし、御上に投げかけたりければ、がばと起き、「何事ぞ、騒がし」と宣へば、「敵の寄せて候」と申せば……

この着背長を投げかけるという表現は、覚一本や延慶本『平家物語』にも見えている。しかし、これらは文脈上、静御前が義経に急いで鎧を着付けた、という意味に取れる。それが読み替えられた結果、『義経記』では寝ている義経の上に静御前が鎧を投げた、という描写になっているのである(10)。これにより、静御前の気丈さが強調され、本来主人公であるはずの義経は脇役と化している。

合戦が始まってからも、活躍が強調されるのは下位身分の従者達である。六条堀川邸には「その夜は下部に喜三太ばかりぞ候ひける」が、この人物は「下もなき下郎なりけれども、心は純友、将門にも劣らず、弓矢取る事、養由を嘲る程の上手」と語られる。喜三太は「御内には下なき下郎、心の剛なるによつて、今夜の先駆けを承つて候。喜三太と申す者なり。生年廿三、我と思はん者は寄りて組めや」と名乗り、奮戦する様が大写しで描かれている。さてその頃弁慶は、一旦は自分の宿所へ帰ったものの、手薄になった義経邸を心配し戻って来ることで、この合戦に参加することとなる。このときの描写においては、弁慶と義経の主従関係が大胆に攪拌されている。

東の中門につと上りて見れば、判官は、喜三太ばかり御馬副にてただ一騎控へ給へり。弁慶これを見て、「あら憎や、さしも人の申しつる事を聞き給はで、用心をもさせ給はで、今胆潰し給ふらん」と呟き言うちして、縁の板を西へ向きて、どうどうとぞ行きける。判官「あはや」と思し召して、差し覗き見給へば、大の法師の鎧着たるにてぞありける。判官、「あはや土佐が後ろより入りける」とて、矢差し矧げて、馬打ち寄せ、「あれに通る法師誰ぞ、名乗れ、名乗らで過ちせられ候ふな」と仰せられけれども、弁慶札一物の鎧なりければ、左右なく裏は掻かじなんどと思ひて、音もせず。射損ずる事もこそあれと思し召し、矢をば箙に差して、太刀の股寄からりと鳴らして、ずばと抜いて、「誰ぞ名乗れ、名乗らず斬らるるな」とて、やがて近づき給ひければ、この殿は打物取つては、樊噲、張良にも劣らぬ人ぞと思ひければ、「遠くば音にも聞き給へ、今は近し、眼にも御覧ぜよ。天児屋根の御苗裔、熊野の別当弁せうが嫡子、西塔の武蔵坊とて、判官の御内には一人当千の者にて候」とぞ申しける。判官、「興がる法師の戯れかな。時も時にこそよれ」とぞ仰せられける。「さは候へども仰せ蒙り候へば、此処にて名乗り申し候はでは何時か名乗り申し候ふべき」と、猶も戯れをぞ申しける。判官、「さればこそ土佐めに寄せられたるぞ」、弁慶、「さしも申しつる事を聞こし召され候はで、御用心なども候はで、左右なく彼奴ばらを門外まで馬の蹄を向け候ひぬるこそ安からず候へ」と申しければ、「いかがして彼奴を生け捕りて見んずる」と仰せられければ……

忠告を聞かなかったせいで今頃肝をつぶしているだろうと呟いた弁慶は裏から邸内へ入るが、義経は気配に驚き、その法師形から「あはや土佐が後ろより入りける」と勘違いして名乗りを要求する。すると弁慶は義経をからかうように、高らかに名乗りを上げるという「戯れ」を演じる。さらに、弁慶が義経に対して、忠告を無視したことを直接に非難する様さえ描かれている。

この後、喜三太が櫓に上り大声で京中に援軍を求め、「此処に聞きつけ彼処に聞こえぬ程こそあれ、京白川一つになりて騒動す」という貴賤取り混ぜての大騒動となる。さらに、江田源三の討ち死にが描かれた後、劣勢となった土佐坊が鞍馬へと落ちると、「鞍馬の別当は、判官殿の御師匠、衆徒は契り深くおはしければ、後は知らず判官の思し召すところもこそあれとて、鞍馬百坊起こりて、追ひ手と一つになる」と、京のさらなる周縁をも巻き込んでゆく。このように、『義経記』の堀川夜討事件は、下位身分の人々や従者達の同時多発的な主体的思考・自律的行動が叙述の中心となり、主従関係の攪拌や祝祭的な混乱が盛大に描かれている。そして、そのように複数の主体的思考が交錯する叙述態度は、この事件を締めくくる次の記述にも如実に表れている。

討ち漏らされたる者下りて鎌倉殿に参りて、「土佐は仕損じて、判官殿に斬られ参らせ候ひぬ」と申せば、「頼朝が代官に参らせたる者を押さへて斬るこそ遺恨なれ」と仰せられければ、侍共、「斬り給ふこそ理よ。現在の討つ手なれば」とぞ申しける。

主従関係上最高位に位置する頼朝の言葉に対して、その「侍共」が別の視角を提示することで、この事件は閉じられているのである。

三　「世になきもの」達の群像劇

ここまで見てきたように、『義経記』における堀川夜討事件は複数の主体が自律的に考え動く叙述の中で、肥大化した複数の視点が堀川夜討事件の本筋を拡散させ、時に中心人物と脇役との主客関係を転倒させているわけである。言い換えれば、義経の悲劇が後景へ退くこの作品の叙述では、下位身分の参加者達の主体性が〈義経の物語〉の枠組みを随所で相対化しているということになろう。かくして、悪く言えば散漫となった叙述は、一方で多元的・複眼的な視界を獲得しているのである。

ここまでは堀川夜討の場面を取り上げて検討してきたわけだが、『義経記』の叙述の持つ如上の態度は、この場面のみに見られるものではない。下位身分の人々の思考・行動が詳細に書き込まれる例は枚挙に暇がなく、話の中心人物と脇役とが転倒する例もかなりの数に上る。とりわけ目立つのは弁慶と義経との関係が転倒する場面である。たとえば、西海に落ちる船上での義経は不安におののき、弁慶に「人は運の極めになりぬれば、日頃おはせぬ心の著かせ給へる」と言われる（巻第四「義経都落の事」）。続いて一行は吉野へ逃れるが、弁慶は足手まといとなる静御前を連れる義経に不満を抱き、聞こえよがしに「この君の御供申して、不足なく見する者は面倒なり。四国の時も、一船に十余人取り乗せ奉り給ひて、心安くもなかりしに、この深山まで具足し給ふこそ心得ね。（中略）いかが計らふ、片岡。いざや一先づ落ちて身をも助けん」と、女性を伴おうとする義経を見捨てようと提案し、片岡は片岡で「それも流石いかがあるべからん。ただ目な見合はせそ」と一概に否定しない。この会話を聞いた義経は「とにかくに心を砕き給ひつつ、涙に咽び給ひけり」という有様で、結局部下の不満をはばかって静を吉野山中に棄ててしまう（巻第五「判官吉野山に入り給ふ事」）。その後一行は吉野の縁者により一時的に饗応されるが、吉野衆徒に襲撃されて落ちることとなる。このとき義経は機転を利かせ、「橘餅を廿ばかり檀紙に包みて」懐に入れており、一通り逃げおおせた後に部下達にこれを配るが、一行はそれを喜びながらも零落した現状に涙する。そこで弁慶は「殿ばらも手々に一つづつ取りて持たぬこそ不覚なれ」と言い放った上、懐から餅二十ばかりを取り出し、さらに袂からは竹筒に入った酒までも取り出し振る舞って見せる（巻第五「吉野法師判官を追ひかけ奉る事」）。他にも、愛発山にさしかかっては義経が披露した地名の由来説話を弁慶が即座に訂正してしまい（巻第七「愛発山の事」）、三の口の関では、道案内を買って出た関所首領の家人の弁舌に義経が無防備にも賺されかけるのを、弁慶が見破り制止する（巻第七「三の口の関通り給ふ事」）。

このように弁慶は、幾度となく主人であるはずの義経の面目を失わせてしまう。就中北国落ちの旅は、既述の例の他にも平泉寺・富樫・如意の渡・直江津等においてそうであるように、あたかも義経を護る弁慶が主役と化して活躍する物語である。ただしこのことは、『義経記』の前半部分と後半部分とにおける義経像の変容の問題と不可分の関係にある。(11)すなわち、堀川夜討事件をひとつの境とする『義経記』後半の義経は弱々しく消極的な貴公子と化し、主人公でありながら弁慶をはじめとした助力者達に保護される存在となっている。しかし一方で、『義経記』前半部分の義経は、機知と行動力に富み、大の大人達と互角以上に渡り合う、武勇に優れた「恐ろしき」美少年として描かれる場合が多い。(12)たとえば、鞍馬寺で幼い義経を見た金売り吉次が、奥州の秀衡に義経を引き合わせて褒美を得ようと思い近付いてきた際、義経は「これごさんなれ、聞こゆる金商人吉次といふなる者は。奥州の案内は知りたるらん。彼に問はばや」と、逆に吉次から情報を聞き出し、吉次を利用する形で奥州へ向かおうとする（巻第一「吉次が奥州物語の事」）。さながら吉次と義経との賺し合いといった体である。かくして連れ立って奥州へ下る道中、鏡の宿で強盗団に襲われた際には、「きはめて色白く鉄漿黒《かねぐろ》に、薄化粧して眉細くつくりて、衣引きかづき給ひたりければ」、楊貴妃・李夫人とも見まごう姿の義経が、「音に聞こゆる窃盗、宗徒の輩廿五人、その勢七十人」を相手に大立ち回りを演じる（巻第二「鏡の宿吉次が宿に強盗の入る事」）。また、かつて義経を庇護しようと申し出たにも関わらず、いざ訪ねてみると平氏の聞こえをはばかり及び腰になる陵兵衛に対しては、「頼まれざらんもの故に、しばらくもあるべからずとて、その夜の夜半に陵が家に火をかけて、残る所なく焼き払ひ、掻き消すやうにぞ失せ給ひける」と容赦ない行動に出る（巻第二「義経陵が館焼き給ふ事」）。その後、陰陽師鬼一法眼の持つ兵法の秘伝書「太公望が六韜」を所望するくだりでは、義経はまず鬼一の娘に謀って懸想し、その愛情を利用することでかの書を盗み読むことに成功する。また鬼一は、妹婿である白川印地の大将湛海に、待ち伏せによる義経の殺害を依頼し、義経にその場所へ向かわせるが、義経は鬼一の娘からの情報でその策略を知り、逆に湛海を待ち伏せし殺害する（巻第二「義経鬼一法眼が所へ御出の事」）。まさに下位身分の人々の思考・行動が叙述の中心となっており、複数の主体が自律的に考え動く物語である。そしてその中に義経もいるという点が、『義経記』後半とは大きく異なっている。また、後半ではさながら主人公であった剛胆な荒くれ男の弁慶を、「女房装束にて、衣うちかづき」という優美な姿の義経が「東枕に打ち伏せて、上に上り居て、押さへつつ」、臣下として従えてしまうのも『義経記』前半であった（巻第三「弁慶義経に君臣の契約申す事」）。このように『義経記』前半部分においては、主人公である義経自身も、自律的に思考・行動する人物として描かれている。したがって『義経記』前半では、複数の主体・視点が交錯する叙述にはなっているものの、堀川夜討事件を例に挙げて見たような、下位身分の参加者達による主体性が〈義経の物語〉を相対化する形にはなっていない。それでは、こうした『義経記』の前半・後半における義経像の懸隔は何を意味するのであろうか。

この懸隔の性質は、義経の社会的立場に注目することで明らかとなる。『義経記』における義経は、頼朝との対面を境に兄の麾下に入り、平家追討と梶原の讒言を経て、鎌倉政権から追われる立場となる。そのような後半部分の義経は、先に確認した通り、受動的で情緒的な貴公子となる。このときの義経は、非常な不遇の身ではあるもののの、「鎌倉殿の御弟」である「判官殿」という、政治的・権威的存在となっていることも確かである。ところが『義経記』前半部分の義経は、平家から逃れて潜行しつつ、金売り吉次・伊勢三郎・鬼一法眼・弁慶といったアウトロー的世界の住人に取り巻かれ、彼等とともに奔放に振る舞う溢れ者的人物であった。このとき義経は、「世になし源氏」の「御曹司」であり、社会の周縁に属していたと言える。先述の通り、下位身分の人々の視点・彼等への視線を叙述の中心とし、肥大化した複数の主体的思考を交錯させ、物語の本筋を拡散させる叙述態度は、この作品の全編を通して至る所に見出せるわけだが、自律的・主体的に考え動く頼朝挙兵以前の義経もまた、その時点では上昇の望めない没落者の子息という社会的下層の立場にあったのである。物語の中心軸がみえにくくなる過剰な逸脱が『義経記』の文学的評価を困難にしてきたわけだが、端的に言えば、『義経記』は下位身分の人々の視点・彼等への視線を中心的に描く、「世になきもの」達の群像劇という意味において一貫していると言える[13]。そして必然的に、『義経記』においては、義経が社会的地位を上昇させることと義経の主体性が後退してゆくことが同時並行的に生起していると見ることができるのである。それはこの作品に源平合戦等活躍期の義経が描かれない要因のひとつでもあるだろう。

ところで、このような『義経記』の特質、すなわち単一的思考へ収斂しない描写が縦横に盛り込まれ、複数の視点・主体的思考が交錯する叙述は、〈義経の物語〉という枠組みの中に複数の起源を持つ伝承が集合的に参加した成立過程に起因するものと思われる。というのも、時に〈義経の物語〉を相対化してしまう〈義経の助力者の物語〉群の多く、特に金売り吉次・伊勢三郎・弁慶に関する説話は、採鉱・冶金職人の伝承を『義経記』が取り込んだものと考えられるのである[14]。そもそも、この作品が義経にまつわる各地の伝承を取り込むことで成立したとの見方は早くから提唱されている[15]。また、静御前・勧修坊聖弘・佐藤忠信に関する説話は勝長寿院の管理した唱導を起源とし、義経北方・権頭兼房の活躍は久我家の管理する盲僧や瞽女による物語であったとの推定がなされており、前半部分においても、鬼一法眼譚はもともと声聞師の芸能に起源を持つ独立した物語であったことが予想されている。[16] もっとも、これらの下敷きとなった大枠である〈義経の物語〉は、義経の御霊を鎮魂する貴種流離譚として語り出されたものかもしれない。[17] しかし、現存する『義経記』を読む限り、その〈義経の物語〉が舞台背景として後景へ退いていることは疑いなく、逆に複数の〈義経の助力者の物語〉群が前面に展開されていることはこれまで述べてきた通りである。このように、〈義経の物語〉の枠組みの中に複数の起源を持つ〈義経の助力者の物語〉群が集合的に参加した成立過程により、複眼的な「世になきもの」達の群像劇としての『義経記』が形成されたと考えられるのである。[18]

さらに重要なのは、中世後期の義経を描いた謡曲・舞曲・御伽草子の諸作品、および『義経記』に見られる次のような傾向である。すなわち、本来政治的な人脈に根ざした存在であった義経を政治的文脈から遊離させ、下位身分の人々の個人的・偶然的な人脈に根ざして行動する人物として描く、という傾向である。[19] このことは、地方伝承や民間伝承が文学史上表層に浮上してくる現象と底流を同じくしていよう。[20] それでは、こうした下位身分の人々の主体化する〈義経の助力者の物語〉群は、なぜ、どのようにして〈義経の物語〉の枠組みの中に集合的に参加したのだろうか。大きな問題だが、少なくともその背景としては、南北朝期の社会変動を経た室町期の文化的環境と、義経の歴史的イメージとが相互に作用したものと推測される。以下、この点について試論的に記述したい。

四　『義経記』形成の力学

『義経記』の成立過程を囲繞した社会状況、あるいは、この作品の特質を育んだ文化的環境としては、南北朝期の動乱を経た、室町期の思潮が想定される。すなわち、岡見正雄が「室町ごころ」と評した、賑やかで奔放な時代的雰囲気である。[21] ただし、岡見の論考は近代的な論文スタイルを採っておらず、その魅力こそ広く認められてはきたものの、[22] 文意の難解さから学問的には評価され難いようである。[23] おそらく、氏の論考は近代的な合目的主義的思考とは異なる、室町期の非生産主義的・遊戯的思考の存在を指摘し、同化することで祝言いだものと見ることができよう。そのような時代に生きた人々の思考形態は、近年歴史学の立場からも説明されつつある。まずはその成果について、最小限の確認をしておこう。

下位身分の主体化と視点の複数化を特徴とする『義経記』成立の時代が、南北朝期の社会変動によって用意されたことは想像に難くない。このとき、日本社会にはあるドラスティックな変化が生じたことが知られている。象徴的なのは鎌倉幕府の崩壊と皇統の分裂であろう。たとえば網野善彦は「日本列島主要部の社会をともあれ統合してきた東西の王権─権威が二つながら一挙に瓦解したのである。すでに激しく動きはじめていた社会は、当然ながら大きな混乱に陥った」という。[24] 続けて、「南朝が成立して以後、二つ以上の元号の頻々たる出現が物語る権威の分裂の中で、六十年にわたって各地でつづいた南北朝の動乱」が、諸権門のみならず社会を構成するあらゆる階層に甚大な変化をもたらしたことを指摘して、「こうした動乱の中にあって右往左往しつつ、頼るべき確実な権威のないことを膚身にしみて知った武士、商工民、百姓にいたるまでの各層の人々の中から、自ずと自治的な一揆、自治都市、自治的な村落が成長してくる。そしてこの動きはまた否応なしに権力の分散をよびおこし、新たな権威による統合をさらに困難にしていった。鎌倉期までの、なお多少とも素朴さを持った主従、一族等の人間関係はこの間に大きく変り、計算高く実利的な利害の打算が、これらの武士、商工民、百姓等の共通した風潮になってきた」と述べている。

政治史的には、建武政権の頓挫の直後に足利政権が成立し、鎌倉幕府の体制はある程度引き継がれる。その後観応の擾乱を経て義満の時代に至り、皇統も一応の統一が成った。しかし、長期に渡る動乱が先述の社会的地殻変動を抱え込んでいたことは、室町期の思潮を考える上では十分に強調されなければならない。というのも、義満の頃から応仁・文明の乱にかけては「室町の平和」とも呼ばれる社会状況が存したことが知られているが、その「平和」とは、幕府や朝廷といった強大な権力体制の統治によってなされたものではなく、複数の実力者、複数の価値観が並存し、各々が互いに譲歩し合い、方々に気を遣いつつバランスを取ることにより現出したものであったからである。かくして、商品経済の浸透、交通の発達、都市の成熟、下位身分の富裕化、名目的秩序と実体的力関係の乖離等の変容を遂げた室町期は、統一的権力が動揺・拡散した、何を信じてよいかわからない社会、あるいは単一的・一元的思考とは別の思考方法が通行する社会であったと言える。(25)

こうした時代に生成する文学は、価値観・正義が一つではない、ということを自明の前提として書かれることとなり、そのために統一感・緊張感はなく、唯一の主題、中心的軸が見出しにくいものとなる。言い換えれば、視点・主体が複数並存し、賑やかで遊戯的な性質を帯びた文学が生成されるわけである。現に、岡見が博引旁証する公家日記や連歌や小歌、御伽草子や狂言の性質を鑑みるに明らかである。このような社会的・文化的状況の中で、下位身分の人々が伝承する複数の〈義経の助力者の物語〉群が自律性を持ち、〈義経の物語〉の枠組みを逸脱するまでに肥大化した『義経記』が成立したものと考えられよう。

しかし、『義経記』成立の原動力を考える際、なぜ〈義経の物語〉の枠組みの中に複数の助力者の物語群が参加していったのか、という点が説明されなくてはならない。つまり、なぜ人々は集合的に、他でもない〈義経の助力者の物語〉を伝承したのか、という問題である。この問題は、義経の歴史的イメージと深く関係しているものと思われる。

『義経記』以前に成立していた義経のイメージは、『平家物語』諸本や『吾妻鏡』に見られる通り、出自の不明確な郎等を従え、超人的な奇襲戦法を駆使し、自由任官の結果幕府からも京都からも追放されるという、既成の秩序から逸脱してゆく人間像であった。[26] こうした自律的・アウトロー的な武勇と行動力に満ちた義経像は、先に見た『義経記』の前半部分によく現れていると言えよう。その自専と流浪とを旨とする形象は一面においてきわめて快活・奔放であり、その意味で大きな魅力を湛えている。[27] しかしそのように体制内で安定的な居場所を持つことのなかった義経は、裏を返せば、流離を続け不遇な生涯を送った貴公子であったとも言える。こうした義経像は『義経記』後半部分に顕著である。そしてそのような悲劇的人物としての義経像もまた、別の意味においてきわめて魅力的であることは間違いない。義経の歴史的イメージは、このように二重性を備えていることが指摘できる。

かくして、体制から逸脱する義経は各地を漂泊する人生を送ったわけで、そのような義経の歴史的イメージに基づく〈義経の物語〉は、南北朝期の社会流動を経て自律性を獲得しつつあった下位身分の人々の側から見れば、助力者あるいは庇護者としての参加が可能な構造を備えた物語であったことになる。そして、元大夫判官の将軍弟という貴種でありながら流離し、庇護者達のもとへ来訪する〈義経の物語〉は、庇護者の側からすると、その貴種性という公的・権威的な属性を帯びた文脈へと自己（あるいは自己の属する共同体）を接続することを可能とする、ある種の求心力を持つ物語であった。おそらく「判官贔屓」と呼ばれる精神には、体制的な権力に抵抗する自律的主体に対する小気味よい共感とともに、権威性を帯びた貴種の悲劇の物語に参加する甘美もまた含み込まれている。[28] ともあれ、助力者としての参加が可能な枠組みである〈義経の物語〉を、複数の助力者の物語群における伝承者の側が偶然的・同時多発的に発見したわけではなく、〈義経の物語〉の側の権威性にこそ求心力があり、貴種に味方することによって助力者自身が価値を与えられるという側面が指摘できることには留意が必要であろう。

しかしながら、義経像の二重性が相矛盾しながらもともに義経の魅力を支えているということは、〈義経の助力者の物語〉群の持つ志向の二重性をも示唆している。つまり、義経を貴種として戴き忠節を尽くすことを道徳としながら、一方では鎌倉幕府という体制のみならず時には自らの拠って立つ〈義経の物語〉自体をも相対化してしまう、権威への依存／権威からの自律という相矛盾する二重性である。そのせめぎ合いの様相は、本来義経を護る合戦としての枠組みを持っていた堀川夜討の叙述が、義経を脇役に追いやりつつ助力者の物語を中心的に語っていたことによく表れていよう。主従関係の攪拌が描かれる『義経記』後半においても、貴種として義経を戴く構造自体は保存されているのである。また、『義経記』前半において金売り吉次や伊勢三郎の登場する部分では、義経が主体的に考え動く自律的人物として描かれているにも関わらず、庇護者の物語を中心的に語る形式をも備えている。(29)このように『義経記』は、〈義経の物語〉の持つ権威性と、〈義経の助力者の物語〉の持つ自律性とが、協調しながらもせめぎ合っている。そしてその叙述は、室町期という、相反する複数の志向性が並存する社会・文化的環境の中において育まれたと考えられるのである。

おわりに

『義経記』は、既に意味付けの定まった一定の枠組みの中で叙述される。しかしその叙述は多くの矛盾や不整合を抱えながら、しばしば本筋を逸脱して肥大化し、意味付けされないまま既知の結末へと向かってゆく。そうした特徴は従来、中心軸の不在、一貫した論理の欠落や個々の事件の大局的な意味付けへの無関心として消極的に評価されてきた。しかしここまで述べてきた通り、複数の視点・主体的思考が同時多発的に出現し交錯する叙述は、下敷きとなる物語の大枠が持つ求心力と、そこに割り込む形で参加しようとする複数の自律的な物語群との不可避的なせめぎ合いとして理解される。つまり、流離する貴種を下位身分の助力者が支えるという義経主従の構造が、助力者の自律化・主体化を可能としているわけだが、『義経記』においては、義経を戴く助力者が活躍する／助力者の過剰な主体性が義経の権威性を表現的に動揺させるという、表裏一体でありながらも相剋する二つの現象が同時に生じているのである。また、義経の助力者の主体化と下位身分化は、名目的な秩序関係とは別の次元で実力を付けた人々が文化の中枢に入り込んでくるという、南北朝の動乱を経た社会的文脈を象徴する文学表現として積極的に評価することができる。つまり、下位身分に属する人々が文学史上表層に浮上してくる現象と、前提的イデオロギーの遍満・固定化（あるいは形骸化）という、相反する（ように見える）二つの現象は、室町期という中世前期までとは性格を異にする時代の所産と考えられるのである。

ところで、本章では『義経記』に関して考察してきたが、こうした見方はこの作品固有の問題にとどまらず、『源平盛衰記』や御伽草子等、これまで文学的評価が困難とされてきた中世後期の諸作品（とりわけ諸本による改編の目立つ作品やそもそも改作作品として成立した文学）に対しても、有効な分析視角となりうるのではないだろうか(30)。たとえば『義経記』における、主体・視点が複数化して各々が自律的に考え動く叙述の態度や、享受者にとって既知の枠組みを題に用い、それを保持しつつ遊戯的に趣向を加える構造は、具体的には舞台芸能、とりわけ狂言と類似していると言えそうである。特に『義経記』後半では弁慶のユーモアあふれる振る舞いが前面に出ており、悲劇の枠組みの中での喜劇的客観性がよく表れているという意味で演劇的構造が顕著である。これらについては稿を改めて論じる必要がある(31)。

注

（1）柳田国男「義経記成長の時代」（『定本柳田国男集　第七巻』筑摩書房。初出一九二六年十月）。

（2）本書序章。

（3）出典によっては、土佐坊を「土佐房」、正尊を「正俊」「昌俊」とする等の表記異同があるが、本章では混乱を避けるため、引用文を除き「土佐坊」「正尊」に統一して表記する。

（4）本文は図書寮叢刊『九条家本玉葉』（明治書院）に拠って私に訓読し、割り注は〈　〉内に記した。
（5）本文は日本古典文学大系『愚管抄』（岩波書店）に拠る。
（6）本文は新日本古典文学大系『平家物語』（岩波書店）に拠る。なお、ここで紹介した掘川夜討事件の筋は延慶本でもほぼ同じ。
（7）なお、謡曲「正尊」と舞曲「堀川夜討」に関しては本論の関心上詳述しないが、これらは後述する『義経記』の特徴の多くを共有しているように見受けられる。
（8）本文は田中本を底本とする新編日本古典文学全集『義経記』（小学館）に拠る。
（9）岡見正雄「義経記覚書―鬼一法眼のことなど―」（『国学院雑誌』四七―一一、一九四一年十一月）、同「白河印地と兵法―義経記覚書―」（『国語国文』二七―一一、一九五八年十一月）。
（10）冨倉徳次郎『平家物語全注釈下巻（二）』（角川書店、一九六八年八月）。
（11）『義経記』が前半部分と後半部分とに分かれ、両者に義経像の差異が見られることは夙に島津久基「義経伝説の淵叢としての義経記」（『国語と国文学』三―一〇、一九二六年十月）に指摘されている。また、山下宏明「義経記と語り物」（『軍記物語と語り物文芸』塙書房、一九七二年九月。初出一九六四年十一月）により明晰な整理がなされている。
（12）こうした義経像は後半でも例外的に巻第六「判官南都へ忍び御出ある事」には描かれている。しかしこれは前後の流れから遊離した独立的な場面であり、例外として扱うことが可能である。前掲注（11）の山下宏明論文参照。
（13）「世になきもの」とは、巻第二「伊勢三郎義経の臣下にはじめて成る事」において、伊勢三郎が自分と義経を称して述べた言葉である。本書第二章参照。前半の義経が源氏の没落を象徴的に背負う義朝の子として定位されていることは第五章で述べた。
（14）本書第一章・第二章。また、堀川夜討譚に登場した江田源三や土佐坊の説話も同様の伝承基盤の中で語られたものと考えられることは、本書第三章で述べた。
（15）前掲注（1）の柳田国男論文。
（16）角川源義「『義経記』の成立」（『語り物文芸の発生』東京堂出版、一九七五年十月。初出一九六六年九月）。

(17)　折口信夫「国文学の発生（第一稿）」（『折口信夫全集第一巻　古代研究（国文学篇）』中央公論社。初出一九二四年四月）等。福田晃「『義経記』研究の軌跡と課題」（梶原正昭編『軍記文学研究叢書11　曽我・義経記の世界』汲古書院、一九九七年十二月）に整理されている。本書序章においても説明を加えた。

(18)　佐谷真木人「義経主従」（『国文学　解釈と教材の研究』四八―一一、二〇〇三年九月）は、義経従者の各伝承を分類することで義経伝説成長過程の段階的整理を試み、一定の見通しを提示している。今後踏まえられるべき先行研究である。しかし、本章で述べてきたような『義経記』に現れる複数の主体は、必ずしも義経の従者ばかりではなく、単なる脇役やあるいは敵役である場合も多い。しかもそれらは明確に次元を異にするわけではないため、本章では敢えて分類せず「助力者」「参加者」として括ったが、今後はさらに詳細な論究が必要であろう。ひとつの課題としたい。

(19)　本書第一章・第二章。

(20)　濱中修「室町物語研究の展開」（『室町物語論攷』新典社、一九九六年四月）。

(21)　岡見正雄「室町ごころ」（『国語国文』二〇―八、一九五一年十一月）。

(22)　村上学「語り物の諸相―『曽我物語』『義経記』と幸若舞曲など―」（小山弘志編『日本文学新史　中世』至文堂、一九八五年十二月）、和田琢磨「解説」（『現代語で読む歴史文学　義経記』勉誠出版、二〇〇四年六月）等。

(23)　林雅彦の司会で北川忠彦・赤井達郎・長谷川端により行われた座談会の記録である「室町のこころと文芸、そして絵画」（『国文学　解釈と鑑賞』五六―三、一九九一年三月）。

(24)　網野善彦「異形の王権」（『異形の王権』平凡社、一九八六年八月）。

(25)　以上、桜井英治『日本の歴史12　室町人の精神』（講談社、二〇〇一年十月）、清水克行『喧嘩両成敗の誕生』（講談社、二〇〇六年二月）、久留島典子・榎原雅治「総説」（『展望日本歴史11　室町の社会』東京堂出版、二〇〇六年十月）、山田邦明『日本中世の歴史5　室町の平和』（吉川弘文館、二〇〇九年十月）等。また最近では早島大祐が『室町幕府論』（講談社、二〇一〇年十二月）、『足軽の誕生　室町時代の光と影』（朝日新聞出版、二〇一二年十月）等で具体的に論じている。

(26)　本書第八章。

（27）上横手雅敬「いまなぜ義経なのか」（同編『源義経　流浪の勇者─京都・鎌倉・平泉─』文英堂、二〇〇四年九月）にも同様の指摘がある。

（28）本書第八章・第九章。

（29）本書第一章・第二章。

（30）たとえば石黒吉次郎「英雄像の形成─「三徳」をめぐって─」（『専修国文』七四、二〇〇四年一月）は、室町期の多くの物語が、諸本変化の中で主人公が英雄からその忠臣およびさらに末端の従者へと移行する現象を指摘している。

（31）本章で論じてきた室町期の社会・文化的状況は、インターネットの普及により万人が公共的場で発言できるようになった現代の状況と相通じるように思われる。近年ポップカルチャーとして濫造され流通するライトノベルやアニメーション作品群はその表現や内容においてパロディ的要素をふんだんに盛り込むのを常としているが、この点も室町期における文学・演劇の作品群と類似していると言える。そうしてみると、室町期の文学を論じることは、現代の社会・文化に対する新たな視角をもたらすことにつながるかもしれない。

第七章　護良親王主従と義経主従の類似

――潜行する貴種と助力者の系譜――

はじめに

『義経記』巻第五「忠信吉野に止まる事」および「忠信吉野山の合戦の事」には、都落ちし朝敵となった源義経の主従が吉野大衆に追われた際、佐藤忠信が義経に扮して身代りとなり、窮地を脱したことが描かれる。また、同書の巻第七「直江の津にて笈探されし事」では、その後北国潜行の途次、弁慶が在家の者の病を祈禱で平癒させたことが記される。そして、義経主従にまつわるこの二つの説話は、いずれも『太平記』における大塔宮護良親王に関する記事のうち巻第七「吉野城軍事」および巻第五「大塔宮熊野落事」に、それぞれ類話を見出すことができる。

このことは早くから島津久基が指摘しており、岡見正雄・角川源義等によって論及されている(1)。しかし、『義経記』の成立論や義経像の変遷を考える上では、さらなる追究の余地が残されているように見受けられる。そこで本章では、諸文献に現れる護良親王（以下「護良」と呼ぶ）と義経の描かれ方を改めて比較・考察し、両者が相互に影響し合いながら形成されたとの見通しを示したい。

なお、『義経記』の成立時期は明らかでないが、島津が室町前期の成立と推定して以来これが通説的な位置を占めており(2)、本書もこれを踏襲する。また、『太平記』については、高乗勲や鈴木登美恵の研究に従い(3)、およそ一三七〇年代には現存本に近い本文が存在していたものと考えて論を進めることとする。

一　二つの主従説話の類似と先行研究

まずは、義経主従説話と護良主従説話との類似に関する先行研究をやや詳しく確認しておく。

早くは久米邦武が、『太平記』の史料としての不備について例証するにあたり、「巻十二の大塔宮陳情表ハ、東鑑源義経腰越状の模写なり」と述べている(4)。『太平記』巻第十二「兵部卿親王流刑事付驪姫事」に載る悲劇的陳状と義経の腰越状との類似が、明治期において既に指摘されているわけである。また同時期に山内二郎は歌舞伎「勧進帳」の由来を論じる中で、護良の熊野落ち説話と義経の北国落ち説話の類似について触れている。すなわち、山伏姿で潜行するという共通点に加え、『太平記』では護良の従者に「武蔵房」「片岡八郎」の名が見えることを指摘し、また「『義経記』の作者も或はこれに倣つて判官北国落の一条を作つたものかも知れぬ」と述べている(5)。つまり、久米論にはよく知られた義経説話が『太平記』の護良説話に影響を与えたとの認識が見られる一方、山内論は『太平記』の護良説話が『義経記』の義経説話のモデルとなった可能性を提示しており、これら二方向の影響論がこの時期既に出揃っていたことになる。

続いて昭和初期には、山内論を受けた島津久基が次のように論じた(6)。

併し義経主従が山伏姿で奥州へ落ちたといふ事は、既に『吾妻鏡』(巻五・七)に伝へて居り、片岡八郎・武蔵坊も、共に『平家』『盛衰記』以来義経の重臣として知られ、『吾妻鏡』にすら見えてゐる人物である。大塔宮の説話に於ける史実的分子の多少は問はず、『太平記』作者の構想の中にこそ却つてこの義経伝説が動いてゐたのではあるまいか。けれども、さうであつたとしても、亦この條が、従つて『太平記』が、『義経記』の創作に(中略)臨本を示したであらう事を、山内氏とは少し異なつた意味で肯定しようと思ふのである。

そして、それは在家の者の病を調伏する「両説話が全く同型である事を指示すれば足りる」と論じ、さらには新たな類似の例として忠臣身代わり説話を比較して「描写叙述の上に於ても両書の関渉をやはり肯定せねばならぬやうである」「両者の文詞は酷似し過ぎてゐはしまいか」と結論する。このように島津は、「義経伝説」から『太平記』へ、また『太平記』から『義経記』へという二つの影響関係について、本章冒頭で紹介した類似説話を新たな根拠として示しつつ、双方を肯定的に論じている。

そして戦後になると、岡見正雄が護良の熊野落ち説話について、義経伝説から『太平記』へ、という影響関係を推察した。(7) すなわち、護良が潜伏していた般若寺を脱出する話について、「『太平記』には勇武なる親王にふさわしいような、スリルに満ちた説話をここに語る、あるいは案外に義経説話――北国を修験者に化けて、危険な目に会いながら下つて行つた義経一行の冒険譚――それが鎌倉末期にはもう発生していたと私は思うが、――その話がひそかにこの物語の背景をなしていたのかも知れない」と想定する。また、その後護良主従が熊野を目指して落ち、吉野・十津川を流離する話についても、「この話で山伏の祈禱、後から来た村上義光の錦旗を奪う物語などはあるいは山伏姿で関所を危い目をして通り、途中で祈禱を頼まれたりなどする義経の北国下りの話によつて作つたのではないか。片岡八郎とか武蔵房の名なども義経の家来の名を取つたので無かろうかと思うのである」と推測している。また同じ時期に角川源義は、「太平記と義経記「北国落」とは同一の管理者によるものと思はれる箇所が多い」(8)と、一歩踏み込んで説話管理者の共通を示唆している。さらに近年では中西達治が、(9) 同じ流離説話について岡見説を支持・補強し、護良主従と十津川住民との出会いは遍歴する芸能集団の来訪と近似していることを指摘しつつ、「『太平記』の時代が、ちょうど義経伝説の形成深化していく時代と重なり合っていることは、もっと注目されてよいと思われる」と述べる。加えて中西は、護良主従の熊野落ちが般若寺・切目王子・老松明神の利益説話として描かれることを指摘し、「この一連の説話には、悲運の貴種が神明の加護を受けつつ、迫害追求の手をのがれて流離彷徨するという話型がある」「『太平記』巻五の記事の流れの中に、大塔宮物語ともいうべき、独特のかたりの宇宙を形成しているといってよい」と、『太平記』における護良説話の独立的完結性を論じている。

このように、明治以来、義経主従説話と護良主従説話との類似について、追っ手から逃れ流離潜伏する説話、在家の者の病を調伏する説話、忠臣の身代わり説話、および悲劇的陳状のそれぞれに関して指摘されてきた。総じて言えば、文字化の有無にかかわらない広義の「義経伝説」から『太平記』の護良主従説話へ、という方向と、『太平記』の護良主従説話から『義経記』の義経主従説話へ、という方向の二つが並列的に論じられてきたと言える。岡見をはじめとする戦後の論調においては、前者の見方が大勢を占めていることは明らかであり、護良主従説話から義経主従説話へ、という見方を積極的に論じた島津の指摘にも、岡見論と同等の重要性が認められてしかるべきであろうが、実際にはほとんど顧みられていないのが現状である。本章では島津論も重視しつつ論を進めたい。

ところで、二つの主従説話の類似に注目して『太平記』を読み直すと、護良説話と義経説話の間には、既に指摘されているもの以外にもいくつかの類似点を追加することができる。それらを含めて、ひとまず両者の類似を整理しておこう。ここでは『太平記』の記事に沿って通覧し、義経説話との比較検証は後述することとする。

まず、①寺院での武芸修行である。巻第二「南都北嶺行幸事」には次のようにある。

山門南都ノ大衆ヲ語テ、東夷ヲ征罰セラレン為ノ御謀叛トゾ聞ヘシ。依之大塔ノ二品親王ハ、時ノ貫主ニテ御坐セシカ共、今ハ行学共ニ捨ハテサセ給テ、朝暮只武勇ノ御嗜ノ外ハ他事ナシ。御好有故ニヤ依ケン、早業ハ江都ガ軽捷ニモ超タレバ、七尺ノ屏風未必シモ高シトモセズ。打物ハ子房ガ兵法ヲ得玉ヘバ、一巻ノ秘書尽サレズト言事ナシ。天台座主始テ、義真和尚ヨリ以来一百余代、未懸ル不思議ノ門主ハ御坐サズ。後ニ思合スルニコソ、東夷征罰ノ為ニ、御身ヲ習サレケル武芸ノ道トハ知ラレタレ。(10)

護良が比叡山で武芸を磨いたとの記事であるが、これは義経が鞍馬山で修行したことと重なる。また傍線部では、義経と同じく飛翔と打ち物の能力が強調されていることが明らかである。さらに「子房ガ兵法」の「一巻ノ秘書」とは、『史記』にある張良が黄石公から授けられたという兵法書『三略』のことで、『義経記』巻第二「義経鬼一法眼が所へ御出の事」では、義経が鬼一法眼から得た兵法書「太公望が六韜」について「張良は一巻の書と名づけて、これを見」たとある。(11) 実在の書物というより兵法を極めたことをいう常套句であろうが、『太平記』と『義経記』において二人は同じ兵法を学んだことになる。

次に、笠置山での敗戦後追われる身となった護良が熊野を目指し、②吉野・十津川を流離する中で③在家の者の病を調伏する説話（巻第五「大塔宮熊野落事」）、および④吉野での戦と忠臣の身代わり説話（巻第七「吉野城軍事」）である。検討はのちに行うが、先行研究にいわれる通り明白に類似する。続いて護良は⑤幕府に敵対する勢力と密かに連絡を取り合う。幕府―御家人体制とは異なる主従関係に依拠した反幕勢力の結集は、護良の働きなしにはかなわなかっただろう。これも後に検証するが、こうした時代の転換期における位置取りも、頼朝に追われた義経とよく似る。

そして、⑥近親者の裏切りと讒言による転落、および悲劇的陳状の類似である。護良は足利高氏の讒言により、継母廉子と父後醍醐の不興を買い、鎌倉へ送られて幽閉される。たとえば佐藤進一が「護良の運命は、義経とよく似ている。ともに卓越した武略の持主であり、その武略によって肉親のために粉骨砕身して、戦いを勝利に導く。だが、その後はかえって肉親に反逆者呼ばわりされて、悲劇的な最期をとげる。護良が捕われたのち、父後醍醐にささげた一書というのが『太平記』に載っているが、これがまた義経の腰越状と同工異曲である。（中略）護良を義経に似た悲劇の英雄視する見かたは、かれの死後まもなく生まれたらしい」と述べる通り、(12) 両者は「同工異曲」である。

その後護良は中先代の乱に乗じて殺されるが、これについて『太平記』巻第十三「兵部卿宮薨御事付干将莫耶事」には、⑦首を掻かれても「食切ラセ給ヒタリツル刀ノ鋒、未ダ御口ノ中ニ留テ、御眼猶生タル人ノ如シ」という不気味な逸話が語られる。これは後続本文で語られる通り『史記』の眉間尺説話を下敷きとするが、義経にも似た話がある。平泉で討ち取られて鎌倉に送られた義経の首が口に怨恨の書状を含んでいたという、いわゆる含状説話である。また、両者は⑧死後も怨霊化し現世に祟りをなそうとするという点において表象が共通している。たとえば『太平記』巻第二十三「大森彦七事」では、大森彦七を襲った正成の亡霊が伴う、世を乱す修羅の眷属の中に、護良と義経の姿がともに記されている。[13]

このように、既に指摘されている点②③④⑥以外にも、幼少期の武芸修行や眉間尺説話の取り込み、死後の怨霊化など、『太平記』における護良の描かれ方は多くの点で義経のそれと類似している。以上を整理したうえで、次節以下、両者の影響関係について検証していきたい。

二　義経主従の表象から『太平記』の護良主従へ

そもそも義経は元弘の乱の約一五〇年前にあたる治承寿永内乱において活躍した人物である。そのため、南北朝内乱の当時既に『平家物語』に描かれていたのみならず、一三〇〇年頃に成立したとされる『吾妻鏡』[14]には後世の『義経記』などにつながる説話が多く記されており、義経主従の説話にはかなりのバリエーションが生まれていた。したがって、護良主従説話と義経主従のそれとの類似を考えるとき、まずは後者から前者への影響を想定するのが自然であろう。先に整理した①～⑧の類似点のうち、まずは実際に義経主従の表象が先行して存在するものについて、改めて検討しよう。

まず義経の①（寺院での武芸修行）であるが、これは『太平記』にも記されている。巻二十九の「将軍上洛事付阿保秋山河原軍事」にみられる、秋山光政の名乗りである。

是ハ清和源氏ノ後胤ニ、秋山新蔵人光政ト申者候。出王氏雖不遠、已ニ武略ノ家ニ生レテ、数代只弓箭ヲ把テ、名ヲ高セン事ヲ存ゼシ間、幼稚ノ昔ヨリ長年ノ今ニ至マデ、兵法ヲ哢ビ嗜ム事隙ナシ。但黄石公ガ子房ニ授シ所ハ、天下ノ為ニシテ、匹夫ノ勇ニ非ザレバ、吾未学、鞍馬ノ奥僧正谷ニテ愛宕・高雄ノ天狗共ガ、九郎判官義経ニ授シ所ノ兵法ニ於テハ、光政是ヲ不残伝へ得タル処ナリ。

同様の記述は玄玖本、西源院本、神宮徴古館本にもあり（神田本は欠巻）、義経の①の表象が『太平記』以前から存在したことは確実である。(15)

次に義経の②⑤⑥⑧（吉野・十津川での潜行、反幕府勢力との連絡、悲劇的転落と陳状、怨霊化）であるが、これらは既に『吾妻鏡』にみられ、『太平記』以前から存在していたことが確かめられる。『吾妻鏡』の記載順にいえば第一に⑥腰越状であるが、文治元年（一一八五）五月二十四日条に全文が載り、当然、梶原景時の讒言や頼朝の不興などの文脈も記される。『平家物語』の覚一本や長門本、『源平盛衰記』等にも載るのは周知の通りである。(16)第二に②と⑤だが、『平家物語』八坂系諸本や『義経記』には義経主従の吉野での流離潜伏が語られるものの、八坂系以外の『平家物語』諸本では詳述されず、義経が都落ち後に吉野へ逃れたとわずかに触れられるにすぎない。しかし『吾妻鏡』には、義経が護良と同様、幕府に敵対する勢力と密かに連絡を取り合ったことが繰り返し記されている。たとえば文治元年十一月十七日条には「予州籠大和国吉野山之由。風聞之間。執行相催悪僧等。日来雖索山林。無其実之処」(17)とあり、同二十九日条には「多武峰十字坊相談予州云。寺院非広。住侶又不幾。遁隠始終不可叶。自是欲奉送遠津河辺。彼所者人馬不通之深山也者。予州諾之。大欣悦之間。差悪僧八人送之」と、吉野・十津川における寺社勢力との連携が語られる。また、文治二年（一一八六）十一月五日条には「与州事。猶被付帥中納言。其趣。義行于今不出来。是且公卿侍臣皆悉悪鎌倉。且京中諸人同意結構之故候。就中範季朝臣同意事。所憤存候也。兼又仁和寺宮御同意之由承及候。子細何様事哉云々」とあり、朝廷内に幕府を敵視する勢力があって京中に義経を擁護する者が多いために頼朝が憤慨したことが記されている。これは『玉葉』の同月十六日条にみえる「頼朝申状云、義行事、南北二京、在々所々、多与力彼男、尤不便」[18]との記事と対応している。無頼の従者をしたがえた神出鬼没の義経の物語が後世自由に展開してゆく素地として、こうした歴史的記憶が背景をなしていたと考えて大過なかろう。そして第三に、社会に不穏な影を差した義経が、護良と同じように⑧無念の死の後も怨霊として恐れられたことは自然の成り行きであっただろう。『吾妻鏡』宝治二年（一二四八）二月五日条には、幕府が義経の怨霊を慰撫したことが記されている。[19]このように、『太平記』成立期における義経の表象は、既にかなりの部分で護良と近似していたことが認められ、『太平記』に語られる護良にその影響を想定しないわけにはいかないだろう。

さらに、『太平記』内部においても、護良主従は義経主従と混同されている節がある。というのも、明治以来指摘されている通り、巻第五「大塔宮熊野落事」において、山伏姿で熊野へ向かう護良の従者として「武蔵房」「片岡八郎」の名が見られるからである。

角テハ南都辺ノ御隠家暫モ難叶ケレバ、則般若寺ヲ御出在テ、熊野ノ方ヘゾ落サセ給ケル。御供ノ衆ニハ、光林房玄尊・赤松律師則祐・木寺相摸・岡本三河房・武蔵房・村上彦四郎・片岡八郎・矢田彦七・平賀三郎、彼此以上九人也。宮ヲ始奉テ、御供ノ者迄モ皆柿ノ衣ニ笈ヲ掛ケ、頭巾眉半ニ責メ、其中ニ年長ゼルヲ先達ニ作立、田舎山伏ノ熊野参詣スル体ニゾ見セタリケル。[20]

こうしてみると、『太平記』における護良主従説話の本文形成にあたって義経主従の表象が喚起される過程のあったことが推認されよう。つまり、幕府体制から外れた人間関係に支えられながら流離し、近親者の裏切りから悲劇的な最期を迎えた貴種として表象されていた義経の主従が、『太平記』の歴史叙述において護良主従説話のひとつの枠として参照されたということになるだろう。そしてまた、両者が単に似ているというだけでなく、南北朝動乱期において頼朝の幕府草創の時代が当世理解の参照枠としてしきりに喚起されたという事実もその蓋然性を補強する。たとえば高岸輝は、初期足利将軍家による『泰衡追討絵巻』制作について、「第一義的な目的は、源氏将軍の正統な後継者としての足利将軍家の権威の誇示という点が想定されよう」と論じている。(21) また市沢哲は『梅松論』について、小弐氏が尊氏に軍忠を尽くす叙述は、同じ源氏将軍である頼朝の代官として小弐氏が北九州統治を行うようになった過去のアナロジーとして描かれていることを明らかにした。(22) このような尊氏と頼朝を重ねる同時代の共通認識に基づきつつ護良主従が語られる時、よく似た人生を生きた（と当時から表象されていた）義経主従が歴史叙述の枠として参照されたものと考えられるのである。(23)

ところで、『太平記』成立期における『太平記』以外の文献では、護良はどのように描かれているのか、ここで簡単に確認しておこう。たとえば『神皇正統記』には、「兵部卿護良親王ゾ山々ヲメグリ、国々ヲモヨヲシテ義兵ヲオコサントクワダテ給ケル」(24) と、元弘の乱にあたって護良が国々の「義兵」を集結したことを述べ、また「兵部卿護良親王コトアリテ鎌倉ニオハシマシケルヲバ、ツレ申ニヲヨバズウシナヒ申テケリ」と、鎌倉での死を記す。いずれも簡単に触れるにとどまっているが、これが『梅松論』では、鎌倉収監にあたり「武家よりも君のうらめしく渡らせ給ふ」との独白を記す点や、護良の死に「御痛はしさ申もなかなかをろかなり」との評語を添える点など、特にその無念が強調される。(25)

さらに『増鏡』における護良の表象は、当時における義経の表象と相当に重なっており注目に値する。まず第十五「むら時雨」には、「山の前座主にて、今は大塔の二品法親王尊雲ときこゆる、いかで習はせ給けるにか、弓ひく道にもたけく、おほかた御本上はやりかにおはして、此事をもおなじ御心におきてのたまふ」(26) と、武芸の上手にして勇猛で、元弘の乱に参戦したことが述べられる。続く第十六「久米のさら山」には、「かくのみ、みなさまざまに罪にあたり、遠き世界に放ち捨てらるゝ、をのをの思ひ歎きども、筆も及びがたし。大塔の尊雲法親王ばかりは、虎の口を逃れたる御さまにて、こゝかしこさすらへおはしますも、やすき空なく、いかで過ぐし果つべき御身ならんと、心苦しう見えたり」と、宮方で唯一虎口を逃れ流浪したことが語られる。加えて同巻には、護良が「世に怨みある者」たちを結集し、熊野・大峰・吉野を往来することで勢力を増して幕府の脅威となる様が次のように記される。

大塔の法親王・楠の木の正成などは、なをおなじ心にて、世を傾けんはかりことをのみめぐらすべし。正成は、金剛山千早と言所に、いかめしき城をこしらへて、えもいはず猛き物ども多く籠りにたり。さて大塔の宮の令旨とて、国々のつわ物を語らいとれば、世に怨みある物など、こゝかしこに隠ろへばみてをる限りは、集まりつどひけり。宮は熊野にもおはしましけるが、大峰を伝ひて、吉野にも高野にもおはしまし通ひつゝ、さりぬべきくまぐまにはよく紛れものし給て、たけき御有様をのみあらはし給へば、いとかしこき大将軍にていますべしとて、つき従いきこゆる物、いと多くなり行ければ、六波羅にも東にも、いと安からぬことと、もて騒ぎて、猶かの千早を攻めくづすべしといへば、つは物など上り重なるときこゆ。

また、『増鏡』末尾にあたる第十七「月草の花」では、都入りした護良の威容を「この月比に、御髪おほして、えもいはずきよらなる男になり給へり。唐の赤地の錦の御鎧直垂といふ物奉りて、御馬にてわたり給へば、御供にゆゝしげなる武士どもうち囲みて、御門の御供なりしにも、程々劣るまじかめり」と称える。このように、『太平記』以外の文献から見ても、南北朝期における護良の表象は義経の人生史と十分に重なっていたことが確認でき、歴史叙述において護良が義経と重ねられて描出される必然性が支えられるだろう。

しかし、とすると逆に、『太平記』に詳細に語られるにもかかわらず同時期までの義経主従説話には見えない類似記事をどう考えるのかということが問題になってくる。すなわち、在家の者の病を調伏する説話（③）、吉野の戦と忠臣の身代わり説話（④）、首だけになっても口に刃を含む説話（⑦）である。これらの類似記事の間には、どのような影響関係が働いた（あるいは働かなかった）のだろうか。論理的には、岡見の推測するように、広義の「義経伝説」が既に成立していたと考え、それをもとに『太平記』における護良主従の説話が成立したとみることも可能である。しかし結論からいえば、これらの類似説話のうち特に③と④は、護良主従説話が先に作られ、これをもとにして義経主従の説話が成立していったものと思われる。以下、このことについて検証しよう。

三　『太平記』の護良主従から『義経記』の義経主従へ

まず在家の者の病を調伏する説話からみてゆこう。はじめに確認しておきたいのは、島津前掲論文が「両説話が全く同型である」と一言で断じたように、両者の構成が明確に近似していることである。これをあえて詳述すると次のようになる。すなわち、『太平記』巻第五「大塔宮熊野落事」では、山伏姿の護良主従が十津川に入り「トアル辻堂」で「一二三日ハ過ケリ」と始まる。次に戸野兵衛の女房の病を護良が調伏する場面では、「千手陀羅尼ヲ二三反高ラカニ被遊テ、御念珠ヲ押揉マセ給ケレバ、病者自口走テ、様々ノ事ヲ言ケル、誠ニ明王ノ縛ニ被掛タル体ニテ、足手ヲ縮テ戦キ、五体ニ汗ヲ流シテ、物怪則立去ヌレバ、病者忽ニ平瘉ス」と記される。そしてその返礼として「是ニ御逗留候テ、御足ヲ休メサセ給へ」と隠れ家を得る、という流れになっている。一方の『義経記』巻第七「直江の津にて笈探されし事」では、山伏姿の義経主従が出羽国に入り「田川郡三瀬の薬師堂に着き給ふ。これにて雨降り、水増さりければ、一二三日逗留し給ひけり」と始まる。次に田川太郎の子の「をこり病」を弁慶が調伏する場面は、「判官護身し給へば、弁慶数珠をぞ揉みける。この人々祈り給ひける景気心中の恐しさにや、口走る。帛《はく》静まりければ、悪霊も死霊も立去りぬ。病人すなはち平瘉す」と記される。そしてその返礼として「御祈りの布施とて、鹿毛なる馬に黒鞍置いて参らせけり。砂金百両、国の習ひにて候へばとて、鷲の羽百尻、残る四人の山伏に小袖一重ねづつ」と莫大な布施を得る、という構成になっており、話型と表現類型の面で確かに明白な照応を示している。また、宗教的背景、具体的には熊野信仰に注目すると、両説話においては、その伝承者についても同じ基盤に立っていたことが明らかである。つまり、護良主従説話における熊野別当は「無二武家方」で、親王追討を企てることが描かれるものの、護良一行を熊野から遠ざけ十津川へと導くのは他ならぬ熊野権現の夢告であり、枠組みとしては熊野権現の利生譚の形式を備えている。一方の義経主従説話では、角川前掲論文が指摘するように、(27)「羽黒近き所なれば、しかるべき山伏など招請して祈られけれども、その験もなし」「熊野羽黒とて、いづれも威光は劣らせ給はねども、熊野権現と申すは、今一しほ尊き御事なれば、行者たちもさこそ尊くおはすらめ」と、舞台が羽黒山近辺であるにもかかわらず、熊野山伏を羽黒山伏よりも上に位置付ける記述がある。文脈的にも、北国落の旅程で熊野と同じく天台修験の平泉寺に参詣する一方、真言修験の羽黒山には詣でない。そもそも、この説話をはじめ義経北国落ちの主役は、熊野別当の子、弁慶である。したがってこの説話にも、熊野修験の管理が見て取れるのである。

　こうしてみると、両者が無関係に成立したのではないとの見通しがかなりの確度で立てられよう。では、両者はどのような関係にあるのだろうか。そこで注目したいのが、説話の中心人物、および主題である。『太平記』の当該説話で祈禱を行い法験を示すのは、山伏に身をやつしているものの、元天台座主という仏教界の頂点に位置する護良である。一方『義経記』では、祈禱するのは山伏に身をやつした貴公子義経ではなく、元来山僧の弁慶である。また、『義経記』では義経が「これは秀衡が知行の所にて候へば、定めてこれらも伺候の者にて候らめ。何か苦しく候らん。知らせさせ給へかし」と、田川太郎実房に身分を明かそうと言うが、弁慶は「あはれや殿、親の心を子知らずとて、人の心は知り難し。自然の事あらば、後悔先に立つべからず。君の御下着の後、実房参らぬ事はあらじ。その時の物笑ひのためにも知らすべからず」と諫める。実房は信用できても、その子が裏切ることを案じつつ、後の「物笑ひのため」に身分を明かすまいというのである。さらに、説話の結末をみると、『太平記』では病平癒の返礼として隠れ家を得ることとなるのに対して、『義経記』では莫大な布施を得る。つまり、『太平記』では護良の潜行が主題をなす流離譚であるのに対して、『義経記』当該説話の中心は弁慶の機知と祈禱による芸能成功譚であると読める。とすると、弁慶の芸能譚が元天台座主の祈禱説話に変化したと考えるよりも、逆に権威的な人物の物語が換骨奪胎されたと考える方が、改作の方向性として自然であろう。『義経記』の叙述傾向として下位身分者・助力者が主体化しているという側面があるが(28)、このこととも符合する(29)。

次に、吉野での戦と忠臣の身代わりおよび自害の説話について検証しよう。両者の構成を比較すると、村上義光の身代わりを描く『太平記』巻第七「吉野城軍事」は、まず身代わりの申し出と固辞する護良の説得、次に護良の鎧の授与が描かれる。そして「木戸ノ高櫓ニ上リ」、高所で名乗りをあげて壮絶な自害を遂げる流れとなっている。対して『義経記』にある佐藤忠信の身代わりは、まず巻第五「忠信吉野に止まる事」において、身代わりの申し出と固辞する義経の説得、そして義経の名と鎧の授与、という展開が描かれ、続く「忠信吉野山の合戦の事」では、吉野大衆と戦う忠信の大立ち回りがかなりの紙幅を割いて語られる。その後金峰山寺中に乗り込んだ忠信は、「広縁に立ちて」高所で名乗り、炎の中で自害と見せかける流れとなる。そして密かに京都へ戻った忠信は、しかし六波羅の北条義時に追いつめられ、巻第六「忠信最期の事」において壮絶な自害を遂げる。

二つの説話の類似について島津前掲論文は、「同じく君の御名を冒し、同じく召された鎧を賜ひ、同じく御身替に討死してその隙に後安く君を落し参らせようとする。而も処は同じ吉野の名勝である」と述べ、また自害の場面を比べると「描写叙述の上に於ても両書の関渉をやはり肯定せねばならぬやうである」「両者の文詞は酷似し過ぎてゐはしまいか」という。これもあえて具体的に挙げれば、村上義光の自害が「只今自害スル有様見置テ、汝等ガ武運忽ニ尽テ、腹ヲキランズル時ノ手本ニセヨ」と放言し、「左ノ脇ヨリ右ノソバ腹マデ一文字ニ掻切テ、腸摑デ櫓ノ板ニナゲツケ、太刀ヲ口ニクワヘテ、ウツ伏ニ成テゾ臥タリケル」と描写されるのに対応するように、佐藤忠信の自害は「江馬小四郎殿へ申すべき事は、伊豆、駿河の若党の、殊の外に狼藉に見え候ふを、万事を鎮めて剛の者の腹切る様を御覧ぜよ。東国の方にも主に志あり、椿事中夭にも遭ひ、また敵に首を取られじとて、自害せんずる者の為に、これこそ末代の手本よ。鎌倉殿にも、自害の様をも、最期の言葉も見参に入れて給ひ候へ」と放言すると、「左の脇の下にづばと刺し貫きて、右の方の脇の下へするりと引き廻し、心先に突き貫きて、臍の下まで掻き落とし」「疵の口を摑みて引き開け、拳を握りて腹の中に差し入れて、腸縁の上に散々に摑み落として」も死にきれず、「これもただ余りに判官を恋しと思ひ奉る故に、これまで命は長きかや。これぞ判官の賜びたりし御佩刀、これを形見に見て、黄泉路も心安かれ」として、「抜いて置きたる太刀を取りて、先を口に入れて、膝を押さへて立ち上がりて、手を放ちて俯伏しにがばと倒れけり」と果てる。忠信の記事の方が分量的には遥かに多く、また構成の上でも込み入っているものの、確かによく似た叙述がなされていると言える。舞台設定や構成・表現の類似を思えば、影響関係を見出そうとすることは必要な試みであろう。島津前掲論文は単純に作品の成立年代に基づいて『太平記』から『義経記』への影響を想定しており、結果的にそれは正しいと考えられるが、これを具体的に再検討してゆこう。

まず佐藤忠信の身代わり説話が南北朝期に既に存在していたかどうかが問題となるが、これは本文としては『平家物語』八坂系諸本、および『義経記』以前に確認できない。いずれも室町期以降の成立とみられる作品である。[30]また、謡曲「吉野静」は観阿弥（一三三三～八四）原作とされており、[31]吉野戦を題材とする。とはいえ、この曲における忠信は一人残って衆徒を説得する役割を担うものの、そこに身代わりや自害を演じるという要素は付随していない。したがって、忠信が吉野でひとり残って義経一行を逃がしたという説話自体は南北朝期に既に成立していたようであるが、その時点では『太平記』の村上義光の説話と近似してはいないことになる。とすると、やはり護良主従説話が義経主従説話に影響を与えた蓋然性が高い。

次に『太平記』における身代わり説話の位置について確認しよう。巻第二「師賢登山事付唐崎浜合戦事」には、尹大納言師賢が後醍醐帝の身代わりとなって逃亡を助ける場面があり、これについて同巻「主上臨幸依非実事山門変儀事付紀信事」に漢の高祖を助けた紀信の身代わり説話が語られて「今主上モ懸シ佳例ヲ思召、師賢モ加様ノ忠節ヲ被存ケルニヤ」と意義付けられている。また、紀信の故事は当該場面でも二例あり、一例目は「サレバ紀信ハ詐テ敵ニ降リ、魏豹ハ留テ城ヲ守ル」と熟した形で現れ、二例目はここで問題としている村上義光自身によって「カ丶ル浅猿キ御事ヤ候。漢ノ高祖滎陽ニ囲レシ時、紀信高祖ノ真似ヲシテ楚ヲ欺カント乞シヲバ、高祖是ヲ許シ給ヒ候ハズヤ。是程ニ言甲斐ナキ御所存ニテ、天下ノ大事ヲ思食立ケル事コソウタテケレ。ハヤ其御物具ヲ脱セ給ヒ候へ」と引用されている。こうしてみると、村上義光の身代わり説話は紀信の故事を意識した、『太平記』の特に第一部における類型的な叙述であり、この説話の成立に佐藤忠信の身代わりというモデルは必要ではなかったと言える。

このように、『太平記』に詳細に語られるにもかかわらず同時期までの義経主従説話には見えない類似記事である、在家の者の病を調伏する説話（③）、吉野での戦と忠臣の身代わり説話（④）、首だけになっても口に刃を含む説話（⑦）のうち、少なくとも③と④に関しては、『太平記』から『義経記』へ、という影響関係がうかがえるのである。(32)

おわりに――『義経記』成立論の一助として――

ここまで、護良主従と義経主従にまつわる類似説話について、先行研究を整理した上で、両者の人物表象史を踏まえつつ再検討してきた。最後にまとめと展望を述べて結びとしたい。

まず『太平記』の成立期における義経に関する表象は、既にかなりの部分で護良と近似していたことが認められ、また『太平記』の護良主従は義経主従の表象と混同されながら叙述されていることを指摘した。幕府体制とは質を異にする主従関係に支えられながら流離し、近親者の裏切りにより悲劇的な最期を迎えた貴種として表象されていた義経の主従が、『太平記』における歴史叙述のひとつの枠として参照されたと言える。その背景には、新たな幕府を作った足利尊氏と源氏将軍の起源としての頼朝を重ねる、同時代に広く通用した歴史認識があったと見られる。また『太平記』以外の文献から見ても、南北朝期における護良の表象は義経の人生史と十分に重なっていたことが確認でき、歴史叙述において護良が義経と重ねられて描出される必然性が支えられる。

また逆に、『太平記』に詳細に語られるにもかかわらず同時期までの義経主従説話には見えない類似説話である、在家の者の病を調伏する説話、および吉野での戦と忠臣の身代わり説話の二つを改めて比較・検証した結果、『義経記』における両説話の叙述形成にあたって、『太平記』に描かれた護良主従が参照された可能性の高いことがわかった。つまり、二つの貴種流離譚は、一方が他方に範を与え、また他方が後には逆に一方へとモデルを提供するという形で、相互に影響し合いながら形成されてゆく過程が見えてきたわけである。その両者の関係は、歴史叙述の生成において既存の歴史像が類比的に参照され、またそうして作られた新たな歴史叙述が逆に過去像を変容させてゆく現象の一具体例と言えるだろう。(33)

以上のことが確認されるなら、『義経記』の成立論にひとつの環境的条件を加えることができるだろう。つまり、『義経記』成立の一段階において『太平記』享受者が関与していなければならないという条件である。加美宏の研究を踏まえると、(34)『太平記』の改作を交えて物語創作ができた層は絞られてきそうである。あるいは、『太平記』を愛玩し、「判官物語」や「弁慶物語」を蔵した伏見宮貞成親王(35)の周辺は、『義経記』成立を支えた文化圏として有力になってくるのではないだろうか。『義経記』成立圏の具体的な特定はこれからの課題である。

注

（1）島津久基「『義経記』と『太平記』（補）附『増鏡』」（『義経伝説と文学』明治書院、一九三五年一月）、岡見正雄「大塔宮熊野落ちの事」（岡見正雄・角川源義編『日本古典鑑賞講座　太平記・曽我物語・義経記』角川書店、一九六〇年二月）、角川源義「義経記の成立―「北国落」について―」（『国学院雑誌』六五―二・三、一九六四年二月）。それぞれの論旨については後述する。

（2）島津久基「義経伝説の淵叢としての義経記」（『国語と国文学』三―一〇、一九二六年十月。のち前掲注（1）の島津著書に所収）。用語や語法の特色等多角的検討により、足利義満の晩年から義持・義教の頃までの室町前期と想定する。

（3）高乗勲「永和書写本太平記（零本）について」（『国語国文』二四―九、一九五五年九月）は、永和本の考察から永和元年～三年（一三七五～七七）には少なくとも巻三十二までの『太平記』が存在していたとする。また鈴木登美恵「太平記成立年代の考察―神明鏡の検討から―」（『中世文学』二一、一九七六年十月）は、『神明鏡』の依拠する『太平記』本文の検討から、『神明鏡』が成立した後円融天皇在位の応安四年～永徳二年（一三七一～八二）には現存本に近い『太平記』が成立していたとする。

（4）久米邦武「太平記は史学に益なし」（『史学会雑誌』一七～一八・二〇～二一、一八九一年四～五・七～八月）。

（5）山内二郎「勧進帳の由来」（佐々醒雪［政一］編『俗曲評釈第一篇　江戸長唄』忠文舎、一九〇八年七月）。

（6）前掲注（1）の島津論文。

（7）前掲注（1）の岡見論文、および岡見正雄『太平記（一）』（角川書店、一九七五年十二月）における巻第五「大塔宮熊野落事」の補注。

（8）前掲注（1）の角川論文。

（9）中西達治「大塔宮の熊野落ちと吉野合戦を巡って―太平記の表現構造―」（『太平記の論』おうふう、一九九七年十月。初出一九九五年三月）。

(10) 本文は日本古典文学大系『太平記』（岩波書店）に拠り、諸本異同は必要に応じて言及する。

(11) 本文は田中本を底本とする新編日本古典文学全集『義経記』（小学館）に拠る。ただし、後に引用する巻第七の本文については田中本に省略が多いため、古態とされる橋本の影印（『判官物語』古典研究会）を参照し、適宜表記を改めた。

(12) 佐藤進一『南北朝の内乱』（中央公論社、一九六五年十月）。

(13) 「其時正成庭前ナル鞠ノ懸ノ柳ノ梢ニ、近々ト降テ申ケルハ、「正成ガ相伴人々ニハ、先後醍醐天皇・兵部卿親王・新田左中将義貞・平馬助忠政・九郎大夫判官義経・能登守教経、正成ヲ加ヘテ七人也。其外泛々ノ輩、計ルニ不遑。」トゾ語ケル」。また、巻第二十五「宮方怨霊会六本杉事付医師評定事」では世を乱そうとする天狗の会合の中心に護良が描かれ、巻二十七「雲景未来記事」でも、天狗と化した怨霊の集会に護良の姿が記される。

(14) 五味文彦『増補吾妻鏡の方法　事実と神話にみる中世』（吉川弘文館、二〇〇〇年十一月）。

(15) なお、『太平記』との前後関係は微妙であるが、学習院本『平治物語』下や『源平盛衰記』巻四十六にも鞍馬寺での武芸の記述がある。ただし天狗に兵法を授かったとは書かれず、単に稚児や若者と集まって武勇を好んだとあるのみだが、打ち物と飛翔の能力が明記される点は護良の武芸修行の記事と共通する。

(16) ただし延慶本・四部本・屋代本等にはない。

(17) 本文は新訂増補国史大系『吾妻鏡』（吉川弘文館）に拠り、後筆による訓点の類は省略した。

(18) 本文は図書寮叢刊『九条家本玉葉』（明治書院）に拠る。

(19) 「永福寺之堂修理事。（中略）当寺者。右大将軍。文治五年討取伊予守義顕。又入奥州征伐藤原泰衡。令帰鎌倉給之後。陸奥出羽両国可令知行之由。被蒙　勅裁。是依為泰衡管領跡也。而今廻関長東《ママ》久遠慮給之余。欲宥怨霊。云義顕云泰衡。非指朝敵。只以私宿意誅亡之故也」とある。

(20) 玄玖本・西源院本の同じ記事にもみられる（神田本は欠巻）。ところが神宮徴古館本では、「片岡八郎」はあるが「武蔵房」がない。これは『太平記』において後に片岡八郎の活躍と討死が語られることと密接に関わっているだろう。しかし神宮徴古館本が「武蔵房」を削った本文であるのか、「武蔵房」がないのが古い本文であるのかは不明。

(21) 高岸輝「合戦絵と「源氏将軍神話」の創出」(『室町王権と絵画―初期土佐派研究―』京都大学学術出版会、二〇〇四年二月。初出一九九九年十一月)。

(22) 市沢哲「『梅松論』における建武三年足利尊氏西走の位置―もうひとつの多々良浜合戦・湊川合戦―」(『神戸大学史学年報』一六、二〇〇一年五月)。

(23) ただし、『太平記』の護良記事には、義経を引き合いに出して類比する記述がない。したがって両者の類比は意図的な歴史叙述の構想によってではなく、無意識的な混同によって行われたと考えられる。それが『太平記』成立のどの段階における混同であったかについては本章の追究するところではないため、後考を期したい。

(24) 本文は日本古典文学大系『神皇正統記　増鏡』(岩波書店)に拠る。

(25) 本文は群書類従に拠る。

(26) 注(24)に同じ。

(27) 「切目ノ王子ニ着給フ。(中略)終夜ノ礼拝ニ御窮屈有ケレバ、御肱ヲ曲テ枕トシテ暫御目睡在ケル御夢ニ、鬟結タル童子一人来テ、「熊野三山ノ間ハ尚モ人ノ心不和ニシテ大儀成難シ。是ヨリ十津川ノ方へ御渡候テ時ノ至ンヲ御待候ヘカシ。両所権現ヨリ案内者ニ被付進テ候ヘバ御道指南可仕候。」ト申スト被御覧御夢ハ則覚ニケリ。是権現ノ御告也ケリト憑敷被思召ケレバ、未明ニ御悦ノ奉弊ヲ捧ゲ、頓テ十津河ヲ尋テゾ分入ラセ給ケル」とある。

(28) 本書第六章。

(29) さらに想像をたくましくして、説話の舞台となる土地に注目すると、『太平記』で護良を匿った戸野兵衛の次の発言は示唆的である。

角テ十余日ヲ過サセ給ケルニ、或夜家主ノ兵衛尉、客殿ニ出テ薪ナドセサセ、四方山ノ物語共シケル次ニ申ケルハ、「旁ハ定テ聞及バセ給タル事モ候覧。誠ヤラン、大塔宮、京都ヲ落サセ給テ、熊野ノ方へ趣セ給候ケンナル。三山ノ別当定遍僧都ハ無二武家方ニテ候ヘバ、熊野辺ニ御忍アラン事ハ難成覚候。哀此里へ御入候ヘカシ。所コソ分内ハ狭ク候ヘ共、四方皆嶮岨ニテ十里廾里ガ中ヘハ鳥モ翔リ難キ所ニテ候。其上人ノ心不偽、弓矢ヲ取事世ニ超タリ。サレバ平家ノ嫡孫惟盛ト申ケル人モ、我等ガ先祖ヲ憑テ此所ニ隠レ、遂ニ源氏ノ世ニ無恙候ケルトコソ承候へ」。

護良が流離した吉野・十津川という土地は、平維盛を匿った記憶を蔵していたのである。とすると、吉野周辺に伝わっていた〈山伏に身をやつした貴人の来訪・歓待〉という話型が〈在家の者の病調伏〉という要素を伴って護良説話となり、熊野修験により運搬されて出羽国の弁慶説話になった、という説話の展開を推測することも可能である。

(30) なお、延慶本『平家物語』には「サテ判官ヲバ吉野法師押寄テ打ムトシケルヲ、左藤四郎兵衛忠信ト申者戦ヒテ、判官ヲバ」との記述があるが、本文がここで途切れている。この中絶本文が室町期以降の後補であるとみられることは、本書第五章に論じた。

(31) 『風姿花伝』（応永七年［一四〇〇］成立、同二十五年［一四一八］改訂）や『申楽談儀』（永享二年［一四三〇］奥書）に、観阿弥が「静が舞の能」で評判を得たことが記されており、これが「吉野静」の原作と推測されている。

(32) 残る護良親王の生首が口に刃を含む説話（⑦）と義経の含状説話の類似に関しては、これらの説話ほど明瞭なことが言えない。そもそも、『太平記』にある⑦の説話は、その直後に引用される、いわゆる眉間尺説話をモデルに成立したものと思われる。眉間尺説話自体は『法苑珠林』『捜神記』や陽明文庫本『孝子伝』、および『今昔物語集』『宝物集』などにもあり、広く流布したようである。一方、義経の含状説話は、幸若舞曲『含状』を遡れない。『義経記』諸本では赤木文庫本『義経物語』に書かれるが、これは『義経記』成立後に幸若舞曲の詞章を取り込んで増補された部分であることが明らかになっている（村上学「義経記諸本の位置づけ」『赤木文庫本義経物語』角川書店、一九七四年三月）。ただし、その舞曲『含状』の元となった説話がいつ成立したものか、全くの不明である。したがって、含状説話が護良の最期に影響したと想定するには、含状説話の成立を『太平記』以前に遡らせる必要がある。逆に、護良の最期がモデルとなって含状説話が成立したと考えることは可能であるが、両者が眉間尺説話から別々に影響を受けたと考えることも同様に可能である。そのため、この説話の類似に関しては、今のところ影響関係を論じることができない。

(33) さらに言えば、正当性を有しながらも社会的劣位に置かれた貴種に対してアウトローが心を寄せる「判官贔屓」の発生に、南北朝期の護良像との相互作用があった可能性も指摘できる。当時の武家方に対する宮方の位置はまさに「贔屓」の対象となっただろう。動乱期の京都において護良への同情的な言説がはばかられ、仮託的に義経の流離譚が語られて同情を集めたとすれば、そこに『義経記』の原型が生まれたとも考えられる。

（34）加美宏「『太平記』の享受—中世享受史の展望—」（『太平記享受史論考』桜楓社、一九八五年五月。初出一九八〇年六月）。「中世期における『太平記』伝本の大部分は、天皇などの上層貴族・大社寺・上層武家といった、いわば当時の支配層にあたる、かなり限定された世界に保管され相伝されていた」。とはいえ、「いわゆる物語僧・談義僧が、比較的多数の聴衆を相手に『太平記』を読んだケース」もあり、その「聴衆も、必ずしも貴族や僧侶に限定されず、町衆などの一般大衆も交えて想定するのが自然であろう」「いわば話芸・舌耕芸の専業者に近い談義僧・物語僧の『太平記』読みは、単なる朗読ではなく、多少とも抑揚や身ぶりなども伴った魅力的な読み口を持っていたと想像され、この期における『太平記』の流布と享受に果たした役割は小さくなかったと察せられる」。しかしその記録は平曲に比してあまりに少なく、「この期の談義僧・物語僧による『太平記』読みの活動が、実はそれほど盛んではなかったことを示すものと解するほかはない」「『太平記』は必ずしも物語僧の主要レパートリーではなく、実は物語・連歌・狂言といった多くの持ち芸の一つにすぎない場合が多かった」という。

（35）『看聞日記』紙背文書のうち「応永二十七年十一月十三日、取目録畢」とある「諸物語目録」に「九郎判官物語一巻」が見え、永享六年（一四三四）十一月六日条には「武蔵坊弁慶物語二巻」を内裏に献じたとある。さらに永享十年（一四三八）六月八日条には「九郎判官義経奥州泰衡等被討伐絵十巻」を室町殿足利義教から賜ったとの記事もある（引用は図書寮叢刊『看聞日記』（明治書院）に拠る）。

Ⅲ　義経的想像力の系譜

第八章　源義経の表象史と「判官贔屓」

はじめに

前章まで、『義経記』に描かれた義経とその助力者達について検討してきた。それでは、平安末期から室町期に及ぶ中世という時代を通してみたときに、義経はどのようにイメージされ、またどのように表現されてきたのだろうか。本章では、義経を描く諸文献を通時代的に点検することで、義経表象史のより体系的な整理を行い、その中における『義経記』の位置付けと文学史的意義について考察したい。それは、近世を経て近現代に至るまで人気を博し続けてきた義経の表象に『義経記』を対置することによる、義経像の系譜学的相対化にもなるだろう。こうした追究の先に、不遇ながらも本来的な正当性を帯び社会体制から逸脱する「義経的なるもの」に対して、人々が何を期待し、またどのような社会的機能を担わせてきたのかという、普遍性を帯びた問題へのひとつの視角を提供することとなれば幸いである。

一　中世の義経観

一―一　南北朝期以前の義経観

後白河院の皇子である守覚法親王は、『左記』の中で次のように記している。[1]

ここにいささか思ふ所あるにより、ひそかに義経を招き、合戦・軍の旨を記す。かの源廷尉はただの勇士にあらざるなり。張良の三略・陳平の六奇、その芸を携へその道を得る者か。

すなわち、義経に興味を抱いた守覚はひそかに彼を招き戦争の様を聞いた。その感想として、義経はただの勇士ではなく、武芸の道を極めた者であると賞讃しているのである。一ノ谷に陣を構えた平氏勢力を追い落とし、屋島・壇ノ浦の遠征でも電光石火の攻略を見せた義経は、このように在世の当時から、特別な能力を備えた勇士として世人の注目を集めていた。

また、義経が京都にいた頃右大臣として政務に携わっていた九条兼実は、その日記『玉葉』において義経に対し好意的な評言を加えている。たとえば、義経が木曽義仲をやぶり初めて入京した際、それまで義仲の粗暴さに辟易していた兼実は、義経の振る舞いを「一切狼藉なし。最も冥加なり」と記し言祝いでいる。[2] また平家鎮定後の不安定な政治情勢の中で孤立した義経が自ら出京することを余儀なくされた際にも、不要な人々を巻き込まなかった義経に対して「義経らの所行、実に以て義士と謂ふべきか」と評価している。[3] さらに、西国へと逃れた義経が官軍に討ち取られたとの噂を聞いた際には、「義経大功をなすことその詮なしと雖も、武勇と仁義とにおいては、後代の佳名をのこす者か。歎美すべし歎美すべし」と同情的な記述を残している。[4] このように兼実が義経を好意的に評価した背景には、義経が京都において果たした治安回復・維持の功績に対する評価があっただろう。もちろん、大義名分を重んじる兼実はこの記事の直後に、義経が父子の儀を結んでいた頼朝と敵対したことを「大逆罪」と指弾することも忘れていない。その後も義経はあくまで朝敵として記されている。

ある人物が在世時に複数の異なった評価を受けることは当然のことでもある。しかし、『左記』と『玉葉』からは、義経の突出した軍事的功績および仁義にかなった振る舞いに対して、一種の畏怖とともに賞讃の眼差しが向けられていたことが読み取れよう。このような突出した人物としての義経に対する表裏一体の視線は、鎌倉期に入って当時を回顧・意味付けした文学作品である『平家物語』の中にも文芸的修飾をなされた形で現れている。

十三世紀半ばに成立し中世を通してさかんに享受された『平家物語』の中で、義経は、彗星のごとく現れて義仲を迅速に退け、一ノ谷合戦における坂落としや屋島合戦における徹夜の行軍など超人的な活躍を見せながら壇ノ浦で平家を滅ぼす。まさに神憑り的な勇士であると言える。しかしその猛進の過程で御家人等との軋轢が生じ、四国渡海の際には船を後退させるための逆櫓を付けるべきか否かで梶原景時と決定的に衝突する。結果的に逆櫓も付けずに暴風の中での行軍を強行した義経が手柄を総なめにするわけだが、その独断的自律性が梶原を通して頼朝に恐れられ、「オソロシキ者」と称されて敵視されることとなる。しかしその一方で、捕虜となった女房達や宗盛父子等、敗者に対して深い情けをかける態度が何度も描かれ、「情深キ人」として好意的に表現されるのである。(5)『平家物語』に描かれた義経像に関しては既に多くの研究が蓄積されているため、(6)具体的な本文の分析についてはそちらに委ねるが、こうした二面性を分析のベースとしている点は各論者に共通する。また、諸本間にも大幅な相違は見られない。

南北朝期に入り十四世紀半ばに成立したと考えられる歴史書『保暦間記』にも、基本的には『平家物語』と同様の義経像が記されている。(7)ただし、この書には義経が都を落ち吉野に逃れて以後のことも描かれる。すなわち、「義経ハ吉野ノ奥又奈良辺ニ忍デ有ケルカ、京都へ入テンケリ。文治二年春ノ末ニ、北陸道ニ懸テ奥州へ下向シ、秀衡ヲ頼デ明シ暮シケル。文治四年ノ比陸奥守藤原秀衡入道死ケリ。頼朝申サレケルハ、此入道既ニ死シヌ。義経・秀衡カ子泰衡打事ハ可安トテ、種々ノ計略ヲ廻テ、文治五年四月晦日ニ泰衡ニ仰テ義経ヲ打玉ヒヌ。頼朝悦テ今ハ何事カ有ルヘキトテ、時日ヲ不可移トテ、同七月十九日頼朝鎌倉ヲ立テ奥州へ発向ス」として、義経の死からいわゆる奥州合戦へと接続する。そして頼朝が奥州藤原氏を滅ぼすと、「頼朝若シテ平家ヲ滅シ、十善帝王ヲ海中ニ沈メ奉リ、親疎多ノ人ヲ失事此怨霊コソ怖シケレ」と、多くの犠牲者を生み出した頼朝への怨霊の祟りに対する懸念が書き込まれることとなる。『保暦間記』はこうした政治的敗者への同情・怨霊への畏怖を描くが、その一環として義経も怨霊となり、頼朝に祟ったことが記される。すなわち建久九年（一一九八）のこととして、「同冬大将殿相模河ノ橋供養ニ出テ還ラセ玉ヒケルニ、八的カ原ト云処ニテ、亡サレシ源氏、義広・義経・行家已下ノ人々現シテ、頼朝ニ目ヲ見合ケリ」と描く。これを通り過ぎた頼朝は次に安徳帝の怨霊とも出くわし、「其後鎌倉へ入玉ヒテ則病著玉ヒケリ。次年正月〈正治元年〉十三日終ニ失給。五十三ニソ成玉フ。是ヲ老死ト云ベカラス。偏ニ平家ノ怨霊也。多ノ人ヲ失ヒ給シ故トソ申ケル」とされるのである。

このように『保暦間記』の義経表象には、武勇に長け仁義に篤い人物像以外にも、怨霊として畏怖される側面も見られる。これは義経が武人として突出した能力を持っていたためのみならず、義経が政治的敗者あるいは幕府確立の犠牲者であったことに大きく起因しよう。『保暦間記』における義経の死は、幕府確立の総仕上げとも言える戦争であった奥州合戦[8]に接続する文脈上に語られていたが、義経の怨霊への畏怖はこうした政治的犠牲者としての死に方と密接に関わっている。事実、『吾妻鏡』宝治二年（一二四八）二月五日条には永福寺に修理を加えることを記し、「当寺は、右大将軍、文治五年伊予守義顕を討ち取り、又奥州に入り藤原泰衡を征伐す。鎌倉に帰らしめ給ふの後、陸奥・出羽両国を知行せしむべきの由、勅裁を蒙らる。是、泰衡管領の跡たるによるなり。しかるに今関東長久の遠慮を廻らせ給ふの余り、怨霊を宥面と欲す。義顕といひ泰衡といひ、さしたる朝敵にあらず。只私の宿意を以て誅ち亡ぼすの故なり」とある。[9] すなわち、義経と泰衡がともに朝敵としてではなく頼朝の「宿意」によって誅されたために怨霊として慰撫されていたことが記されているのであり、両者の討伐が幕府の奥州支配を導いたことを述べている。また、『吾妻鏡』のこの記事を当時の資料を素材としたものと見るならば、こうした義経観は宝治の頃には（あるいは永福寺再建の際に）成立していたことが読み取れる。

また、幕府確立の犠牲者としての義経表象は、一三五〇年代にも確認される。すなわち、北朝で関白氏長者まで上った近衛道嗣の日記『愚管記』延文四年（一三五九）五月十五日条には、幕府から密かに「鎌倉右幕下征伐泰衡之絵」が届けられたとの記事がある。[10] 谷村知子はこの絵巻について、[11] 高岸輝の研究を参照しつつ、[12]「一三五〇年代まだ不安定な室町幕府のもと、三宝院賢俊の企画によって足利氏がその政治的意図において、つまり頼朝の奥州征伐を源氏政権の象徴ととらえ、それを自らの権威の象徴として取り込んだ足利氏がこの絵巻を制作した」「義経の衣川での最期を語る部分が先にあり、続いて頼朝の奥州泰衡の討伐を描く絵巻であった」とまとめている。というのも、同じものらしき絵巻が『康富記』嘉吉二年（一四四二）十二月三日条に「文治頼朝幕下被責奥州泰衡御絵十巻有之」と出るが、[13] この日記の記者中原康富が侍読として近侍した貞常親王の父貞成親王の『看聞日記』永享十年（一四三八）六月八日条には同じ絵巻と考えられる「九郎判官奥州泰衡等被討伐絵十巻」を室町殿足利義教から賜ったとの記事がみられるからである。[14] 一三五〇年代に足利幕府を安定化させる神話的機能を帯びた物語として、政治的意図により、鎌倉幕府確立を言祝ぐ文脈における犠牲者としての義経を描いた絵巻が作成されたわけである。

また、『保暦間記』や『吾妻鏡』に見られた怨霊として畏怖される義経像は、『太平記』第二十四巻「正成為天狗乞剣事」にも見られる。すなわち、大森彦七を襲った楠正成の亡霊が伴っていた、世を乱す「修羅之眷属」の中に、「九郎大夫判官義経」も出ているのである。[15] 同じく「正成ガ相伴人々」は義経以外に後醍醐天皇・護良親王・新田義貞・平忠正・平教経という面々であり、いずれも政治的敗者となったために怨霊化した人物であることがわかる。

こうした顔ぶれに名を連ねるのに相応しい人物として、義経も表象されていたのである。

ここまで、平安末期から南北朝末期に及ぶ義経表象史を簡略ながら跡付けてきた。すなわち、突出した武勇が鎌倉期まで一方では恐れられ、一方では賞讃された。そして賞讃の眼差しの延長上には、仁義に篤く情け深い義経像も一般化していった。また鎌倉中期以降には、幕府確立の犠牲者として義経の怨霊化を畏怖する表象も広がった。しかしいずれにせよ、この時期までの義経像は、政治的人脈に根差して活動する存在として認知されていたと言える。義経の武勇は政治の延長たる戦争の中で発揮されたものであったし、その仁義も京都の貴族社会に対する配慮や政治的敗者に対する情けとして表象されていた。また、義経が怨霊として畏怖されたのも、あくまで政治的敗者あるいは犠牲者としてであった。

ところが、室町期以後になると、この点に大きな変化が見られるようになる。また同様のことは義経自身のみならず義経の周辺人物に関しても指摘できる。たとえば幼少の義経が鞍馬寺から奥州平泉へ潜行する際の助力者や、義経の忠臣として名高い伊勢三郎は、室町期以前には政治的人脈に根差した人物として表象されていた。それが室町期以後の、謡曲・幸若舞曲および『義経記』においては、アウトロー的世界に生きる下位身分者として表象されるようになってゆくのである。[16] ともあれ、次にはひとまず室町期における義経像の変容について説明したい。

一―二　室町期以後の義経観

謡曲・舞曲・御伽草子といった新しいジャンルの芸能や文学作品群の中に、義経にまつわる物語を題材としたいわゆる「判官物」が多く作られるのは、室町期以降のことである。ただし、この時期の作品群は成立年代の確定できないものが多く、漠然と室町期のものとして捉えられる場合が多い。『義経記』が成立したのもおそらくは室町期前半であろうとされているが、[17] 明確なことは言えない。したがって、この時期における義経表象の総体を時間軸に沿って配列・分析することは不可能である。とはいえ、『看聞日記』の記事から、少なくとも一四二〇〜三〇年代には既に多様な「判官物」の享受がなされたことがわかる。

同日記応永二十七年（一四二〇）正月十一日条には「松拍参る。〈地下殿原〉。種々の風流。〈九郎判官奥州下向の体〉。」と見える。[18]正月の恒例行事となっていた、地下殿原つまり御所侍らによる松拍の記事である。その際、意匠を凝らした仮装や作り物の行列すなわち風流が行われており、この日は「九郎判官奥州下向の体」がかたどられていたことが記されている。また同年の資料として、『看聞日記』紙背文書のうち「応永二十七年十一月十三日、目録を取り畢んぬ」とある「諸物語目録」に「九郎判官物語一巻」が見えており、義経に関する物語が貴賤上下に広く共有されていたことが窺える。さらに永享六年（一四三四）十一月六日条には「武蔵坊弁慶物語二巻これを献ず」とあり、義経の周辺人物たる弁慶の物語が既に二巻の書物として成長をとげていたことがわかる。また永享九年（一四三七）七月十九日条に「内裏の御灯炉」として「清水の風情。牛若弁慶切り合ひの風情なり」とある。これは盂蘭盆の趣向を凝らした灯炉を内裏に見に行った際の記事であり、清水寺における義経と弁慶の対決をかたどったものがあったというのである。永享十年（一四三八）六月八日条には「九郎判官・奥州泰衡等討伐せらるる絵十巻」を室町殿足利義教から賜ったとの記事があることは既に述べたが、義経に関する物語は、少年時代のものからその死の有様まで、かなりのバリエーションをもって流布していたとみえる。

それでは、室町期の義経は具体的にはどのように表象されたのであろうか。先述の通り室町期には複数の芸能・文学作品の中で多様な「判官物」が生まれた。[19]ここでは、それら義経にまつわる作品群に描かれた諸説話を、義経の造型によって四つのグループに分類したい。すなわち、①恐ろしき勇士②特殊な武芸を身につけた貴公子③色好みの貴公子④哀れな貴公子という四分類である。順に説明してゆこう。

まず①恐ろしき勇士として義経を描くグループであるが、たとえば死後も修羅となって戦い続ける義経像（謡曲

「八島」）や、鎌倉にもたらされた義経の首が恨みを綴った手紙を口に含んでいたという含状説話（『義経物語』・幸若舞曲「含状」）、義経の亡霊が頼朝をとり殺したという説話（御伽草子『さがみ川』）などは、南北朝期までの義経観の延長上にあると言えよう。これが、義経が五条橋で辻斬りを行ったという説話や（御伽草子『橋弁慶』）、鞍馬から奥州へ下る道中で屈強な強盗を退治したという説話となると（学習院本『平治物語』・『義経記』・謡曲「熊坂」・幸若舞曲「烏帽子折」）、義経少年時代の物語としての展開を遂げている。また、鞍馬寺において夜な夜な一人で武芸修行を行ったという説話（学習院本『平治物語』・『義経記』）もこのグループに含まれよう。

しかし、鞍馬での修行譚には②特殊な武芸を身につけた貴公子として義経を描くグループに含むべきものもある。それが、天狗により兵法を伝授されたという説話である（『太平記』・謡曲「鞍馬天狗」・幸若舞曲「未来記」・御伽草子『天狗内裏』）。また、義経が特殊な武芸を身につけたとの説話は、鬼の秘蔵していた兵法を獲得する説話（御伽草子『御曹子島渡』）、陰陽師鬼一法眼の秘蔵していた兵法を獲得する説話等（『義経記』・御伽草子『判官都ばなし』・同『皆鶴』）、様々な展開を見せている。こうした異界あるいは制外の世界に接触することで義経が特殊な力を得たとの理解は、①の義経像の理由付けであると同時に、義経の能力と功績に対する理解が政治的文脈から遊離してゆく一局面と考えることができる。小兵の貴公子義経がその特殊な武芸を駆使して異形の制外者弁慶を翻弄し従えるという説話も（『義経記』・謡曲「橋弁慶」・御伽草子『自剃弁慶』・同『橋弁慶』・同『弁慶物語』）、こうした理解と表裏の関係にあるだろう。

ところで、義経の兵法獲得譚には多くの場合、義経と恋愛関係となる女房の助力という要素が付随する（『義経記』・御伽草子『御曹子島渡』・同『判官都ばなし』・同『皆鶴』）。ここに単なる武人的貴公子としてではなく、③色好みの貴公子としての義経表象を見出すことができる。ただし兵法獲得譚に付随する恋愛譚では、義経の目的はあくまで兵法獲得にある。[20]それが達せられると女房は用無しとなり、義経は無情にも彼女らを捨て置き、去って行ってしまうのである。しかし野中直恵が明らかにしているように、兵法獲得譚はその展開の中で武芸譚から恋愛譚へとウェイトを移してゆく。(21)そしてやがて、こうしたゆきずりの恋愛に対して執着し悲しみを抱く義経像が生まれてくる。たとえば都落ちした義経が愛妾静を伴い、冬の吉野山中に捨て置いたことは『吾妻鏡』にも記されているが、『義経記』ではその別れ際における義経の悲しみが蕩々と述べられている。さらに、浄瑠璃御前との悲恋譚（『浄瑠璃十二段草紙』）に至ると、少年時代の義経が完全に弱々しい貴公子と化している。ここまで来れば、④哀れな貴公子として義経を描く説話のグループにも含めてよかろう。

④のグループには他にも、金売り吉次に従者として使役されながら奥州へ向かう最中、青墓の宿で遊女の長者に目を掛けられる説話がある（謡曲「烏帽子折」・幸若舞曲「烏帽子折」）。また、都落ち以後奥州へ潜行する最中、危機に直面してもなすすべなく、ひたすら弁慶に護られる義経像を描く説話群が挙げられる（『義経記』・謡曲「船弁慶」・同「安宅」・幸若舞曲「四国落」・同「富樫」・同「笈捜し」・『義経奥州落絵詞』）。

ところで、④のグループに含めた浄瑠璃御前の物語や弁慶が活躍する義経北国落ち説話群はもはや、義経を主人公とした物語というよりも、義経の助力者に焦点を当てた物語であると言える。つまり、哀れな貴公子として義経の主体性が後退し、助力者たちの活躍譚が自律化・主題化しているのである。そして、その助力者たちは皆、政治的文脈から距離のある下位身分の人々あるいは制外者たちであった。兵法獲得譚においてはあくまで名脇役に留まっていた彼等が、義経に替わって主体性を獲得し、縦横に活躍の場を得てゆく。この点が、室町期の義経にまつわる物語と南北朝期までのそれとの決定的な相違であると言えよう。

ここまで、室町期の義経表象を四つのグループに分類してきた。しかし先述した通り、室町期の義経表象を時間軸に沿って述べることはできない。とはいえ、あくまで試論的な仮説にしかすぎないが、これら四つの義経像は、緩やかに連関しながら展開してきた義経像の四つの相であるようにも思われる。すなわち、南北朝期までの義経像の延長上に表象された①恐ろしき勇士は、兵法獲得譚の中で②特殊な武芸を身につけた貴公子となり、政治的文脈から遊離してゆく。そして②の義経像が併せ持っていた③色好みの貴公子という側面が、悲恋譚の回路を通して肥大化し、④哀れな貴公子となっていった、という展開の過程である。ただしこれは上書きの変化ではなく多様化であり、近世に至るまで複数の義経観が併存していたことは言うまでもない。

一―三　『義経記』の位置

ともあれ、室町期以後の新しい義経表象には二つの特徴が指摘できる。ひとつは、義経が下位身分者あるいは制外者たちの世界に生きる人物として描かれ、政治的文脈から遊離するという特徴であり、もうひとつは、哀れな貴公子として義経の主体性が後退し、助力者らの活躍が主題化してゆくという特徴である[22]。そしてこれら二つの特徴を非常によく備えた義経像を描くのが、室町期の代表的な義経関係作品たる『義経記』である。

本書でこれまで度々論じてきた通り、『義経記』は義経の一代記の様式をとりながら、逃亡・潜行する義経を助ける下位身分者たちの活躍を主題的に描く作品である[23]。これは、室町期の物語にみられる、主人公が英雄からその忠臣およびさらに末端の従者へと移行する現象と対応しているとも考えられる[24]。そしてその背景には、下位身分の人々が文化的表層に浮上してくる時代状況があっただろう。つまり室町期には、経済的な実力を貯えた下位身分の人々の存在感が、芸能や文学の担い手としても格段に増しており、〈義経の助力者の物語〉群（金売り吉次、伊勢三郎、弁慶等）にも彼等の口吻を読み取ることができるのである。

しかし、流離する貴種を下位身分の助力者が支える構造は、やはり義経にまつわる物語において最も闊達に再生産され得た必然性も指摘できる。端的に言うならば、義経は権威性と制外性を併せ持つため、下位身分に属する人々が権威的な文脈に自らを接続しようとするときに媒介役を果たす装置として喚起されたのである。たとえば

『義経記』においては、助力者達の物語は義経を君主として戴くことではじめて成り立っている。しかしその一方で、助力者の過剰な主体性が義経の権威性を揺るがす叙述が各所に見られる。このように、『義経記』に代表される室町期における義経主従の物語には、庇護される余地のある貴種に味方することで助力者の物語が価値を与えられる／助力者の物語が自律化することで貴種が主体性を失うという、義経と助力者たちとの逆説的な相依構造を指摘できる。また、義経が下位身分者の世界に取り込まれることは、逆に義経の権威性が固定化されてゆくことにもつながったものと思われる。

こうした相互依存構造は、義経が在世時より内包していた二面性と系譜的に連関していよう。すなわち、武士社会・貴族社会において活躍した貴公子としての側面と、それら歴史の表舞台から逸脱し裏社会に生きた制外者としての側面という二面性である。また、義経が京都の警察である検非違使の「判官」を担ったことも、後の義経表象に影を落としているという見方もできよう。というのも、検非違使は天皇王権の中心都市である京都において、王権の外部たる制外者の世界に直接交渉することで実体的・象徴的秩序を維持する役目、つまり王権と制外者との媒介役とも言える役割を果たしていたからである[25]。社会的劣位者への同情・肩入れを義経への共感に引きつけて表現された言葉が「判官贔屓」という諺となったことも、判官という言葉の持つ社会的意味と無関係ではなかったものと思われる。そして、判官義経が備えていた権威的文脈と下位身分者とをつなぐ回路としての役割は、後に述べるような、近代における義経観の画一化と「判官贔屓」の「国民感情」化を導く要因ともなっただろう。

二　近世の義経観と「判官贔屓」

二—一　近世の義経観

ここまで、中世における義経表象をたどってきた。少なくとも室町時代までは、武勇と仁義に優れた勇士としての義経像以外にも、怨霊や修羅となり世を乱す義経や色好みの非情な貴公子といった表象もみられ、義経像はかなりの多様性を持っていたことが確認されただろう。こうした多様な義経観は、近世においても脈々と受け継がれていたことが指摘できる。

義経の突出した武勇と「情深キ人」としての側面を描く『平家物語』が近世にも広く享受されたことは言うまでもないが、『太平記』や『義経記』もまた、近世においても確実に享受されていた。現存する版本の刊記から見れば、両書共に、主には一七〇〇年代前半まで盛んに刊行されていたことが推測できる。刊記の最も新しいものでは、『義経記』は宝永五年（一七〇八）版が十本、『太平記』は嘉永元年（一八四八）版が一本現存している。[26]また、大坂本屋仲間記録を繙くと、文化九年（一八一二）改正「板木総目録株帳」には『義経記』『太平記』ともに記載があり、[27]近世後期まで板木（刊記）を改めずに版行が重ねられた可能性は十分に想定できる。加えて、同じ資料によると、「義経記」には「同絵入」「義経記仮名」といったバリエーションが列挙されている。また、「同大全」（＝『義経記大全』）の名も確認できるが、これは『義経記』全文を載せる注釈書である。このように『太平記』や『義経記』が近世にも享受されていた以上、そこに描かれる義経表象は、この頃にも受け継がれていたはずである。そしてそのことは、他の材料からも裏付けることができる。

延宝四年（一六七六）刊の俳諧付合語辞典である『俳諧類舩集』では、「銜《ふくむ》」の項で「義経の状」が付合語として挙げられている。[28]同書には他にも、「名の立」の項の説明文に「女院は義経と同船せられし」との記述があり、「修羅」の項の説明文には「義経の幽霊も修羅道の有さまあらハすとうたへり」とある。俳諧の場で用いられる観念は参加者にある程度共有されなければならないが、義経の含状説話、建礼門院との醜聞、修羅となった義経のイメージが、そのような場で用いるのに適切な観念として記載されているわけである。

なお、近世の義経表象を考察するならば、浄瑠璃や歌舞伎といった舞台芸能における「判官物」について検討することが必要でありまた本道でもあろうと思われる。しかし、これについては現在の所は論じるだけの用意が整っていないため、今後の作業課題としたい。ここではひとまず、中世から近世に至るまで多様な義経表象が保存され続けていたことを確認した上で、少し違った観点から近世の義経観を探ってゆく。

近世において様々な形で人口に膾炙した義経が、いかに人々に好まれたかということを示す象徴的な言葉がある。「判官贔屓」である。[29]近世初期から文献に現れるこの言葉は、劣勢に立たされた者に対して同情し、応援する態度を表すものである。たとえば『日本国語大辞典』の「判官贔屓」の項には以下のように記されている。[30]

> （薄幸の九郎判官源義経に同情し愛惜する意から）不遇な者、弱い者に同情し肩を持つこと。また、その感情。

弱者への同情・応援の意味であり、現在における「判官贔屓」の一般的な意味を表す穏当な記述であると言える。また、こうした態度・感情は、しばしば日本人の国民性と結びつけられる。たとえば高橋富雄は、[31]「「判官贔屓」として、現在理解されているところを要約すると、それは、正しくてしかも世にいれられない弱者に対する同情を、義経について典型化した国民感情、というようなことになるようである」と述べている。これも至極妥当な説明であろう。さらに、この言葉の運用について一般的な見解が読みとれるものに、保立道久の発言がある。[32]

> 個人的な経験にもどれば、戦後しばらくまでは、いわゆる「判官贔屓」という言葉が生きていたように思う。
> （中略）「判官贔屓」という文化は、強者を排撃し、弱者を尊重するという社会常識を支える文化意識として、

大人にとっても相当の意味をもっていたのである。

少なくとも保立が幼少であった「戦後しばらくまでは」、「判官贔屓」は「社会常識を支える文化意識」だったという。弱きを助け強きをくじく「判官贔屓」の態度は、一種の社会規範として、言外に肯定的な評価を受けていたことがわかる。

しかし、この言葉がどのような歴史を経て現在の意味を獲得したのか、という点については、これまで本格的に論じられることがなかった(33)。「判官贔屓」観と義経観、あるいは義経を描く文学への見方がある程度連動する関係にある以上、この言葉の歴史を検証することは、義経の表象を追究する上で無意味な作業ではないだろう。そこで、近世以後を扱う本節以下では、「判官贔屓」という言葉の意味合いに注目することで、義経表象の変化をたどりたい。まずは、この言葉の初出とされる文献である『毛吹草』から検討しよう。

二―二　近世の「判官贔屓」

『毛吹草』は、京都の旅宿業者にして貞門の俳人、松江重頼によって書かれた俳諧作法書である。寛永十五年（一六三八）の自序を持つが、正保二年（一六四五）が最初の公刊と考えられている(34)。その巻第五には春夏の発句が収載されており、その中に「世や花に判官贔屓春の風」との句がみられる。この句の解釈として一般的なものは、市古貞次による「一句の意味は美しい桜花が心なき春風にはかなく吹き散らされるのを、ちょうど不遇の英雄義経に贔屓し同情を寄せるのと同様な気持を以て、世人挙って愛惜したというのであろう」との解釈である(35)。この句は「判官贔屓」の語の初出としてよく引用されるが、多くの論者は市古の説に準ずる解釈をもって解説している。市古説はそれだけ妥当性の高い、自然な解釈であると言える。

しかし他の見方ができないわけではない。たとえば和歌森太郎は「兄頼朝の勘気をこうむって、失意のうちに吉野に落ちていく、気性のよい義経にたいする深い同情をこめた発句と解されます。頼朝方がわが世の春をうたうならば、吉野落ちの義経にも春の風は誘うことだろう。そんな気持ちをうけた句のようです」と解釈している(36)。単に春の花を詠んだと見るのではなく、その背景に具体的な義経の物語を重ねた句と見ているのである。市古説と矛盾するわけではないが、この句の多義性がよく窺われる解釈であろう。このように実は難解な『毛吹草』の句であるが、市古の解釈に正面から異を唱えたのは笹川祥生である(37)。笹川は、中世における「贔屓」の用例を検証した延長上に「判官贔屓」を位置付ける方法をとっている。そのため笹川による『毛吹草』の句の解釈を見る前に、そこへ至る論の展開を紹介しておく。

笹川は「「判官贔屓」を論ずるためには、一応「贔屓」ということばについてふれなければならないであろう」とし、まず「贔屓」の語誌を通覧する。それによると「贔屓」の「平安時代における用例」は専ら「力を用いる、つとめる」という意味で現れる。これが「室町期に入ると」「不当に一方に偏した不当な尽力という感情を含んだ語となり「悪徳の一つとみなされた」」。そうした用例の多くは戦国武将の家訓にみられるが、「帰趨常ない武士たちを、自らの指揮下にとどめておくためには、精神訓話もさることながら、恩賞に過不足を生じない配慮が特に望まれた」という時代的背景に基づく意味変化であったという。さらに「近世における「贔屓」の使用の様態を検討すると、中世における用法から全く外れて、新しい意味を獲得したともいい難いようである」とし、「常識的立場に立脚していない、というひけ目、あるいはうしろめたさを伴っていたことがうかがわれる」と主張する。そこから後に述べる『心中宵庚申』の用例を検討し、「もし、「贔屓」ということばにかなりの重味をつけて考えるならば、弱者あるいは敗者に対する同情の気持ちが、マイナスの効果をともなって発動する状態をさして、「判官贔屓」ということばが用いられたのではないだろうか」という推測を導き出す。そして最後に、このような「贔屓」を行うのは「不当な尽力だという非難を充分覚悟の上で後援してくれる人たちである」「贔屓が悪徳として指弾される一方では、それを臆面もなくやってのける人たち、そしてそれを期待する人たちが少なからず存在していたという事実は、中世（とくに後期）の精神を語る上で、見逃せないことではないだろうか」「絶対的な権威の存在を否定し、自らの信ずる価値判断にしたがって行動する」「中世精神の一つのあらわれとうけとることは理にかなっているといえよう」と評する。

笹川はこのように、「贔屓」の語に非難の意味合いが潜むことを論じた後、それが「判官贔屓」の語にも引き継がれている可能性に言及している。その決定的な根拠の一つは後に述べる『心中宵庚申』の用例であるが、その解釈における注の中で、笹川は『毛吹草』の句に対する以下のような解釈を試行している。

> 世間ハ花ニ埋マツテイル。ソノ花ヲ春風ガ早ク散ラセタリ遅ク散ラセタリシテイル。（ドノ花モ遅クマデ咲カセテオケバヨイノニ）。と釈することはできないだろうか。『中華苦《ママ》木詩抄』（寛永一〇年版）には、春の花の開くのに遅速あることをうたつた横川の詩のうち、「主人若し春の権柄を掌らば万紫一紅一度にひらかしめん」という句について、「吾レ若シ。天道ノ如クニ。花ノ権柄ヲ。持ナラハ。サヤウニヒイキ偏頗ヲシテ。花ニ遅速ヲハ。アラスマイソ。」という意味だと試明している。このことから考えて、落花にも遅速があるのだから、その遅速あることを、春風が何のわけもないのに贔屓をするからだ、とうらみに思っている。という気持ではなかろうか。

つまり、「判官贔屓」を行うのは「世」ではなく「春の風」であると考え、そのように贔屓する「春の風」を非難する句である、との解釈を提案するのである。

しかし笹川の解釈に対しては、現在のところ反論も肯定もなされていない。言葉の意味を転義させることで遊ぶ俳諧連歌の性質から考えても、この句の意味から「判官贔屓」の語意を抽出することは困難を極めるため、この用例の解釈に関しては、本章においても保留したい。[38] しかしここで確認しておきたいことは、『毛吹草』において

「判官贔屓」という言葉が、現在用いられるような単なる肩入れという意味を超えて、不当な尽力という意味合いを持ち得たかどうかという点である。そこで、『毛吹草』の他の箇所から、このテクストにおける「判官贔屓」という言葉の意味について論じたい。

『毛吹草』には巻第五の他に、巻第二にも「判官贔屓」の語を載せる箇所がある。巻第二「世話付古語」は俳諧用語集となっており、次に引用するように、俚諺成句が二つセットで列挙されている。(39)

長者富にあかず
よくにいたたきなし
ねみみにみづのいることし
あしもとからとりのたつことし
いそがばまはれ
はやうしもよとをそ牛もよど
以上の三対は連続して出現する本文である。一々の解説は省略するが、いずれも類義の言葉、あるいは連想される言葉を番えていることがわかる。そして引用した三対の次に「判官贔屓」が現れる。

はうぐはんひいき
よはきいゑにつよきかうはり

つまり、「はうぐはんひいき」の語義は「よはきいゑにつよきかうはり」と類似の意味として捉えられていたことがわかる。「よはきいゑにつよきかうはり」とは、漢字をあてるなら「弱き家に強き勾張《こうばり》」であろう。勾張とは、『日本国語大辞典』によると、「物が倒れないようにささえる木。つっかい棒」であり、転じて「あと押しをすること。かばいだて。支持。庇護」を意味する言葉である。(40)そして同辞典には、「こうばり強うて家倒す」という成句が立項されている。その意味は「家が倒れないようにと支えた材木が強すぎて、逆に家を倒すこと。転じて、助けとなるものが強すぎて、かえって物事を悪くするたとえ」であり、『北条氏直時代諺留』『可笑記』『世話尽』の三例が用例として挙げられている。[41] 特に次に引く『可笑記』の用例は、「贔屓」行為の負の側面をよく表している。[42]

あまりにひいきづよく、還つて其の友をあやまつも有り。是れぞまことに下らうのことばに、かうばりつよくして家押したふすといへり。

以上の情報から明らかな通り、「よはきいゐにつよきかうはり」とは、まさしく「家が倒れないようにと支えた材木が強すぎて、逆に家を倒すこと。転じて、助けとなるものが強すぎて、かえって物事を悪くするたとえ」を表す「下らうのことば」、すなわち「世話」（＝俚諺）であった。ならばこれと類義の文言として捉えられていた「はうぐはんひいき」もまた、類似の意味を喚起する言葉であったと考えることができるだろう。つまり、『毛吹草』にみえる「判官贔屓」の用例は、善悪の判断の誤りを批判・揶揄する意味合いを含んだ語である可能性が高いと見ることができる。

二―三　「判官贔屓」を非難する人々

それでは、『毛吹草』以後の用例はどうであろうか。先に少し触れたが、近世前期における「判官贔屓」への評価がはっきりとした形でわかる用例がある。近松門左衛門による享保六年（一七二一）初演の浄瑠璃『心中宵庚申』下之巻に現れる、次の一節である。[43]

八百屋半兵衛が母が、嫁を憎んで姑去りにしたと沙汰有っては。萬々千代めが悪いになされませ。判官贔屓の世の中お前の名ほか出ませぬ。

嫁である千代を追い出そうとする姑に対して、千代の夫である半兵衛がそれを宥める場面である。笹川はこの一節を「この場において批判されているのは、「判官贔屓の世の中」でこそなければならない」「世間において判官贔屓が広く行われているという現実を明らかにしているとともに、それが正しいことではないと考える人間の存在していたことをも示していると見るべきである」と読んでいる。[44]文脈を鑑みるに、笹川の解釈は理にかなっていると言えよう。

次に、少なくとも十七世紀末から十八世紀末にかけて連綿と確認できる、「判官贔屓」という言葉の典型的用法をみてゆく。それは近世中期の二つの用例に端的に現れる。ひとつめは、享保五年（一七二〇）に刊行された江島其磧の浮世草子『花実義経記』巻之六の一節である。[45]

判官につき奉る人々はいまだ恩賞を蒙らざる輩なれ共一命をなげうつて忠勤をはげみぬるは是良将のいはれ末世の今に至る迄判官贔負と犬うつ童迄いひつたへけるは誠に古今類ひなき名大将とはしられける。

もうひとつは、一条家の公家侍である松葉軒東井が天明七年（一七八七）に編纂した諺語辞書、『譬喩尽』の一項である。[46]

判官贔屓とて立児《たつこ》座児《ゐざるこ》も引く是人徳なり

二つの引用文にはいずれも、義経は子供ですら「判官贔屓」と言い敬愛する立派な人物である、という言い回しが用いられている。『譬喩尽』という書の性質から、この言い方が天明期には定型化していたことがわかる。

こうした諺に評言を加えたものに『そしり草』（平賀源内（一七二八〜七九）作と伝えられるが不明）の例がある。この書は、「守屋大連」「聖徳太子」以下三十七人の人物と仙人・宗論・論語談について、世間では評価されているが実は誹謗に値する、ということを述べ連ねた著作である。その「廿九　義経」には、次のように書かれている。[47]

去ば末代の今に至り、児女幼童に至るまで、梶原が讒言を憎て、既に景時々々と嘲る。一向義経を哀悼して、諺に判官贔負と称するも、理義の仁心を感ぜしむる所にして、是則義経の陰徳ならずや。嗚呼痛ましい哉義経、

（中略）客四友先生不覚の落涙しければ、是を見て油煙公からからと笑て、先生も諺の判官贔負にや、豈義経古今無双の英雄ならんや。世挙て梶原が逆櫓の遺恨によつて、義経を讒言せしを憎といへ共、逆櫓の論も景時が道理にして、義経の僻事也。（中略）義経才智有ながら、斯る無道を行ひしは、諺の猿智恵にて、信の智はなき人にや。

これときわめて近い例として、長崎の学者である西川如見により書かれた『町人嚢』があるので併せて考えたい。この書は元禄五年（一六九二）の自序を持つ教訓書であり、「重商主義時代の倫理の確立を計ろうとした意図は、安定期に入った幕藩体制期の必読書として、度々版も改まって刊行され、ひろく一般に迎えられた」という。(48)その巻三に、以下のようなくだりがある。(49)

梶原といひぬれば、誰も大悪人なりと疾み、判官殿といへば、三歳の童子も善人なりとして崇む。世にいふ判官贔負是なり。梶原、義経に非義有事を頼朝に訟へしは、道理にあたりて忠義有とかや。義経のふるまひにも非義多かりし事、古記に見えたり。是皆天の見る所と、人の見る所と異なる事あれば也。

『そしり草』と『町人嚢』ではいずれも、誰しも「判官贔屓」を行うが、歴史的に見ると実は義経にも非があり、義経を陥れたとされる梶原にも理があった、という主張がなされている。「判官贔屓」は「諺」として扱われており、そうした俗諺的発想に対して善悪の検証不足が批判されているわけである。(50)

子供ですら「判官贔屓」をして敬愛する立派な人物・義経、という定型化した言い回しは元禄期から存在しており、『町人嚢』『そしり草』では、そうした「諺」から導き出される歴史認識は実は誤っている、ということが言われていた。「判官贔屓」の意味する弱者への肩入れそのものに対する評価は、どの例にも直接的には語られていないものの、「立児座児も」「犬うつ童迄」「児女幼童に至るまで」「三歳の童子も」という表現からは、この諺の世間への浸透度とともに、もののわからない子供でも、という低俗視のニュアンスが読みとれる。少なくともここでは、

「判官贔屓」は卑俗な俚諺として扱われているということが指摘できる。

以上の例から、「判官贔屓」という言葉は少なくとも近世前期から中期にかけて、卑俗な俚諺として否定的な評価を伴う語として用いられてきたことがわかった。より正確には、弱者を応援する第三者であるところの庶民・大衆による善悪の判断の誤りを批判するための言葉だったと言えよう。しかし逆に、以上の例は、人々がこぞって「判官贔屓」を行っていたことも示している。おそらく、諺語辞典や『心中宵庚申』において批判的に言及されていた「判官贔屓」を行う世間一般の人々は、次に見る『貞操婦女八賢誌』における用例のように、正当な肩入れであるとの意識をもっていたのであろう。

三　近現代の義経観と「判官贔屓」

三―一　「判官贔屓」する人々

人情本『貞操婦女八賢誌』初輯は、初代為永春水により書かれ、天保五年（一八三四）に刊行されている。『貞操婦女八賢誌』全体は『南総里見八犬伝』を模して構想されており、「仁義忠孝礼智信を正面から振り翳して書かれてゐる」(51)。その初輯巻之一の中で、丁稚上がりの村役人である平左衛門は、故主の形見の少年、梅太郎をこき使う。そんなある時、「浪切不動の本祭」で一通り賑わった村人達が庄屋の家に集まる。そこで梅太郎は「茶の給仕」をするが、「村中寄つて梅太郎を、賞めそやす」一方で、平左衛門に悪態を吐く。その場面において、以下のような評が語られる(52)。

酒が云はする悪体も、弱きを憐れむ判官贔屓、実に人情の常なりかし。

まず、強い立場にある平左衛門に対して弱い立場にある梅太郎、という構図がある。そして梅太郎に対して同情・肩入れ、つまり「判官贔屓」を行う第三者として村人達が描かれる。さらに、前後の文脈や作品の性質を考慮すると、そうした村人達の態度が肯定的に評価されていることは間違いない。この例では、弱きを助け強きをくじく「判官贔屓」の態度が一種の道徳性を帯びているわけである。そのような「判官贔屓」観は、先に確認した近現代の「判官贔屓」観に通じている。

この例から典型的に見て取れるように、庶民・大衆の「判官贔屓」はもともと、弱者・不遇者、特に本来的には正当性を保持しながら世の趨勢に取り残された、体制からの逸脱者に対してこそ向けられていたと言えよう。その際に、アウトロー的な紐帯により結束された、室町期以来の義経主従のイメージが喚起されたのである。そのように考えると、「判官贔屓」をめぐる次のような構図が見えてこよう。すなわち、庶民大衆は、本来的な正当性を帯びながらも社会体制から逸脱する義経的なるものへの共感から、支配的価値観を軽妙に攪拌する思考方法としてさかんに「判官贔屓」を行なった。しかしその一方で知識人たちは、既成の体制的秩序を乱す考え方として「判官贔屓」を非難した、という表裏一体の構図である。

ところで、伊藤一美は、以下のように述べている(53)。

> 江戸時代から明治初めの人びとにとって、「腰越状」は手習いの教科書でもあった。いま手元にあるいくつかの『庭訓往来』をめくってみると、真偽は別として「弁慶状」までおさめられている。その御家流の書体は、江戸時代の公用文に使われるものであり、「読み・書き・そろばん」のうちの教養の基礎となっていたのである。
>
> しかし、書体のみではなく、その内容にも知らず知らずのうちに読み込まれていったであろうことは想像がつく。多くの人が「判官贔屓」となったのも、実はこうした学習があったからではないだろうか。

「腰越状」などを教材とした幼少教育を通して、「判官贔屓」の前提となる義経への思慕感情は広く近世社会に浸透していたと考えることができる、との指摘である。首肯すべき見解であろう。近世には「判官贔屓」という言葉が、ものわからない子供でもする行為であるという定型的な言い回しの中で用いられたことは先に述べたところである。

伊藤はこうした状況を「江戸時代から明治初めの人びとにとって」のものと述べていたが、確かに、幼少教育の中で義経が思慕される傾向は、近代化の過程でも継続的に行われたようである。たとえば新渡戸稲造は、二十七歳の年である明治三十二年（一八九九）にアメリカにおいて出版し、翌年日本でも刊行された『武士道』の中で、「国民」に「武士道の感化」が浸透していることを言う中で次のように述べている。(54)

農夫は茅屋に炉火を囲んで義経とその忠臣弁慶、もしくは勇ましき曽我兄弟の物語を繰り返して倦まず、色黒き腕白は茫然口を開いて耳を傾け、最後の薪が燃え尽きて余燼が消えても、今聴きし物語によりて心はなお燃えつづけた。

庶民・大衆の幼少教育を典型化した叙述の中に、不遇ながらも勇敢な義経主従の物語が現れているわけである。しかし、明治政府の確立後、教育勅語が発布された明治二十三年（一八九〇）前後を境として、教育のあり方には大きな変化があった。学校教育が国家事業として公有化され、政府の推進する国策が教育に直接結びつくこととなったからである。そして明治三十六年（一九〇三）以来、教科書も国定教科書という形で国家公認のものとなってゆく。

唐沢富太郎によると、義経は国定国語教科書に最多の登場人物であった。そして義経が担わされたのは、「武勇」「武士道」という徳目の教育であったという。(55)また千葉信胤によると、こうした「政府公認・文部省推奨の英雄像」である義経が児童書・絵本の世界においても、戦前・戦中には当時の歴史教育のあり方を反映する形で大いにもてはやされたという。(56)このように、近代化の過程で学校制度が整備され、教育が公有化される中で、義経は一定の徳目教育の役割を担わされることとなった。そうした変化の中で、義経観は勇敢な貴公子・悲劇の英雄というイメージへと単一化し、「オソロシキ人」としての側面や修羅・怨霊と化す側面、色好み等多様な義経表象は忘却されていったものと考えられる。そしてこうした現象には、次に述べるような、具体的な背景があったことが指摘できる。

三—二　「国民的感情」としての「判官贔屓」

「判官贔屓」という言葉が近現代において言われるような「国民感情」あるいは「社会常識を支える文化意識」というイメージを帯びるようになるにあたって、大きな転換点となった時期はおそらく一九二〇～三〇年代である。関東大震災の翌年にあたる大正十三年（一九二四）、小谷部全一郎による著書『成吉思汗ハ源義経也』が刊行され[57]、ベストセラーとなった。これは、義経は生きていて密かに大陸へ渡り、モンゴル帝国の皇帝となってジンギスカンと名乗り、アジア大陸を征服した、という内容の書である。歴史論文として出版されたにもかかわらず、十一月十日に初版が刊行されてから十二月五日には早くも第六版が出ており、爆発的にヒットしたことがわかる。この書の奇抜な主張に対する反応として、当然ながら冷静な学問的反論が多く寄せられた一方で、ジャーナリストや教育者、および大川周明や甘粕正彦といった思想家に絶賛された。ヒットの背景には当時の日本の満蒙領有化を肯定するアナロジーが働いていたものと考えられる[58]。

源義経＝ジンギスカン説が吹き荒れた一九二〇年代半ば以降の日本は、国民が雪崩を打って軍国主義に突き進む、ナショナリズム昂揚の時代にあった。たとえば翌大正十四年（一九二五）には治安維持法が公布され、思想・言論の自由が大幅に制限された。昭和三年（一九二八）の張作霖爆殺事件、昭和六年（一九三一）の満州事変を経て、翌昭和七年（一九三二）には満州国が建国され、また五・一五事件が起きている。このように中国東北部占領が進行する中で、昭和八年（一九三三）、小谷部は『満州ト源九郎義経』を刊行し、直接「満州」と結びつける形で『成吉思汗ハ源義経也』の主張を繰り返した。日本はその後、昭和十一年（一九三六）の二・二六事件で軍部主導の政治体制を確立させ、翌昭和十二年（一九三七）の盧溝橋事件を発端に日中戦争へと突入した。そして翌昭和十三年（一九三八）には国家総動員法が公布され、軍国主義の極地に至る。このような時代情勢の中で、「判官贔屓」という言葉は「国民的感情」として語られ始める。

この時期のアカデミズムにおける文学研究の重鎮、藤村作は、昭和二年（一九二七）三月に刊行した『近世国文学序説』の中で、[59]「判官贔屓」について「古今を貫いてゐる国民性の一部と見ゆる」と述べている。また「此の判官贔屓の感情は我が国民心理中の事実として、多くの時代に存した」と言い、類似の例として菅原道真・曽我兄弟・楠木父子・豊臣秀吉・大石良雄・西郷隆盛・伊藤博文・大隈重信を列挙している。

また、藤村と同じく東京帝国大学で教授を務めた中世文学研究の権威、島津久基は、昭和十年（一九三五）正月に刊行した『義経伝説と文学』[60]の本篇第一部「義経伝説」第三章「全集団としての義経伝説」において、次のように考察している。まず、「義経伝説に自由の展開を遂げしめたもの」は「「判官贔屓」の一語によつて現されてゐる国民の無限の同情」であるとする。そして「判官贔屓」の源泉について、「それは義経の人物と末路の悲惨とがその主因をなしてゐるのは言ふまでもない。かくて義経は国民の希望と努力とによつて益々偉大となり、国民は又自ら作り上げた偉大なる英雄を尊仰して、その感化恩沢を受けようと希ふのである」「判官贔屓とは、即ち正しくして而も運命境遇に恵まれざる弱者に同情する世人の声で、その意味での典型的対象を史上に捜めて、我が九郎判官に於て全く条件の該当する人物が見出された結果、この語にそれが結象したのである」という。また、同書の序篇第一部「日本に於ける武勇伝説の考察」の第一章「武勇伝説の語義と本質」では、「英雄譚乃至武勇伝説は言はば成人の御伽噺であり、国民的な理想英雄に対する信仰心に基づく大衆の共同製作であるから、最もよく国民性や民族精神を映してゐると言へる」と述べている。島津が義経伝説の展開の要因を「国民の無限の同情」である「判官贔屓」に求め、それは「国民性や民族精神」に基づくと考えていることは明らかである。その見方は、「判官贔屓」

を「国民性の一部」「我が国民心理中の事実」と評する藤村の論考と軌を一にしている。つまり、両氏は、「判官贔屓」を「国民的感情」の枠組みで語っているのである。

ところで、藤村や島津の用いる「国民」という概念がいかなるものであったか、という点については明確にし難い。しかし最近の佐谷真木人の研究によると、日本における「国民」意識は、初めて近代的新聞メディアの報道を伴った対外戦争である日清戦争（一八九四～九五）により誕生したという。[61] 佐谷は「たしかに、この戦争は日本人がはじめて「国民」であることを、強く認識した歴史的経験であった」「日清戦争がもたらしたのは、社会の再編成だった。天皇を君主として上に戴くことで、国民が平等であるという実感が醸成された」と述べている。つまりこの頃の「国民」とは、国家の構成員として個々人を均一化した概念であったと考えられる。この点に関して、島津が昭和八年（一九三三）九月に刊行した『国民伝説類聚』の「自序」に書かれた次の一節は参考になる。[62]

国民伝説と言へば、対外的に異国民・異民族のそれと区分しての日本国民の伝説の謂であることは言ふまでもないと同時に、この術語は一面更に狭義には対内的に民間伝説と対称をなすものであると言ひ得る。前者の場合でも、広義に観れば民間伝説をも含ませ得るのであるけれども、而も猶、国民的な伝説こそ所謂国民伝説の精粋であらねばならない。そして民間伝説を含ませるばあいは、これと混同せぬ為にも、日本伝説と呼ぶが妥当であらう。

島津は「国民伝説」という術語を「民間伝説と対称をなすもの」と考えている。つまり、島津の用いる「国民」の概念は、地方によりばらつきのある「民間」と対をなす概念であるらしいことが窺える。とすれば、少なくとも島津の用いる「国民」という概念は、佐谷の言うような、国家共同体の構成員として均一化された「国民」であると考えることができる。

では、藤村や島津のように「判官贔屓」を「国民性」として評する見方はどのようにして形成されたのだろうか。

藤村が大正十三年（一九二四）に創刊した『国語と国文学』の昭和六年（一九三一）十月号は「中世文学号」と銘打たれている。その巻頭を飾るのは斎藤清衛の「中世文学の史的定位」という論文であるが、その中で「判官贔屓」の語が用いられている。斎藤は「庶民精神の文芸上への影響」として「強直、端的な感性」「空想的猟奇的性情」「信仰と迷信の精神」「武将崇拝、実力讃美」「現実的、土俗的方面よりの取材」「享楽的楽天的の性情」「縦横二面の交錯による表現性」を挙げる。そのうち「武将崇拝、実力讃美」の説明で、「中世文学に於る戦記物」は「形骸の文化に対し実力崇拝の庶民的精神と、「武徳」の讃美に目ざめた作者の合響楽によるものでなければならぬ」とし、「義経は、人気の最焦点を作り、舞曲・謡曲・古状揃等普く引かれ判官贔屓の言葉さへ新造せしめてゐる。今弁慶や曽我兄弟等の特性を検するに、贔屓の感を発せしめる主因は、その恩情の精神と愛すべき単純性に存する」と記している。

斎藤の「庶民精神」「庶民的精神」や「愛すべき単純性」という表現からは、この頃の「判官贔屓」が、素直で教養の高くない庶民の心性として語られていたことが読みとれる。これは先述した近世の「判官贔屓」の用法を継承しているのであるが、この論文の四年前に藤村が、四年後に島津が「判官贔屓」を「国民的感情」の枠組みで語っているわけである。このことから、次のような見通しを立てることができる。すなわち、斎藤の言う「庶民」が、国家共同体の構成員たる「国民」として語られることで、「判官贔屓」は「国民的感情」となった、という筋道である。

先述した時代背景を鑑みるに、この時期「国民的感情」と評された「判官贔屓」は、道徳的な観点からなされる肯定的評価を伴う言葉として用いられたと考えるのが自然であろう。そしてこのとき、源義経は、列強に対抗する日本のアナロジーとして機能していただろう。この時期の「判官贔屓」は、いわば国家公認の道徳となったのである。

三―三　「判官贔屓」への反省と批判

日本は昭和十二年（一九三七）七月の盧溝橋事件を発端に日中戦争へと突入してゆくが、この年の一月に高木武が記した「判官贔屓」に関する所見は注目に値する。すなわち、「判官贔屓・曽我贔屓は、中世において、国民的人気発祥の根元となつてゐるが、これは、美しく尊くして不運なる魂に対する民衆の渇仰と同情とのあらはれが生んだ国民精神の所産」であり、「伝統的・国民的な崇高善美なる国民道徳国民情操の一軌範として、後代における民衆の指導教化に偉大なる貢献を齎してゐる」との主張である[63]。この発言は当時の知識人たる国文学者のスタンスを象徴的に示していると言えよう。

近世の「判官贔屓」という言葉は、低俗な庶民の心性として知識人により批判される文脈で現れることが多かった。不遇者に現行の秩序・体制とは別の価値指標を見出す庶民大衆の視線のあり方に対して、安定的規範を志向する知識人層が公序良俗を攪拌する思考方法であるとして指弾する反応を見せることは容易に了解できる。このように、義経への大衆の思慕感情は、本来は規範的価値の外側を志向していたはずであった。そのことは、室町期の義経がアウトロー的世界に生きる下位身分者として表象されていたことと系譜的に結びついていよう。しかし、こうした義経に対する共感が、幼少教育を通した義経観の画一化と連動する形で国家に公認されることで、体制の内部に取り込まれ、「国民的感情」として戦前戦中の日本を肯定する論理の一翼を担うこととなったのである。ただし、義経への思慕が義経の権威性にも担保されていたことが、近代の義経表象を可能とした側面も強く、単純に上から押しつけられた変化とも言い切れないのであるが。

ところで、先に紹介した唐沢富太郎・千葉信胤の調査によると、国定教科書においても児童書・絵本においても、いわゆる戦後になると義経の登場頻度は激減する。そこに国家公認の画一化された義経像と「判官贔屓」に対する反省・批判が働いていることは想像に難くない。さらにこの期には、既に「国民的感情」であることを誰も疑わなくなった「判官贔屓」を、ネガティヴな感情あるいはルサンチマン的感情として糾弾する言説さえ目立ってくる。たとえば高橋富雄は、先にも引いた著書の中で、「判官贔屓は、挫折した英雄義経に、無限の可能性をローマン的に空想する。そこにあらゆる種類の英雄造型を実験する。それによって、とげられなかった英雄の歴史を物語の歴史のなかに実現しようとするのである」という。そして「義経の戦いを通して、大衆がみずからの戦いをたたかい、義経を守ろうとして、じつはみずからを守ることにもなったのである」「判官贔屓とは、そのようにして国民大衆が、義経においておのれじしんの英雄を見、その理念化に陶酔するこころである」と断じる[64]。高橋は「国民的感情」である弱者への同情を「国民大衆」の無批判な「陶酔」として批判しているわけである。

さらに、この路線を押し進めたものに森村宗冬の発言がある[65]。氏は「『判官びいき』は理論・正当性・善悪の区別などを拒否する、非合理的かつネガティブな感情であり、実害がきわめて大きいのである」と言い、「『判官びいき』とは、大変革期の波に乗り遅れた、あるいは変革期の厳しい競争のなかで敗れた敗者の劣等感・不幸感・自己正当化など諸々のマイナス感情が、一つの表現として具現化したものではなかったろうか」と、「判官贔屓」を激しく批判している。このように、戦後になり世代の交代が進むにつれ、かつての軍国主義日本を国民レベルで鼓舞することに加担した義経表象や「判官贔屓」への反省・批判が行われるようになったのである。

おわりに

本章では、平安末期から近現代に至る義経の表象史を整理するとともに、近世初期に生まれた「判官贔屓」という言葉の語誌をたどってきた。最後に、重複をいとわず本章の内容をまとめ、今後の課題と若干の展望を付け加えることで結びとしたい。

平安末期から南北朝末期にかけての義経は、その突出した武勇が一方では恐れられ、一方では賞讃されていた。そして賞讃の眼差しの延長上には、仁義に篤く情け深い義経像も一般化していった。また鎌倉中期以降には、幕府確立の犠牲者として義経の怨霊化を畏怖する表象も広がった。しかしいずれにせよ、この時期までの義経像は、政治的人脈に根差して活動する存在として認知されていたと言える。

これが室町期以降になると、義経はその周辺人物たちとともに、政治的文脈から遊離したアウトロー的世界に生きる人物として表象されるようになってゆく。このことは、義経が在世時より内包していた二面性と系譜的に連関しているものと思われる。すなわち、武士社会・貴族社会において活躍した貴公子としての側面と、それら歴史の表舞台から逸脱し社会の裏側に生きた制外者としての側面という二面性である。義経の表象はこのように権威性と制外性を併せ持っていたため、下位身分の人々と権威的な文脈とが接続されようとするときに、媒介役を果たす装置として喚起されたのである。また、義経が京都の警察である検非違使の「判官」を担ったことも、後の義経表象に影を落としているという見方もできる。

こうした義経表象の上に生まれた「判官贔屓」という言葉は、近世初期以降、庶民・大衆の語彙に根付いていた。本来人々の「贔屓」は、弱者・不遇者、体制からのあぶれ者に対してこそ向けられていたと言える。その際に、アウトロー的な紐帯により結束された義経主従のイメージが喚起された。しかしその一方で知識人たちは、低俗な庶民にはびこる、既成の体制的秩序を乱す考え方として、「判官贔屓」を非難したのである。

ところが、こうした義経に対する共感は、近代化の中で公有化された幼少教育を通して、国家に公認されることとなる。すなわち、ジャーナリズムにおいて列強に立ち向かい大陸へ進出する日本に義経が重ねられる状況の中で、義経観は勇敢な貴公子・悲劇の英雄というイメージへと単一化し、「オソロシキ人」としての側面や修羅・怨霊と化す側面、色好みの非常な貴公子としての側面等多様な義経表象は忘却されてゆく。かくして「判官贔屓」は体制の内部に取り込まれ、「伝統的・国民的な崇高善美なる国民道徳国民情操の一軌範」と評価されながら、「国民的感情」として戦前戦中の日本を肯定する論理の一翼を担うこととなったのである。そのために、戦後になり世代の交代が進むにつれ、かつての軍国主義日本を国民レベルで鼓舞することに加担したとして、義経表象や「判官贔屓」への反省・批判が行われるようになった。そしてその状況は二十一世紀に入ってなお続いていると言える。

しかし、ここまで述べてきた通り、「国民的感情」という枠は近代国家日本という枠よりもさらに新しい。また、義経観は本来多様であり、義経への大衆の思慕感情は、むしろ体制的規範の外側を志向していた。同様に、「判官贔屓」とは本来、支配的価値観を軽妙に攪拌する思考方法として用いられていたと言える。このように劣位者への注目により優位者に対する疑いを差し挟む定型化された行為は、ある意味では、価値判断の複線化を促す手段として有効であるとも言えよう。多分に私見的な展望となるが、「判官贔屓」は、多様な考え方を社会的に許容する機能を帯びた普遍的な方法、複数の価値観を共生させうる思考様式として、積極的に再評価することができるのではないだろうか。文学研究の視界からすれば、義経のような不遇者に体制外部へ通じる魅力を見出す思考回路を、諸外国の文化の中に見出すことも、さほど難しいことではないと思われる。(66) この点については今後の課題としておきたい。

注

（1）本文は群書類従に拠り、私に訓読した。
（2）寿永三年（一一八四）正月二十日条。本文は図書寮叢刊『九条家本玉葉』（明治書院）に拠り、私に訓読した。
（3）文治元年（一一八五）十一月三日条。
（4）文治元年（一一八五）十一月七日条。

(5) 「オソロシキ者」「情深キ人」との表現は延慶本『平家物語』第六本三十二「頼朝判官ニ心置給事」および同三十「大臣殿父子関東へ下給事」に拠る。

(6) 最近では日下力「義経の二つの顔」(『湘南文学』一六、二〇〇三年一月)・早川厚一「『平家物語』の成立—源義経像の形象—」(『名古屋学院大学論集　人文・自然科学編』四一—一、二〇〇四年七月)・鈴木彰「『平家物語』にみる〈義経〉像のゆらぎ—人と事件と歴史の創造—」(『軍記と語り物』四二、二〇〇六年三月)等。

(7) 佐伯真一「『平家物語』と『保暦間記』—四部本・盛衰記共通祖本の想定—」(『平家物語遡源』若草書房、一九九六年。初出一九九五年六月)によると、この書における治承寿永内乱の記事は四部本『平家物語』の祖本に依拠する可能性が高い。以下に引用する本文は佐伯真一・高木浩明編著『校本　保暦間記』(和泉書院)に拠って私に句読点を改め、割り注は〈 〉内に記した。なお、「親リ」とある部分を国会図書館本に従って「親疎」と改めた。

(8) 川合康『鎌倉幕府成立史の研究』(校倉書房、二〇〇四年十月)。

(9) 本文は新訂増補国史大系『吾妻鏡』(吉川弘文館)に拠り、私に訓読した。ただし「関長東久」とある部分を「関東長久」に修正した。

(10) 本文は続史料大成『愚管記』(臨川書店)に拠る。

(11) 谷村知子「「義経の物語」の受容と『義経記』—『看聞日記』記事を中心に—」(『同志社国文学』五六、二〇〇二年三月)。

(12) 高岸輝「初期土佐派の研究—『看聞日記』所載の藤原行光筆「泰衡征伐絵」をめぐって—」(『鹿島美術研究　年報第一六号別冊』一九九九年十一月)。

(13) 本文は増補史料大成『康富記』(臨川書店)に拠る。

(14) 本文は図書寮叢刊『看聞日記』(明治書院)に拠る。

(15) 本文は『西源院本太平記』(刀江書院)に拠る。

(16) 本書第一章・第二章。

(17) 『義経記』の成立時期に関する議論は、最近では和田琢磨「解説」(『現代語で読む歴史文学　義経記』勉誠出版、二〇〇四年六月)に整理されている。

(18) 注(14)に同じ。なお、私に訓読し、割り注は〈 〉内に記してある。
(19) 「判官物」諸作品の全貌については、早く島津久基が『義経伝説と文学』(明治書院、一九三五年一月)で網羅的に集成・解説している。また新編日本古典文学全集『義経記』(小学館、二〇〇〇年一月)の「付録」にある「義経記影響一覧」には、これら「判官物」諸作品が『義経記』の章立てに対応させる形で一覧表にまとめられており簡便である。
(20) 徳田和夫「義経鞍馬山中修行伝説と判官物―「皆鶴」「判官都はなし(鬼一法眼)」「御曹子島渡」―」(『お伽草子研究』三弥井書店、一九八八年十二月。初出一九七五年一月)の指摘がある。
(21) 野中直恵「義経伝承の系譜と展開―鬼一法眼伝承をめぐって―」(梶原正昭・梶原正昭先生古稀記念論文集刊行会編『軍記文学の系譜と展開』汲古書院、一九九八年三月)。
(22) 『吾妻鏡』の静御前に関する物語は文献に現れた〈義経の助力者の物語〉の早い例として注目に値する。また『梅松論』には九国平定後の帰洛途中、長門における尊氏・直義の渡海で義経の故事が二度語られる。「府中」と「椿の浦」での出来事だが、前者は義経御判の文書による船の公役免除の由来であり、南北朝期の在地伝承としての〈義経の助力者の物語〉を記述したものとして重要である。本文は以下の通り。「建武三年四月三日太宰府を立て御進発ありし程に。太宰小弐弁九国の輩博多の津より纜を解て。両将は長門の府中にしばらく御逗留にて。当所より御出舟有。御船の事は元暦のむかし九郎大夫判官義経。壇の浦の戦に乗たりし当国串崎の船十二艘の船頭の子孫の舟なり。義経平家追討の後。此船にをいては日本国中の津泊にをいて公役あるべからずと自筆の御下文を今に是を帯す。今度此船を以御座船に定られけるは尤嘉例に相叶へり。是は長門守護厚東申沙汰する所也。」(本文は群書類従に拠る)。
(23) 本書第一章・第二章・第三章・第四章・第六章。
(24) 石黒吉次郎「英雄像の形成―「三徳」をめぐって―」(『専修国文』七四、二〇〇四年一月)。
(25) 丹生谷哲一『検非違使―中世のけがれと権力―』(平凡社、一九八六年十二月)。
(26) 国文学研究資料館ホームページのデータベース「日本古典籍総合目録」による。
(27) 大阪府立中之島図書館編『大坂本屋仲間記録　第十三巻』(大阪府立中之島図書館、一九八七年三月)。
(28) 野間光辰監修『近世文芸叢刊　第一巻　俳諧類船集』(般庵野間光辰先生華甲記念会、一九六九年十一月)を参照した。

(29)「判官贔屓」の表記は他に「判官びいき」「判官贔負」等もあるが、本章では引用文を除き基本的に「判官贔屓」の表記を用いる。

(30)『日本国語大辞典』第二版（小学館、二〇〇〇年十二月～二〇〇二年十二月）。

(31)高橋富雄『義経伝説　歴史の虚実』（中央公論新社、一九六六年十月）。

(32)保立道久『義経の登場　王権論の視座から』（日本放送協会、二〇〇四年十二月）。

(33)「判官贔屓」の精神を分析対象とした研究は、本章で触れた諸論考の他にも池田弥三郎「判官びいき」（『国文学解釈と鑑賞』二二―九、一九五七年九月）、小川要一「「判官びいき」寸考」（『解釈　国語・国文』七―三、一九六一年三月）、同「「判官びいき」をめぐって」（『中世文芸』四二、一九六八年十一月）、小松茂人「「判官贔屓」と義経（『芸文』一四、一九八二年十一月）等がある。

(34)竹内若「毛吹草の刊年及び諸本考略」（『毛吹草』岩波書店、一九四三年十二月）。

(35)市古貞次「判官贔屓考―中世小説を中心として―」（『中世小説とその周辺』東京大学出版会、一九八一年十一月。初出一九四五年七月）。

(36)和歌森太郎『判官びいきと日本人』（木耳社、一九九一年六月。初出一九六六年十月）。

(37)笹川祥生「贔屓について―中世精神の一側面―」（『京都府立大学学術報告　人文』二一、一九六九年十一月）。

(38)とはいえ、『毛吹草』の同じ巻第五「発句　春」の「花」には、「とき遅き花にや雨の片ひいき」の句が見られる。この句の解釈は、笹川の「世や花に判官贔屓春の風」に対する解釈「世間ハ花ニ埋マツテイル。ソノ花ヲ春風ガ早ク散ラセタリ遅ク散ラセタリシテイル。（ドノ花モ遅クマデ咲カセテオケバヨイノニ。）」の「風」を「雨」に置き換えればそのままあてはまる。このことは、笹川の解釈を補強する材料として数えることができる。また「世や花に」の句は、世の人々が花を贔屓するのを横目に春の風もよいものだと風を贔屓する視点を提示した句であると読むこともできる。そうした場合もやはり「判官贔屓」という言葉には揶揄のニュアンスを認めることができることになる。

(39)本文は加藤定彦編『初印本毛吹草』（ゆまに書房）に拠る。

(40)前掲注（30）の辞典。用例としては、近世初期成立の軍学書『甲陽軍鑑』の「家康と云、武道の強き侍に、内々かふばりを仕ると云義を」と、近松の浄瑠璃『女殺油地獄』下の「あんまり母があいだてない、かうばりが強ふて、いよいよ心が直らぬと、さぞ憎まるるは必定」が挙げられている。

(41)『北条氏直時代諺留』は慶長四年（一五九九）成立の諺集。『可笑記』は寛永十九年（一六四二）成立の仮名草子。『世話尽』は明暦二年（一六五六）成立の諺集。なお、『世話尽』には「判官贔屓」の語も載せられている。

(42) 本文は『近代日本文学大系　第一巻』（国民図書）に拠る。

(43) 本文は日本古典文学大系『近松浄瑠璃集　上』（岩波書店）に拠る。

(44) 前掲注（37）の笹川論文。

(45) 本文は『八文字屋本全集　第七巻』（汲古書院）に拠る。

(46) 本文は『譬喩尽並ニ古語名数』（同朋舎）に拠る。

(47) 本文は『平賀源内全集　下』（平賀源内先生顕彰会）に拠る。

(48) 中西啓「町人嚢」（『日本古典文学大辞典　第四巻』岩波書店、一九八四年七月）。

(49) 本文は日本思想大系『近世町人思想』（岩波書店）に拠る。

(50)『町人嚢』はそこから「世間の毀誉褒貶に依て、人の善悪は定がたき理なり」という論を帰納するが、この部分に関する詳しい解説は古川哲史「判官贔屓」（岡見正雄・角川源義編『日本古典鑑賞講座　第一二巻　太平記・曽我物語・義経記』角川書店、一九六〇年二月）により既になされている。

(51) 村上静人「解題」（『廓うぐひす　貞操婦女八賢誌　上巻』人情本刊行会、一九一五年六月）。

(52) 本文は前掲注（51）の書に拠る。

(53) 伊藤一美「『腰越状』が語る義経」（大三輪龍彦・関幸彦・福田豊彦編『義経とその時代』山川出版社、二〇〇五年五月）。

(54) 本文は岩波文庫『武士道』（岩波書店）に拠る。

(55) 唐沢富太郎『明治百年の児童史』（講談社、一九六八年九月）。

(56) 千葉信胤「子どもの本と義経」（上横手雅敬編著『源義経　流浪の勇者―京都・鎌倉・平泉―』文英堂、二〇〇四年九月）。

(57)　小谷部全一郎『成吉思汗ハ源義経也』（冨山房、一九二四年十一月）。
(58)　森村宗冬『義経伝説と日本人』（平凡社、二〇〇五年二月）、および本書第九章。
(59)　藤村作『近世国文学序説』（雄山閣、一九二七年三月）。
(60)　島津久基『義経伝説と文学』（明治書院、一九三五年一月）。
(61)　佐谷真木人『日清戦争　「国民」の誕生』（講談社現代新書、二〇〇九年三月）。
(62)　島津久基『国民伝説類聚』（大岡山書店、一九三三年九月）。
(63)　高木武「中世文学としての義経記と曽我物語」（『国文学　解釈と鑑賞』二―一、一九三七年一月）。
(64)　前掲注（31）の高橋著書。また、前掲注（33）の池田弥三郎論文も「判官贔屓」を批判するが、こちらは『そしり草』等にみられた近世の知識人たちと立場を同じくしている。なお、桜井好朗「〝判官びいき〟とその展開」（『中世日本の神話と歴史叙述』岩田書院、二〇〇六年十月。初出一九九七年十二月）は、義経主従の物語が英雄の悲劇から民衆の哀話へと転換したところに生まれる「敗北、もしくは崩壊の形式」として「判官贔屓」を定位する。難解な行論だが、結論においては高橋の批判と対応している。
(65)　前掲注（58）の森村著書。
(66)　たとえば、村上学「『義経記』への視点―『水滸伝』を通して―」（『和漢比較文学叢書15軍記と漢文学』汲古書院、一九九三年四月）も指摘する通り、中国明代の小説『水滸伝』は一見して『義経記』との類似点が多い。アウトロー的英雄の普遍性に関しては、E．J．ホブズボウム著・斎藤三郎訳『匪賊の社会史―ロビン・フッドからガン・マンまで―』（みすず書房、一九七二年四月）・南塚信吾『義賊伝説』（岩波書店、一九九六年十一月）等、とりわけ社会史の方面において既に議論がなされている。

第九章　貴公子の悲劇とその語り手の系譜

はじめに

室町前期成立とされる『義経記』は、平安末期を生きた源義経の生涯を描いた作品として有名である。しかしその知名度に比して、国文学の研究対象としては決して盛んに論じられているとは言えない。それは、テクスト外的にはこの書の成立・流布に不明な点が多いこと、またテクスト内的には不整合や記述矛盾を多く含むことから、いわゆる「文学」作品として把握し分析することが困難なためであろう。しかしより根本的な要因は、従来『義経記』を義経の物語として捉えようとしてきたことにあろう。というのも、『義経記』では義経自身よりも義経の周辺人物たちの方が中心的に叙述される傾向にあり、そのために物語の一貫した軸が見出しにくくなっていることが指摘できる。つまり、義経の物語である以上に、義経の周辺人物たちの物語であるという点を重視しなければ、『義経記』を十全に捉えることはできないのである[1]。

こうした『義経記』論の難しさは、単に文学研究上の方法論の問題に留まらない。その困難はおそらく、義経を論じること、ひいては流浪する不遇の貴人の物語を論じることそのものの困難と直結している。よく知られる通り、義経は在世の当時以来現在まで、無数の文学・芸能作品中に召喚され、多くの人々を惹き付けてきた。それは「判官贔屓」の語が一般に「国民的感情」として認知されていることからも了解されよう[2]。『平家物語』から東北の地芝居にいたるまで、義経の登場する物語は、各々の時代的・社会的状況に合わせて変容を遂げつつ、更新・再生産され続けてきた。したがって、義経を論じることは、義経の物語だけでなく、その中に自己を参与させてゆく人々や時代・社会を論じることと不可分の関係にある。(3)

そこで本章では、大正末期から昭和初期にかけて大流行した、いわゆる義経ジンギスカン説を取り上げ、そのリアリティを支えた文脈について考察したい。方法として、一九二〇～三〇年代の義経をめぐる言説と、『御曹子島渡』『義経記』等中世における義経の物語との系譜的関係性を追究する。その作業を通して、流離する貴種の物語に参与してゆく人々のひとつの精神史を整理していきたい。

一　没落貴族の判官贔屓――「義経伝説の淵叢としての義経記」――

源義経が兄頼朝に追われ、逃れ着いた奥州平泉の地で藤原泰衡に裏切られて自害したことはよく知られている。平安時代の最末期、文治五年（一一八九）夏の出来事であった。

遡ること三十年、平治元年（一一五九）冬の平治の乱により父義朝が平清盛らに殺害され、遺児として育った義経は、少年の時分にも平泉に亡命し、藤原秀衡（泰衡の父）に保護され奥州の地で成長した。そして頼朝が挙兵した治承四年（一一八〇）以来兄に従い、代官として上京すると、獅子奮迅の活躍を見せ、元暦二年（一一八五）春に壇ノ浦で平家一門を壊滅させたことは周知の通りである。ところがその後の政治方針をめぐって、鎌倉と京都の兄弟はすれ違う。同年冬に都落ちを余儀なくされた義経は、数年間各地に潜伏し、流浪の末、少年期を過ごした平泉にたどり着いたのであった。(4)しかし、その地で義経は葬られた。こうして、活躍に対する処遇の不当感や、近親者の二重の裏切りに逢うという悲劇性から、義経は現在に至るまで、愛惜と同情の対象となっている。

大正末年にあたる大正十五年（一九二六）十月、三十五歳にして東京帝国大学助教授であった島津久基は、『国語と国文学』において、「義経伝説の淵叢としての義経記」と題した論文を発表し、こうした義経の生涯と死に格別の同情を寄せる発言をしている。[5] 同論文の中で島津は、「判官贔屓」を「我が国民性の一面の発揚であり、其の精神を象徴したとも言つてよい」諺であると称し、「判官贔屓の同情を以てして、竟に平家物語に比肩し得べき叙事詩の一篇をだに生むに至らなかつたことは、わが義経の為に大いに遺憾の極み」であり、「義経伝説――拾録し且創成し且暗示しつゝ――の淵叢としての義経記を有することに慰めを見出さねばならぬ」と述べ、本格的な『義経記』研究の始発として現在まで研究史に名を残すこの論文を説き起こした。

この論文は、島津が芳賀矢一の後釜として就任した東京帝国大学助教授を大病により二年間休職し、九月二十八日に休職期満了となった直後に発表されたものである。[6] 島津が没したのは昭和二十四年（一九四九）四月であったが、追悼号とされた同年六月の『国語と国文学』[7] における、学友高木市之助の言によると、その大患は「実際一時は医界の権威筋からすつかり見離された形だつた」らしく、その後も「決して病弱の域を脱し得なかつた」という。[8] また同じ追悼号の中で、宮崎晴美は、「島津君といふと、世間ではすぐにあの病身な男かと言つてゐた」と書いており、「彼の病は日本人には珍らしい奇病で、普通の医者では判りかねたやうだ」と証言している。[9] しかし、証言者達にとって島津の数奇は、その病身以前に、名門島津家の没落の中で育ったことが想起されていた。その点に表だって言及するものはないが、平林治徳が次のように語った部分がその状況をよく物語っていよう。[10]

本郷の寓居を訪ねたことがあつた。母堂と二人、日光もあまりあたらないやうな、暗い小さな家に、質素に――率直に云へば、わびしい生活をして居られた。ところが、その時出された番茶の茶托が高坏で、黒漆に銀で、丸に十の定紋がくつきり描かれてゐたのを今も記憶してゐる。その他、煙草盆、違ひ棚といつたやうな調度が古びては居るが由緒正しい家柄を思はせるやうに、住ひの質素なのとは不調和な感じでいくつか置かれてあつた。（中略）母堂も気品高く聡明な方であつたし、君の明快な口調と温顔のうちに犯し難い威厳を蔵して居られる態度には、頭が下がるものがあり、世が世ならばと月並の嘆息を漏して、勝手に同情したものであつた。

名家の没落に翻弄され、自身の病弱にさいなまれてきた島津にとって、義経への執拗なまでの共感は、相当の切実さを伴っていただろう。大正五年（一九一六）に東京帝国大学文科大学文学科へ提出した卒業論文を修正増補し、昭和十年（一九三五）に『義経伝説と文学』[11]として刊行した大著は、中世から近世にかけて義経を題材として作られた文学・芸能における膨大な作品群を網羅的に収集・整理することに成功している。そのことひとつをとってもわかる通り、義経の物語に対する島津の思い入れは並大抵ではなかった。島津はその思い入れをもって、先の論文において『義経記』を「作者の主人公に対する至純な終始変らぬ同情愛崇の情熱は全篇に統轄的な力を以て臨んでゐる」と述べ、続けて「史実に公平冷静であることに叙述の意図を置かずして、義経の性格を完全化理想化し、其の境遇の数奇を力説しようとする」と主張し、この作品の義経像を悲劇の貴公子として同定するに至る。しかし、この把握が一面的に過ぎることは、『義経記』を素直に読んだ者であれば明らかに感じ取ることができよう。『義経記』では義経が貶められる場面も多く、むしろ義経の従者や端役の人々にこそ叙述の焦点が当てられる場合が多い[12]。その意味で、島津自身の「判官贔屓」に行き過ぎの部分があったことは否めない。

島津をしてこうした発言に駆らしめた要因は、島津の人生史から推すに、ひとつには義経を自己の境遇と重ね合わせた点が指摘できる。しかしそれとともに、同時代のある特殊な雰囲気が大きく影響していた点も見逃すことはできない。事実、この論文と同じ雑誌の同じ号に掲載された佐成謙太郎の論文もまた、『義経記』について、「この作者に描かれた義経は作者が同情する、或は当時の一般人士が愛慕する義経の性格の一面を強調したもので、こゝに描かれた義経は、意の人ではなく情の人である。困難窮迫に堪へて奮闘する武人的性格ではなく、薄命に泣いて為す所を知らない貴族的性格であつた」としており、[13] この作品を貴公子義経の悲劇的人生を主題とした物語であるとする認識は当時一般的であったと言える。それでは、こうした大正末期から昭和初期にかけての過剰な判官贔屓を導いた義経観には、どのような背景があったのであろうか。

二　大陸進出の趨勢――『成吉思汗ハ源義経也』――

関東大震災の翌年にあたる大正十三年（一九二四）十一月、島津が大病により休職を余儀なくされてわずか一月半後、現在でも有名な著書が出版され、大きな反響を呼んだ。当時五十七歳であった小谷部全一郎の『成吉思汗ハ源義経也』である。[14] 義経は平泉で死なず、密かに大陸へ渡りモンゴル帝国の皇帝となって、ジンギスカンと名乗りアジアを征服した、という内容の書である。同書の論法は、たとえば「ジンギス」を「源義経（ゲンギケイ）」の訛りとし、「クローの砦」を「九郎の砦」と断じるなど、シベリアからモンゴルにかけての遺跡や地名、言語や風習を日本や義経と結びつけてゆくという、強引と言わざるを得ないものである。しかしこのような『成吉思汗ハ源義経也』は、十一月十日に初版が刊行されてから十二月五日には早くも第六版が出ていることからもわかる通り、盛大に流布し反響を呼ぶこととなった。その背景には、次に引用する同書末尾の一節を一読するにつけ、当時の日本の満蒙領有化を、侵略としてではなく義経以来の「第二の家郷」であるアジアを救済する善行として、強く肯定する連想が働いていたことが明らかである。

由来歴史は繰返へさるゝ事実に徴するも、成吉思汗の時代に於けるが如き東西の軋轢訌争は遂に復た避く可らざるなり。嘗ては成吉思汗の源義経を産したる我が神洲は、大汗が鉄蹄を印して第二の家郷となせる亜細亜洲の危機に際し、之を対岸の火視して空しく袖手傍観するものならむや。成吉思汗第二世が、旭日昇天の勢を以て再び日東の国より出現するは、蓋し大亜洲存亡の時機にあるべき耳。

現在の正当性を担保するための物語として、過去が語り直され更新された好例に数えられよう。

この書の奇抜な主張に対しては、当然ながら冷静な学問的反論もなされ、翌大正十四年（一九二五）二月には『中央史壇』の臨時特別号として、当時の各学界における第一級の面々が寄稿した、『成吉思汗は源義経に非ず』が発行された(15)。しかしその一方で、これに対して同年十月に発刊された小谷部の『成吉思汗は源義経也　著述の動機と再論』に著者自身が縷々紹介する通り(16)、『成吉思汗ハ源義経也』は、ジャーナリスト・教育者・医師・軍人・宗教者等の諸方面から絶賛を受けており、その支援者の中には大川周明、甘粕正彦の名も見出すことができる。

義経ジンギスカン説が吹き荒れた一九二〇年代半ば以降の日本は、国民大衆が雪崩を打って軍国主義に突き進む、ナショナリズム昂揚の時代にあった。たとえば大正十四年（一九二五）には治安維持法が公布され、思想・言論の自由が大幅に制限された。昭和三年（一九二八）の張作霖爆殺事件、同六年（一九三一）の満州事変を経て、翌七年（一九三二）には満州国が建国される。こうした中国東北部の占領が進行する中で、昭和八年（一九三三）、小谷部は『満州ト源九郎義経』を刊行し、『成吉思汗ハ源義経也』の主張を繰り返している(17)。その後日本は、昭和十一年（一九三六）の二・二六事件で軍部主導の政治体制を確立させ、翌十二年（一九三七）の盧溝橋事件を発端に日中戦争へと突入したが、同年十二月の『満州日々新聞』は、義経の墳墓らしき遺構を満州に発見との記事を連日嬉々として報道しており、満州に移住した日本人達を大いに励ましたとみえる。そして翌昭和十三年（一九三八）には国家総動員法が公布・施行されるが、義経ジンギスカン説の流行はここにおいてもその勢いを減ずることなく、多くの信奉者を再生産してゆく。象徴的なのは、昭和十六年（一九四一）十二月の真珠湾奇襲からマレー半島侵攻の最中、シンガポール陥落の夜に合わせ、高浜虚子作の謡曲「義経」のラジオ放送が計画されたことである。その内容は、義経がジンギスカンとなり、「大和男児の雄魂が東亜を貫いて輝くさまをうたひいでたもの」であった(18)。

このような時代情勢の中で、「判官贔屓」という言葉が「国民的感情」として語られ始め、[19]昭和十年（一九三五）正月には島津の『義経伝説と文学』も刊行される。島津は同書において、義経生存説について紹介し、その発生の必然性を次のように力説している。

鵯越に屋島に将た壇の浦に、神算奇謀忽ちにして平家を討滅し了つた名将軍、萬人をして唯驚畏と讃仰との眼を瞠つて、その疾風迅雷耳を掩ふに暇あらざる戦略の跡を眺めさせる天下無敵の戦術家が、不忠不孝の弱敵泰衡輩に一戦易々として首を授けるのは、余りにあつけなく、伝説的に神に近からしめられてゐる判官の行動の上に、国民は皮肉な矛盾を感ぜねばならず、到底之を首肯することが出来ないからである。況やかの稀代の天才児が、為すことなくして徒に終る事は、国民の却つて奇とする所で、且、堪へ得られぬ所ではないか。（中略）この伝説の創成によつて国民は漸く自己を納得せしめ、満悦せしめ、そして更にその成長進展に伴つて、同情は好奇心と冒険心と考証癖との充足に転換しつゝ、殆ど停止する所を知らざらんとする。其処には又、海外雄飛の国民性が躍然としてこの国民的理想英雄を活動させるのである。

「伝説」とするか否かの別はあれ、「海外雄飛の国民性」に照らして義経生存説を歓迎する点、島津と小谷部の姿勢の共通性は明らかであろう。両者に直接の交渉は確認できず、島津の論中で小谷部の著書についてはわずかに「補足」として紹介されるにとどまるものの、両者の同調は、時代の趨勢をよく示していると言えよう。そしてまた、島津は義経生存説から義経ジンギスカン説への展開についても、次のようにきわめて肯定的に言及している。

我が好漢九郎判官が蝦夷の大王たり義経大明神たり、或は韃靼王たり清祖たることは、史実の如何に関せず、何としても愉快である。東海の小島の源家の一将軍から、欧亜の天地を震撼した世界的大英傑成吉思汗にまで大飛躍するに至つては言語道断の快絶さで、彼の得技とする八艘飛も、これに比しては幼童の戯れに過ぎない。国民が我を忘れて歓呼喝采するのも当然である。合理的な知見と学識とに拠つて之を否認しようとしつゝも、なほ動もすれば興味と真実心とをすら、其処に見出さうとする傾きを棄て得ない所に、本伝説流布の理拠が存する。

引用文中「蝦夷の大王たり義経大明神たり、或は韃靼王たり清祖たること」とあるのは、義経ジンギスカン説の系譜について一望したくだりを受けたものである。すなわち、近世以来、義経が海外へ逃れて異国を征服したという言説は、蝦夷、韃靼（ここでは中国東北部の金朝のこと）、そして清朝を舞台として展開していた。義経ジンギスカン説はこうした想像力の脈絡を受けて生まれたのである。ここで、ひとまずその系譜を確認しておこう。

三　神国日本と外部——『御曹子島渡』——

アイヌ語・アイヌ文学の研究を開拓した金田一京助は、大正三年（一九一四）の「義経入夷伝説考」以来[20]、義経の渡海伝説に関しても精緻な研究を残している。そのため前掲『成吉思汗は源義経に非ず』にも寄稿を請われ、「英雄不死伝説の見地から」を掲載し、この説が寛文年間に端を発すること、巡遊伶人の語る義経物語や『御曹子島渡』の流布が蝦夷地における義経伝説形成に大きく影響したことを論じている。また同論文中では、義経ジンギスカン説が流行するに至った歴史的過程を五期に区分して整理しており、その論は今日においても有効性を失っていない。そこで以下、金田一の整理に従い、近年の研究成果から若干の補足を挟みつつ、義経ジンギスカン説の形成過程をたどりたい[21]。

義経渡海伝説の展開における第一期は、「義経が平泉の生害の後、四百年を隔てた寛文、延宝」の頃であった。寛文十年（一六七〇）、林羅山・鵞峰父子による史書『本朝通鑑』続編に、「或曰」として、義経は平泉で死なず蝦夷が島へ逃れて子孫が存続しているとの説が収載されたのをはじめとする。この義経蝦夷入説は、元禄三年（一六九〇）の南宗庵一龍による軍書『残太平記』に、義経は生きて蝦夷が島へ渡り、その恩愛によって広く蝦夷の人々の心をつかんだため、義経大明神として今も崇拝されていると記されるのをはじめ、元禄十六年（一七〇三）以前成立の『義経知緒記』、元禄十七年（一七〇四）の小幡邦器『義経興廃記』といった義経の伝記や、宝永三年（一七〇六）初演の近松門左衛門による浄瑠璃『源義経将棊経』等に描かれて民間に流布した。同様の言説は享保五年（一七二〇）の新井白石による地誌『蝦夷志』や、同時期に水戸藩が編纂した史書『大日本史』にも踏襲されているが、その始発は金田一が「この寛文は内地の人に数百年ぶりで、北隣に蝦夷族といふものがゐるといふことを思ひ出さした、蝦夷の最後の大乱（シャグ《ママ》シャイン一揆）のあつた年」だと指摘する通り、寛文九年（一六六九）のシャクシャインの乱が契機になったと言える。なお、こうした言説が広まる思想的背景に、アイヌ民族への同化政策の一環として、アイヌの英雄と義経とが同一視させられたという経緯が近年指摘されている(22)。

そうした言説が次の展開を迎える第二期は、「それから少し降つて正徳・享保の時代」である。正徳二年（一七一二）の馬場信意による伝記『義経勲功記』には、「去る程に伊与守義経は衣川を遁れ出、事ゆえなく蝦夷に渡海し玉ひ、威すに武を以てせられしかば島中の者共悉く怖れおの、き帰伏して端蝦夷奥蝦夷共に尊敬すること大方ならず」とあり(23)、義経が蝦夷を力で制服し蝦夷の王となったことが述べられている。またこの時期には、義経が蝦夷を平定した上でそこから中国東北部へ渡り、義経の子孫が金朝の将軍になったとの説が生まれる。この義経北方流離説は、元禄年間に津軽藩家老への答申書という体裁で可足権僧正なる人物が記した『可足記』を始発とするが、享保二年（一七一七）の加藤謙斎による史論書『鎌倉実記』に、元朝の編纂した『金史』別本なる史料を根拠として主張され大論争を巻き起こした。『金史』別本が偽書と判明するにいたって史実としては否定されたものの、享保十六年（一七三一）の津軽藩による地誌『津軽一統志』に踏襲され、明和七年（一七七〇）の福内鬼外（平賀源内）による浄瑠璃『源氏大草紙』にも描かれるなど世間によく知られる説となった。

この義経北方流離説がさらにエスカレートするのが第三期である。それはロシアの膨張圧力が脅威となりつつあり、「幕府の蝦夷地経営が始まつて蝦夷の踏査がやかましくなつた天明・寛政」であった。この時期には、樺太を経て満州を平定した義経こそが後の清朝の祖であり、清という国号も清和源氏からとったとの説が生まれる。これは天明三年（一七八三）、森長見が随筆『国学忘貝』において、清朝の編纂になるという『図書輯勘』の序文を史料的根拠として主張し、再び大きな論争を起こして世に知られるところとなった。そして『図書輯勘』もまた偽書であることが明らかとなるのであるが、天明三年（一七八三）著、文化三年（一八〇六）刊の都賀庭鐘による読本『義経盤石伝』、文政四年（一八二一）の松浦静山による随筆『甲子夜話』等に書かれ、その影響は大きかった。

続く第四期は「明治の初年」である。転換点となったのは明治十八年（一八八五）に出版された『義経再興記』であり、その内容こそが、義経ジンギスカン説であった。本書は福沢諭吉の門人、内田弥八が翻訳書として刊行したものであるが、原典は、明治維新史『防長回天史』の編者として有名な政治家、末松謙澄が明治十二年（一八七九）に発表した、ケンブリッジ大学卒業論文である。この説はやはり大きな反響を呼び、三月に初版が刊行されてから二年後には第七版が出される一方で、日本近代史学の祖とも言うべき重野安繹、星野恒らによる反論がなされた。なお、この説の起こりはシーボルトにより天保三年（一八三二）から分冊刊行された日本研究の書『日本』である。末松の論文もこの説を踏まえて書かれたわけだが、同書によると、シーボルトはこの説を幕府のオランダ語通訳吉雄忠次郎に教わったという。しかし実相としては、吉雄が義経北方王朝建国の俗説を語ったところ、シーボルトがそれをモンゴル帝国のことと誤解したことが発端であったのではないかと考えられる。[24]

そうして導かれたのが、第五期の「大正の今日」である。『成吉思汗ハ源義経也』はこうした想像力の文脈を受けて生まれたのであった。こうしてみると、義経ジンギスカン説の展開における重要な転換点が、日本の対外交渉における転換点とリンクしていることが見て取れる。図式的に言えば、日本が異域の脅威に見舞われる度、義経の渡海説話の記憶が呼び出されて更新され、外部へ乗り込んで制圧する義経の姿に日本を重ねることで、国内の求心力を維持する物語的想像力が再活性化されてきた、ということになろう。

そしてまた、義経にこうした役割を担わせる思考の構造は、中世以来の定型であったことも指摘できる。義経ジンギスカン説の系譜を可能な限り遡ってみると、その行き着く先が御伽草子『御曹子島渡』にあるということは、金田一以来言い古されている。室町後期成立とみられる『御曹子島渡』は、寛文年間以後流布したいわゆる渋川版『御伽文庫』に収録されて流布し、広く親しまれた物語である。その梗概をまとめると以下の通りである。(25)

少年の義経は平泉において、秀衡の「日本国は神国にてましませば、もののふのてがらばかりにては成がたし」との勧めにより、「千嶋とも、ゑぞが島とも申す」国へ渡って「大日の法」という兵法の書を持ち帰り、その力で日本を源氏の世とすることをもくろみ、出発する。その途次、様々な島を通過し、不思議な島民たちに出会うこととなる。まず、住人が皆背丈十丈にして半人半馬の「馬人島」を通過し、また住人が皆裸の「はだか嶋」では島民に衣を与える。住人が皆女人の「女ごの嶋」では命を狙われるが、笛の音を聞かせて女達の心を和らげて無事離島する。さらに、住人が皆身の丈一尺二寸で寿命八百歳の「ちいさご嶋」を通過し(26)、ついに「ゑぞが島」に着く。そこで島民（明らかにアイヌを意識して造型されている）に命を狙われるが、ここでも笛の音により彼らの威勢を和ませ、難を脱する。やがて「千島の都」に着くも、鬼に食われそうになるが、みたび笛の音によって鬼の心を和らげ、鬼の大王に引き合わされる。大王もまた義経の笛に感化され、娘の「あさひ天女」にも聴かせるが、その結果天女は義経に心を寄せてしまう。大王は天女をめぐって義経と対決することとなり、太刀・跳躍・囲碁・相撲の勝負をするが、すべて義経が勝つ。そこで義経は天女に手引きを求め、岩屋に秘蔵してある兵法の巻物を盗み取って千島を去る。そして天女は裏切り者として大王に殺されてしまう。最後に、天女の本地は江ノ島弁財天で、源氏の世を作るために義経を助けたことが明かされる。末尾において、義経は平泉に帰り賞讃されるが、夢枕に天女が立ったため、厳重に供養することが描かれ、「かくて兵法故日本国を思ひのまゝにしたがへて、源氏の御代とならせ給ひけり」と結ばれる。

以上が『御曹子島渡』の筋である。もちろん、この物語は義経が「御曹子」と呼ばれるように、その幼少期の出来事であり、義経が平泉で死なずに北方へ渡ったという話とは異なる。しかし、義経を日本の周縁あるいは外部へと漂泊させる想像力が、後の義経生存説へと系譜的に連なってゆくことは否定できないだろう。さらに、千島へ渡り、鬼の世界へ飛び込んだ上、その胆力と機知とをもって鬼の大王をやりこめ、秘蔵の兵法を掠め取る痛快さは、単に北方辺土へ流離したという以上に、義経ジンギスカン説への展開の必然性を示唆している。

そしてまた別の意味でも、この物語には義経ジンギスカン説との本質的な系譜関係を見出せる。実は、異界へ赴き人外の力を手にする義経の物語の型は、『義経記』や御伽草子『判官都話』に描かれる鬼一法眼からの兵法奪取、同じく御伽草子『天狗内裏』および謡曲「鞍馬天狗」に描かれる鞍馬天狗からの兵法伝授など、室町時代の文芸に遍満していた。そしてまたそのいずれもが、やはり義経が身に付けた兵法を平家追討のために用い、王土の秩序回復と「源氏の御代」の現出を導くのであり、決して朝廷や頼朝に対する脅威として機能することはない。

このように『御曹子島渡』が、義経が周縁で手に入れた人外の力を、朝廷及び幕府すなわち公武政権への奉仕に用いる物語である点、義経ジンギスカン説との本質的な系譜関係を見出せる。思えばそもそも義経が異界の鬼たちを繰り返し慰撫し無力化し得たのは、彼らを感動させる笛の音によっていた。既に指摘されているように(27)、ここでは優美なる笛の音曲が「神国」たる「日本国」という共同体の文化的象徴物として表現されており、王朝的文化がその外部を感化・啓蒙するイデオロギー的意味を表示していると読める。とすると、近代国家日本の求心力に奉仕した義経の物語は、公武政権の王土という中世日本における想像の共同体に奉仕する物語の伝統を正統的に継承していたことになるだろう。こうしたイデオロギーを内包した系譜的脈絡が、義経の渡海言説において、構造的に保存されていたわけである。

四　不遇者の共感と参与――『雪国の春』――

しかしまた、大正末期当時において『成吉思汗ハ源義経也』のリアリティをより生々しく支えた感性の系譜は、既に繰り返し再生産されてきた、不遇者が共感し自己投影する対象としての義経、という定型的イメージにあったと言うことも可能である。

島津が『国語と国文学』において「義経伝説の淵叢としての義経記」を発表した大正十五年（一九二六）十月、『中央公論』においても、同じく『義経記』を論じた画期的な論考が発表されていた。三年前の関東大震災を機に国際連盟委任統治委員を離れ、当時五十歳にして東京朝日新聞論説委員であった柳田国男の、「義経記成長の時代」である。この論文はその後昭和三年（一九二八）、著書『雪国の春』において、「東北文学の研究」と号する章の前半として収録されることとなる(28)。

柳田は『義経記』を、島津のように一貫した筆致と構想を備えた作品とせず、「非常な寄せ集めの継ぎはぎで、従つて不必要に引延ばしてある。一言でいふならばまづ感心せぬ本である。」「之を要するに現在の義経記は、合資会社の如き持寄世帯で、各部分の作者産地はそれ〴〵に別であつた」と、発生地を異にする複数の義経説話を雑居させた、出来の悪い継ぎ接ぎの本とした。その論述は文学作品としての『義経記』の限界を指摘したものとして近年まで影響力を保っている。しかし、序論に「口と耳との文学」が「文字の新威力に拮抗して、如何に忠実に基本分を尽し、寧ろ往々にして彼に在つては不可能なりしものを、如何にたやすく為し遂げて居たかを考へる為に、試みに自分は義経記と称する一篇の物語を、例に取つて見ようとするのである」と断っている通り、柳田の本意は文字の文学に対する声の文学とその機能の再発見にあった。そしてその基盤として、「物語の流布に携はつた者は、もとは主として座頭であつた」と、漂泊する語り手の割拠を想定する。その上で、たとえば東北地方において義経の忠臣の末裔を名乗った一族にとって、祖先の活躍を描く『義経記』は、「今尚うれしい祖先の記念であつて、歴世之に由つて自ら励み、家の名を重んぜしめた効果は絶大であつた。今更伝統の史実に合致すると否とを問ふ必要は無いのである。況んや質朴なる昔の人々には、古く語られる物は皆之を信ずることを得たので、しかもそれが作り事でもよいから、是非聴いて置きたいといふ類の話のみであつた」と聴き手の心性を論じる。さらに「久しい間ちやうど頃合の聴衆が地元にあつて、何度も〳〵所望して語らせて居るうちに、追々に話が斯うなつたのである。それには勿論多くの天才の空想と、多くの怜悧なるボサマたちの暗記とを必要としたのだが、更に其背景には住民の家を愛し又祖先を思慕するの情」があったこと指摘するように、物語の流布と成長のための一原動力として享受者の希求を想定した点に、柳田論の画期性が見出せる。また、続けて「歴史の記録中に何の証拠も無いばかりか、寧ろ彼とは矛盾するやうな言ひ伝へが、うそでも無ければ又作り話でも無く、時としては之に基いて、正史を増補し新訂せんとするまでの、実力を具へて来たといふのには、別に又それだけの理由があつたわけである」と、聴き手も歴史と信仰とを区別せず喜んで物語を享受し自己を投影したと指摘する点、大正末期の趨勢を鑑みるに示唆に富む。

そして、その語り手および聴き手の社会的位相を明示したのが、続く「清悦物語まで」である。この論考は、同じく『中央公論』において「義経記成長の時代」の翌月に発表され、『雪国の春』において「東北文学の研究」の後半として併録された[29]、不遇者を語り手とする義経の悲劇への憧憬を題材にした論である。この中で柳田は『義経記』成長の事情として、義経最期の合戦に際して逃げ延びたと書かれる義経の従者、常陸坊海尊に注目し、林羅山の神道論『本朝神社考』等に、仙人や「残夢和尚」として、海尊が最近まで生きていたとの記述を見出す。またその一バリエーションとして、『清悦物語』や『鬼三太残齢記』といった伝奇書に、海尊とともに生き残り、人魚の肉を食べて近年まで生き延びたという老人「清悦」（義経の下部であった鬼三太の後の姿）の記述があることを示す。そして『清悦物語』成立以後も清悦老人や海尊の目撃談が絶えなかったことを挙げ、馬場信意の『義経勲功記』が、人魚の肉を食して長命した海尊の語りの抄録との設定を有し、弁慶も義経も生き延びたとすることを指摘して、義経渡海言説に触れる。しかし「自分たちは今頃成吉思汗の義経であるか無いかを、穿鑿するだけの閑暇は持つて居ない」と退け、人魚の肉を食して長命を得る話の先型が室町期以来ほぼ日本全域に分布する八百比丘尼伝承にあることを論じる。そして長寿の根本的要因として「先づ是ほどにしてまでも我々の昔話は、是非とも長命な人の口から、直接に聴かねばならぬ必要があつた」と述べ、そこから、『義経記』の素材について「本来はやはり清悦物語の如く、当時見て居たと称する人の直話体ではなかつたかと謂ふのである。」「昔の人々の事実認定には、噂と実験との明らかなる差別があつて、現に私が知つて居るといふ類の言葉で無いと、之を信ずることが出来なかつたものかと思ふ」と、目撃者を称する人物による語りを原理的に措定する。さらにこれを普遍化して、「例へば金田一京助君が採訪せられたアイヌの聖典、即ち特権のある旧家のみが保持して居た所謂神伝大伝の類に止らず、或純良なるアイヌメノコが自ら和訳した動物説話の如きも、悉く皆一人称の自伝であつた」と金田一の紹介したアイヌ文学を引き合いに出す。しかし「さういつ迄も古い形だけを、守つて居るわけにも行かず、第一には聴く者の側の要求が、時と共に変化して之を動かさずには止まなかつた。」「之を信ぜんとする人々と、もう之を芸術として楽まうとする者と、相交錯して居たのである」と、神聖さを失い世俗化してゆく「語り部の零落」を想定する。さらに「イタコ又はモリコと称する東北の巫女たち」に対して「ボサマ即ち座頭の方は、同じ盲目でも早くから信仰を離れて、物語りに専らなる者が多くなつたが、それでも自ら一人称を用ゐて、私が見た斯う言つたと、語つて居た時代は永かつたのであらう。さうして義経記に於ては義経を招き、或ひは弁慶亀井をして語らしめたのでは、彼等は途中で死ぬ故に事件の全体に亘ることが不便であつた。従つて比較的重要ならぬ常陸坊海尊を煩はして、顚末を叙せしめたのであるまいか」と推論し、虎御前を名乗る尼が回国し曽我兄弟の仇討ち物語を各地に広めたように、「義経記の流伝にも亦早くから、常陸坊とか鬼三太とかの、書物を無視した活動があつたのである」と結論する。

大正末年における柳田の二つの論には、義経の物語が零落した語り部により運搬されるとともに成長し、支配的な文字の文学とは違う「口と耳との文学」を、東北の地において形成していたとの展望が描かれる。そして『義経記』はそれらを文字化したものであり、「非常な寄せ集めの継ぎはぎ」であって、ある意味必然的に作品としての洗練を欠いているが、それゆえに、「口と耳との文学」を保存することに成功している、との見通しである。柳田が注目したのは、支配的文化体系に圧迫されて零落したマイノリティの文化、現在当然と思われている世界の足下に虐げられた、敗者の視界であった。そのひとつの象徴として、零落した語り部の語る、同じく零落した義経主従の物語を論じたわけである。そして柳田はその物語を成長させた原動力について、他でもない聴衆たちの希求に見出したのであった。なお、柳田の口吻に小谷部前掲書の余波が見え隠れすることは注目されるが、大陸への膨張主義的な政策に対して柳田自身は批判的であったとされている。(30)

ともあれ、こうした想像力の系譜が、大正末期における義経渡海説のリアリティを支えたことは考慮すべきであろう。先述の通り、島津と小谷部の姿勢の共通性が時代の趨勢をよく示していたわけだが、その主張の源泉自体に共通のものが見出せる。島津の言説とその人生史的背景については既に触れたが、小谷部もまた、ある面で島津と似た境遇にあったと言える。

『成吉思汗は源義経に非ず』の巻頭論文である、大森金五郎の「成吉思汗は源義経也という説を読みて義経の最期に関する所見を陳ぶ」は、小谷部の著作動機を次のように推測する。

小谷部氏は嘗て年少の際祖母から義経の北走談をきゝ、「義経は衣川に死せずして満州に渉つた」といふことを語られたのである。この一言が深く著者の脳裡にしみこみ、ついに飽くまでも義経の事蹟を調査し、その満州に至つた径路、たま《ママ》彼地に於ける伝説史実等をも研究せんとするに至つたのである。

この発言に対して小谷部は『成吉思汗ハ源義経也　著述の動機と再論』の中で「事実は大森学士の説くところの如し」と認めた上で、次のように述べる。

> 近著成吉思汗は源義経也に執筆せる余の動機は、祖母に注入せられたる義経の伝説以外に、余の家系の事情は、恰も義経が牛若時代に於ける困厄期の源家の有様を縮少せるもの、如き状態にありし事にも起因するところ尠なからず。

以下に続く同書の記述によると、小谷部の祖先は出羽の豪族で、最上川以西一帯を支配し白鳥氏を名乗っていた。その白鳥氏とは、戦国時代、最上義光との抗争に敗れ零落し、子孫は祖家再興の遺志を伝えながら明治に至ったという。白鳥から小谷部性に変わったのは全一郎の祖父の代で、全一郎の父もまた祖家再興を人生の指針としつつ、子を秋田に残して上京、「浅草黒船町に本邦最初の法律学校を創立」し、その後大阪上等裁判所の判官、福島県の検察官と職を転じていた。少年の全一郎も福島において父と再会し、厳格な教育を受けた。義経ジンギスカン説を説いた『義経再興記』に出合い、没頭したのもこの頃であった。しかし全一郎は「僅に一地方の富者となり或は地方官吏となりしに過ぎず、而も其等は祖業の万分の一にも当らず、如かず余は狭小なる本土を去りて彼岸の西比利亜大陸に渡り、無人の境域に一新国土を拓きて祖業を復興せしめん」として大陸への希望を燃やし、父と決別した。明治十八年（一八八五）、小谷部十八歳の時であった。

これ以後のことに関して情報を補うと、[31] 小谷部はその後アイヌの教育を志し、北海道へ渡ったという。しかし宗教教育の重要性を痛感してアメリカでキリスト教を学ぼうと決心し、樺太からシベリア経由でアラスカを横断しアメリカへ渡ることを試みるが、カムチャッカで不法侵入者として強制送還され、当然ながら未遂に終わる。しかし二十一歳となる明治二十一年（一八八八）、資金不足ながら西回り航路の帆船に乗組員として勤務するという離れ業によりアメリカへ渡りおおせ、十年間の留学生活を送る。明治二十七年（一八九四）ハワード大学で文学修士、翌年エール大学で神学学士を修めた小谷部は、明治三十一年（一八九八）、半生を自伝にまとめ、『ア・ジャパニーズ・ロビンソン・クルーソー』としてアメリカで出版し、同年、三十一歳にして帰国を果たす。その後アイヌ教育に奔走した小谷部は、明治三十七年（一九〇四）、北海道にアイヌ学校を設立し、十年にわたり教育と資金調達に明け暮れた。しかし大正三年（一九一四）、四十七歳の時、学校経営が立ち行かなくなりあえなく断念した小谷部は、その後義経渡海伝説の研究に情熱を傾ける。そして大正七年（一九一八）、五十一歳にして陸軍通訳としてシベリア出兵に同道し、大陸において二年間にわたる現地調査を行うことに成功した。かくして大正十三年（一九二四）、『成吉思汗ハ源義経也』が刊行されたわけである。

このように、東北の祖家再興を志した小谷部は、血筋を誇り人並み外れた行動力を示しながらも、漂泊と蹉跌を繰り返す人生を送った。小谷部は自己と義経とを重ねる述懐をしており、ために読者達もそれを了解しつつ小谷部の著書を享受したことになる。そして先に述べた通り、日本国民の多くが、日本と義経とを重層させる形で義経ジンギスカン説を、史実云々とは別の思い入れをもって受け容れたのである。島津もそうした国民の一人であったろう。大正末期において、義経ジンギスカン説のリアリティを生々しく支えた感性の系譜は、既に繰り返し再生産されてきた、不遇者が共感し自己投影する対象としての義経、という定型的イメージにあったことは疑えない。小谷部の著書を一読したときに感じる不気味な説得力は、そうした敗者の側から見た視界の提示に由来しよう。

それでは、義経の物語に自己を投影し参与してゆく人々の系譜から、再び義経の物語を捉え返すとどうなるだろうか。そこで次に、柳田の言うようなマイノリティの文化を担う語り部が「零落」するという過程を、義経の物語を語る語り手の側から読み直してみたい。そうした見方をとる時、義経の物語からは、悲劇の貴公子という義経イメージを解体する可能性をも読み取ることが可能である。

五　語り手のしたたかさ――『義経記』――

激動の大正末期、島津と柳田によって同時に発表された二つの論文がともに注目した『義経記』は、小谷部が否定し去った平泉における義経の死についてどのように語っているのだろうか。以下、ひとまずその叙述を確認したい。(32)

義経を庇護した秀衡の死去が転換点となる。秀衡は子息の泰衡らに、義経を十分に敬うべく遺言するが、情勢は不安定となる。頼朝は泰衡ら子息間のいさかいにつけ込み、泰衡に義経を討たせるよう仕向け、上皇からも公式に義経追討を命じる院宣を得る。義経は内通により頼朝および泰衡の目論見を知り、「勅勘の身として、空を飛び地の底を潜り候ふとも、日本国中には叶ひ難し。此処にて自害の用意を仕るべく候。さればとて、矢をも一つ放つべきにても候はず」と決意する。義経は妻子を逃がそうとするが、妻である久我の姫君はこれを拒否し、一所に死ぬことを願う。やがて討手が押し寄せる中、姫君の育ての親である十郎権頭兼房、および義経の下部である喜三太が家の内から防ぎ矢を放ち、弁慶ら八人が防戦に進むが、「常陸坊をはじめとして、十一人は、今朝近国の山寺拝みに出でたりけるが、道にてこの事をや聞きけん、やがて帰らず失せにけり」とあるのは柳田が注目した一節であった。

押し寄せる敵に対し、弁慶は「東の方の奴ばらに物見せん」と不敵にも舞を披露し、約四時間にわたって「一同にどつと笑ひ笑ひ」、挑発的な歌謡と舞で哄笑し続け、観衆と化した寄せ手を不気味がらせる。やがて合戦となり、義経勢は皆、奮戦の末多くの敵を討ち取るものの、痛手を負って次々と自害する。そうした中で弁慶は、「血の多く垂りければ、血戯《ちそば》へして、愈々人をも人とせず」。「血戯へ」は血を見ていっそう興奮することを言う。全身血まみれになった弁慶は、血に狂って暴れ回り、寄せ手は「あれ程のふてかたゐに、寄り合ふべからず」とおののく。「ふてかたゐ」は「不敵な痴れ者」の意で、弁慶は「転ぶやうにては起き上り起き上り、川原を走り廻りけるに、面を向くる人ぞなき」という一種狂気の沙汰である。その後弁慶は義経の籠もる館で主人に別れを告げ、散々に大暴れした末、体中に矢を立てられ、よく知られた立ち往生を遂げる。

武蔵坊は敵打ち払ひて、長刀を逆さまに杖に突き敵の方を睨みて、仁王立ちにぞ立ちたりける。偏へに力士の如くなり。一口笑ひて立ちたれば、敵は「あれ見給へ。彼の法師の我らを討たんとて此方をまぼらへて痴れ笑ひてあるは只事ならず。近くな寄りそ」と申しければ、ある者の言ひけるは、「剛の者は立ちながら死ぬる事のあるぞ。殿ばら当たりて見給へ」と申しければ、我も当たらじ我も当たらじとする所に、ある若武者の馬にて辺りを馳せければ、疾くより死にたる者なれば、馬に当たりて転びけり。長刀を握りすくみてあれば、転び様に先へ打ち返す様にしたれば、「すは、すは、また狂ふは」とて馳せ退き馳せ退き控へたり。されども転びたるままにて動かざりければ、その時我も我もと馳せ寄りけるこそ痴がましく見えけれ。立ちながらすくみける事は、君の御自害の程、敵を御館へ寄せじとて立死にしたりけるかとあはれなり。

弁慶は最期まで、「痴れ笑ひ」と「狂」を振り撒いたわけである。

そして義経は、最後まで近仕していた十郎権頭兼房の「佐藤兵衛が京にて仕りて候ひしをこそ、人々後の世まで褒め候ひしか」との勧めにより、義経の身代わりとなって君主を生き延びさせた佐藤忠信の模範化した作法に倣って「左の乳の下より刀を立てて、刀の先後ろへつと通れと突き立てて、疵の口を三方に掻き破りて、腸散々に繰り出だ」すという凄惨な自害を遂げる。その後、兼房は義経の言に従い、北方とその若君・姫君を泣く泣く殺害して館に火をかけ、寄せ手の大将を馬ごと薙ぎ払い、その弟を「取つて馬より引き落とし、左の脇に挟みて、「一人越ゆべき死出の山、供して得させよや」とて、炎の中に飛び入りけり」と、『平家物語』の能登守教経に準えた表現をもって退場する。

このように、弁慶ら忠臣の人間離れした大立ち回りや、優劣の論理を超越してゆく不気味な笑いの感覚は、既成の思考体系の外部を開示する。ところが、義経は先に引いた通り「勅勘の身として、空を飛び地の底を潜り候ふとも、日本国中には叶ひ難し。此処にて自害の用意を仕るべく候。さればとて、矢をも一つ放つべきにても候はず」と、院宣を尊重しつつ日本内部の論理に留まることを志向し、また佐藤忠信になぞらえた模範的な自害を遂げる時、義経最期の風景は王土の一点景として、公武政権による秩序の永続というイデオロギーの中に絡め取られてゆく。義経主従は外部に属するがゆえに秩序の体系を相対化しうるが、その力が予定調和的に王朝共同体日本の求心力の保守に還元される構造は、『御曹子島渡』から『成吉思汗ハ源義経也』および島津久基の義経観へと連なる系譜線上に自然と接続されるだろう。

しかし、『義経記』をそうした枠組みのみに押し込めて語ることは正当ではないし、そのことは義経最期の場面に関しても同様である。柳田は義経の物語の語り手を問題化することで、島津のこだわった文字化された「文学」とは別の系譜の存在を指摘したわけだが、柳田の『義経記』論の方法を門人としてよく継承した角川源義は、義経に従って京都を離れ奥州まで同伴し、先に見た義経最期に立ち会う久我の姫君について、次のように捉えている。(33)

妻を連れての都落ちは事実であろうが、義経の妻は河越氏の出であり、久我の姫君という史実はない。これは『義経記』にのみ見られる伝承であった。なぜ、この北国落ちに懐妊中の久我氏の姫君が登場し、失意の人義経と苦難をともにせねばならぬのだろうか。語り物を語った盲目法師の支配者であり、瞽官の授与権をもっていたのが久我家であった。地位を唯一の生甲斐とした盲人は当道の職屋敷と久我家に金を積んで検校の地位を得ていた。『義経記』の語り手琵琶法師は、その管領職にある久我家の姫君を、この北国落ちに登場させ、彼等に身近かな事件として琵琶法師自身の流離の体験を語り、聴き手の哀傷心に訴えたのである。

義経の物語が下位身分者の語りの中に成長したとする柳田の見通しを踏襲しているわけであるが、『義経記』の終結部に久我家周辺の関与が見られることを指摘した角川の視点を、先に確認したこの作品の本文を踏まえて敷衍すると、『義経記』における義経最期の風景は、別の形で捉え返すことができるだろう。義経と死をともにするヒロインが久我の姫君であったわけだが、義経の最期を看取った唯一の人物は、十郎権頭兼房であった。姫君自害の直前、姫君と兼房との関係が涙ながらに蕩々と語られる場面がある。

兼房申しけるは、「これぱかりは、不覚なるこそ理にて候へ。君の生まれさせ給ひて、三日にならせ給ひし時、兼房を召して、「この君をば善くも悪しくも兼房が計らひたるべし。汝に取らする」と仰せ蒙りしかば、やがて御産所へ参り候ひて、夜はめうふくの胸を御座と定め、昼は兼房が膝の上を御座とし参らせて、出仕の隙だにおぼつかなく、片時見参らせぬ時は、千代を過ぐる心地しておふしたて参らせ候ひて、成人させ給ひてよりは女御后にも立て参らせ候はばやと思ひ参らせ候ひしに、大臣殿、北の御方打ち続き御かくれ候ひしかば、思ふに甲斐なき嘆きして、神や仏に祈るは空しくて、今か様に見なし奉らんとは更に思はざしりものを」とて、鎧の袖を顔に当てて声を立ててぞ悶えける。

久我大臣の姫君は、家人であった兼房に与えられたのであって、その最期も兼房によって導かれるわけである。そして衣川合戦を締めくくるのは、やはり兼房の超人的活躍であった。その直前には以下の名乗りが記されている。

清和天皇に十代の御末、八幡殿には四代の孫、鎌倉殿の御弟、九郎大夫判官の御内に、十郎権頭兼房、元は久我大臣殿の侍、今は源氏の郎等、樊噲を欺く程の剛の者、いざ、手並みの程を見せん。

従来指摘されていないが、このように『義経記』の描く義経最期の場面は、十郎権頭兼房を中心として語られていると見ることが可能である。「久我大臣」は、時代考証的には内大臣まで昇進し承安五年（一一七五）に没した久我雅通を指すことになるが、当時実在した人物との対応関係を考慮する必要はない。兼房を「元は久我大臣殿の侍」とする文献は『義経記』とその影響下に成った『よしつねあづまくだり物語』や『義経知緒記』等のみであるから、『義経記』独自の創作的設定と考えてよいだろう。むしろ注目すべきは、『義経記』成立の時代である室町前期における久我家とその家人の社会的位相であり、それが『義経記』の設定に反映しているものと思われる。

室町前期における久我家周辺の事情は、柳田が見出した語り手の社会的位相とよく合致する。というのも、村上源氏である久我家は、鎌倉中期まで沈淪を余儀なくされたものの、正応年間（一二八八～九三）の久我通基以来、源氏氏長者をほぼ独占してきた。ところが永徳三年（一三八三）、三代将軍足利義満の時、清和源氏である足利家にその称号を奪取され、以後両家が交替で長者の宣下を受けることとなる。[34]またそれとともに、『平家物語』を独占的に語る琵琶法師の座である当道座も、明石覚一が定一に伝授・相承した『平家物語』の正本を、定一から伝授された慶一が将軍義満に献上するにいたって、久我家の支配から離脱し足利家を本所とするようになったと言われている。[35]角川の述べる久我家の当道支配は、実は義満の時代に大きな挫折を経験していたと言えよう。ただし足利家が久我家から当道座の支配権を奪取したとの見方ができるかどうかという点に関しては異論もあり、[36]明確ではないものの、少なくとも十六世紀初めには久我家の当道座への支配権が決定的に失われていたことは、当道の記録に現れており間違いない。[37]こうした事情に照らすと、足利将軍家が源氏氏長者と『平家物語』正本および当道座の支配権を獲得してゆく裏側で憂き目を見た久我家の周辺において、将軍頼朝に排斥され周縁に流離した義経の物語が管理され、『義経記』が文字化されたという可能性の脈絡も見えてくる。

また、角川が指摘した久我家と琵琶法師との関係のみならず、近年明らかにされたように、久我家とその家人筋は院政期以来、巫女や芸能者および木工・金工らを統括し、そうした職能民と王権とのパイプ役を果たしていた。[38]『義経記』が都鄙を往還する職能民の視点と論理を取り込んで書かれていることは本書でこれまで指摘してきたところであるが、[39]そうした事実を思い起こすとき、下位身分者の物語を吸い上げ文字化する、『義経記』生成という運動を支えた基盤の一つとして、久我家とその家人の人脈を想定する必然性を見出すことは難しくない。

とすると、王土の一点景と見えた『義経記』における義経最期の風景は、公武政権の秩序永続という大きな物語に奉仕するという体裁をとりながら、実は同時に室町期における久我家周辺に集った人々の存在感を強調するという、きわめて利己的な、小さな物語を語る志向性をも有していたことになる。そして同じ志向性が、大正末期には『成吉思汗ハ源義経也』のリアリティを支え、また島津の研究を導いたとも言えるだろう。『義経記』の本文から捉え返したときに見えてくる、義経の物語の生命力は、神国日本の求心力への奉仕という構造的予定調和を絶対化するのではなく、また相対化するのでもなく、下敷きとした上で積極的に参与し利用してゆく、語り手のしたたかさにあったと言えよう。

おわりに

ここまで、『成吉思汗ハ源義経也』の流行をめぐって、一九二〇～三〇年代における義経に関する言論状況と、中世の『御曹子島渡』『義経記』等との系譜関係を追究してきた。大正末期における義経渡海伝説のリアリティは、外部との接触・摩擦という時代的趨勢と、不遇者の語りという、ともに義経の物語の伝統的な語られ方であった二つの大きな文脈によって支えられていたわけである。

社会の周縁を流浪する悲劇の貴公子、義経の物語は、中世以来魅力的であり続けた。その大きな要因の一つは、社会や集団において安定的な居場所を確保できない孤立感、現状に安住できないことの不遇さである。人々はそこに同情・共感し「贔屓」するわけであるが、その裏側には、社会の周縁に属するがゆえに、マジョリティを相対化し多数派に異を唱えることを可能とする、不気味な力が期待されていた。ところが、その外部的力は常に、王土の共同体へ奉仕するイデオロギー的物語構造に還元されてきた。そして、柳田の視界と『義経記』から捉え返してみると、大正末から昭和初期当時の義経をめぐる言説群、大正末から昭和初期当時の雰囲気もまた、流離する義経の最期の風景を物語る、繰り返し出現し続けてきた語り手の末流であったことが見えてくる。

彼らの不遇や孤独感を剔抉し、その裏側にある魅力の強度を発見することは、連綿と繰り返された語り手の一人に連なることで可能となるだろう。もちろん、義経当人の思考や視点は語り手に代弁される形でしか現前化され得ない。それを主体性の剝奪と捉え、周縁を中心に奉仕させる物語の再生産の系譜上に位置付けることも誤りではないだろう。ともあれ、本章において最も強調されるべき点は、柳田が可能性を示した語り手という観点を導入・展開することによって、流離する貴種の物語に第三の側面が見出せるようになるということである。その視角から見えてくるのは、共同体の外部を開示する魅力も、神国日本を強化する構造も、ともに利己的論理の中に引きずり込む、語り手のしたたかさであった。義経や義経の物語を十全に捕捉しようとするとき、その遠心力の系譜を把握することが決定的な重要性を帯びてくる所以である。また同様の視角は、流離する貴種の物語に広く射程が及ぶものと思われる。今後の課題としたい。

注

（1）本書第六章。
（2）本書第八章。
（3）本書第八章。
（4）『玉葉』および『吾妻鏡』。義経の生涯については元木泰雄『源義経』（吉川弘文館、二〇〇七年二月）が、平安末期の政治史を踏まえて時系列的に整理している。
（5）島津久基「義経伝説の淵叢としての義経記」（『国語と国文学』三—一〇、一九二六年十月）。

（6）「島津久基博士略年譜」（『国語と国文学』二六―六、一九四九年六月）。
（7）注（6）の雑誌。
（8）高木市之助「島津君を憶ふ」（注（6）の雑誌に所収）。
（9）宮崎晴美「島津君を憶ふ」（注（6）の雑誌に所収）。
（10）平林治徳「島津君を憶ふ」（注（6）の雑誌に所収）。
（11）島津久基『義経伝説と文学』（明治書院、一九三五年一月）。
（12）本書第六章。この点は本章第五節でも具体的に述べる。
（13）佐成謙太郎「曽我物語と義経記」（『国語と国文学』三―一〇、一九二六年十月）。
（14）小谷部全一郎『成吉思汗ハ源義経也』（冨山房、一九二四年）。引用は初版本に拠る。
（15）『中央史壇』一〇―二、一九二五年二月。五月には国史講習会編『成吉思汗非源義経』として雄山閣から刊行。
（16）小谷部全一郎『成吉思汗は源義経也　著述の動機と再論』（冨山房、一九二五年十月）。
（17）小谷部全一郎『満州ト源九郎義経』（厚生閣書店、一九三三年六月）。
（18）『朝日新聞』（東京版朝刊、一九四二年一月三十日）。
（19）本書第八章。
（20）金田一京助「義経入夷伝説考」（『東亜之光』九―六・七、一九一四年六月・七月）。
（21）なお、義経ジンギスカン説に関する言説については、岩崎克己『義経入夷渡満説書誌』（私家版、一九四三年五月）により網羅的に収集されている。また近年、森村宗冬『義経伝説と日本人』（平凡社、二〇〇五年二月）により簡便に整理されている。
（22）菊池勇夫「義経「蝦夷征伐」物語の生誕と機能」（『史苑』四二―一・二、一九八二年五月）。
（23）本文は『軍記物語研究叢書第四巻　未刊軍記物語資料集4　義経知緒記・義経勲功記』（クレス出版）に拠る。
（24）注（21）の岩崎克己著書。
（25）渋川版を底本とする日本古典文学大系『御伽草子』（岩波書店）に拠る。
（26）秋田県立図書館蔵本では女護島の前に小人島を通過し、さらにその前には住人が皆身の丈十丈ほどの背高島を通過することになっている。
（27）前田雅之「蝦夷の表象（リプレゼンテーション）―多様性の内実―」（『新編日本古典文学全集　月報八六』小学館、二〇〇二年八月）。
（28）柳田国男『雪国の春』（岡書院、一九二八年二月）。引用は『定本柳田国男集　第七巻』（筑摩書房）に拠る。
（29）注（28）に同じ。
（30）川田稔「柳田国男の社会構想」（『柳田国男のえがいた日本―民俗学と社会構想―』未来社、一九九八年十月）。
（31）小谷部全一郎著、生田俊彦（小谷部の孫娘正子の夫）訳『ジャパニーズ・ロビンソン・クルーソー』（皆美社、一九九一年一月）・土井全二郎『義経伝説をつくった男　義経ジンギスカン説を唱えた奇骨の人・小谷部全一郎伝』（光人社、二〇〇五年十一月）等。なお、小谷部の生年には諸説あるが、ここでは自伝の記述に従う。
（32）本文は田中本を底本とする新編日本古典文学全集『義経記』（小学館）に拠る。
（33）角川源義「『義経記』の成立」（『語り物文芸の発生』東京堂出版、一九七五年十月。初出一九六〇年四月）。
（34）岡野友彦「中世前期の久我家と源氏長者」（『中世久我家と久我家領荘園』続群書類従完成会、二〇〇二年十月）。なお、近世には徳川家の将軍が源氏氏長者に任じられることが恒例となる。
（35）兵藤裕己「覚一本の伝来―源氏将軍家の芸能―」（『平家物語の歴史と芸能』吉川弘文館、二〇〇〇年一月。初出一九九三年二月）。
（36）砂川博「尼崎大覚寺文書・琵琶法師・中世律院」（『平家物語の形成と琵琶法師』おうふう、二〇〇一年十月。初出一九九三年十二月）。
（37）天文三年（一五三四）に起きた当道座内部の騒動である座中天文事件では、久我家が調停できなかった。同事件については天文九年（一五四〇）に宮城倫一が記した『座中天文物語』に経緯が整理されている。
（38）樋口大祐「敗者への眼差しと歴史叙述―『五代帝王物語』と宇多源氏春日流の系譜―」（『「乱世」のエクリチュール―転形期の人と文化―』森話社、二〇〇九年九月。初出一九九六年九月）。
（39）本書第一章・第二章・第三章。

初出一覧

各章の初出は次の通り。ただし一書としての論の展開に鑑み、各章の表現に加筆・修正を施した。また、第八章は二つの論文を一つの章として合わせたため、構成を大きく変更した。

Ⅰ　語り手の論理と文脈

序章　『義経記』への二つの視座――研究史と課題――

新稿。

第一章　金商人吉次と陵兵衛の論理

『国語国文』七九巻一一号、二〇一〇年十一月。原題「『義経記』の金売り吉次と陵兵衛」。

第二章　伊勢三郎の助力と伝承の文脈

『軍記と語り物』四六号、二〇一〇年三月。原題「『義経記』の伊勢三郎譚――「世になきもの」の助力と伝承的背景――」。

第三章　土佐坊正尊と江田源三の物語

新稿。

補説①　〈江田源三の物語〉の発生に関する一考察

『国文学研究ノート』四六号、二〇一〇年九月。原題「『義経記』における〈江田源三の物語〉の発生に関する一試論」。

第四章　白拍子静の物語と語り手

関西軍記物語研究会編『軍記物語の窓　第四集』和泉書院、二〇一二年十二月。原題「白拍子静の鎌倉下向」。

補説②　『吾妻鏡』における〈歴史〉構築の一方法

『国語と国文学』九一巻九号、二〇一四年九月。原題「『吾妻鏡』における〈歴史〉構築の一方法―野木宮合戦記事を中心に―」。

Ⅱ　権威と逸脱の力学

第五章　『義経記』の源氏将軍家神話――「源氏」の権威の不可侵性――

『国文学研究ノート』四三号、二〇〇八年三月。原題「頼朝義経対面場面における『義経記』独自記事―『義経記』の枠組みに関する試論として―」。

第六章　『義経記』の義経主従――主従の相克と協調――

『国文論叢』四四号、二〇一一年三月。原題「『義経記』の義経主従」。

第七章　護良親王主従と義経主従の類似――潜行する貴種と助力者の系譜――

『国語国文』八三巻五号、二〇一四年五月。原題「『義経記』の義経主従と『太平記』の護良主従」。

Ⅲ　義経的想像力の系譜

第八章　源義経の表象史と「判官贔屓」

『紫苑』八号、二〇一〇年三月。原題「「判官びいき」と義経観」。および、『国文学研究ノート』四七号、二〇一一年三月。原題「続・「判官びいき」と義経観」。

第九章　貴公子の悲劇とその語り手の系譜

緒形康編『アジア・ディアスポラと植民地近代―歴史・文学・思想を架橋する―』勉誠出版、二〇一三年三月。原題「海を渡る源義経―貴公子の悲劇とその語り手の系譜―」。

前近代人名索引（含：作中人物名）

あ行

か行

さ行

た行

な行

は行

ま行

近現代人名索引

わ行

書名作品名索引（除：研究論文）

あ行

か行

さ行

あとがき

本書は、平成二十二年十二月に神戸大学に提出した博士論文をもとに、その後稿をなした四本の論文を加えて一書にまとめたものである。拙論の目論見がどの程度成功しているものか、心許無い限りである。しかし少なくとも、本書を構想してゆく中で、これまで軍記物語という戦争の文学を追ってきたのにはそれなりの脈絡があったのだと、ようやく自己の関心が系列化されたように思う。

戦争とは、複数の正義が衝突する現場である。相対する敵への共感の可能性は忘却され、非人間化された他者の表象が当然のように横行する。しかしやはりどちらも人間であり、どちらも自分の置かれた状況における正義を遂行している。時にはそのことが思い出されて、社会の規範と個人の意思との衝突までもが顔を覗かせる。それは治承寿永内乱の当時においても、現在においても、また世界のどこにおいても変わることはないだろう。その現場に働く力学は、状況を解釈し、文脈に位置付け、因果関係を作話し、筋立てを構築する、複数の集団および個人の、物語のせめぎ合いである。つまりは物語る生き物としての人間の、隔絶、対立、すれちがう解釈、その最も鋭く切り立った断崖の際にあるのが、戦争である。

そしてまた、その角逐の現場がまさに物語られた文献（あるいは口語り）を通して享受者に伝達されること、享受者がそのメッセージを理解せんとする共感の努力によって文脈への視点移入と解釈を行うこと。その一連の相互行為は、それ自体でなんと魅力的なことかと思う。そもそも読書という営みが、他の誰かになりかわる心的活動を不可分に包摂しているのだから。

こうして「あとがき」を記すという行為もまた、多少なりともそのような解釈・作話行為を含み込むことは原理的に必然である。しかしそうなのだとしても、せめてそのことに自覚的でありたいと思う。いずれにせよ、戦争について、文学について、他者への共感可能性と解釈・作話行為について論じることは、立場を異にする他者（異なる社会道徳や歴史観を持つ人や集団）を、想像力を及ぼす対象として認めることにつながるのは確かである。

とはいえ研究の始発に理念があったわけではもちろんない。私にとって『平家物語』との出会いは、「社会」の授業で教師の朗読した能登殿最期と安徳入水のくだりだった。「あはれ」だ何だとそういう言葉をまだ知らなかった頃、小学生だった私は、あの断章に確かに、ある種のかなしみを感じていた。なくなってしまうかつてあったはずのものたち。受け入れてゆくしかないどうしようもない大きな流れ。なすすべなくのまれてゆくそちら側にいつでも入れ替わりうるのだという遣る瀬無さ。日常をうめつくす支配的な物語に安穏と乗じながらであっても、何度でも思い出し続けたいと願う。

大学に入り、樋口大祐先生の導きを受け、兵藤裕己氏、高木信氏、大津雄一氏らの冒険的な著書に出会って、再びその大河に引き込まれていった。迂回と後退を繰り返し、挫折と失敗を積み重ねて、何とか形にした修士論文はしかし、自分の関心において『平家物語』を論じることの限界をつきとめる結果となり、以降研究対象は『義経記』に移ることとなった。流動する事象の群をつなぎ合わせひとつの論理に整序してゆく〈王権の物語〉に魅かれながら、しかしそこに収斂し得ない何か外部への自由を開示してくれる物語を欲していたのだと思う。『義経記』はその意味で、当時の自分にとって無限の沃野に感じられた。

『義経記』を〈王権の物語〉や、あるいは〈貴種流離譚〉の枠にあてはめることも、おそらく可能だろう。しかしそれでは明らかに、この作品の魅力の核心的な部分は等閑に付されてしまう。『平家物語』を下敷きにし、伝承世界を取り込み、未知と既知とのあわいでともすれば散漫となる叙述。それらが義経を軸として求心力を保つことで価値を与えられながらも、そこからでさえ逸脱してゆこうとする遠心力の仕組みを、何とか記述したかった。本書に「権威と逸脱の力学」と銘打った所以である。

その関心は〈歴史〉の想像というテーマと容易に連鎖することとなった。どんな形であれ過去が語り直されることで、それまでもずっとそこにあったかのように〈歴史〉の像が屹立し共有されてゆく、そのプロセスへの言い知れぬ憧れは、それまでの「当たり前」がたやすく覆ってゆく安徳入水の悲しみへのそれと通底しているのだと思う。かくして「権威と逸脱の力学」と〈歴史〉想像のプロセスという二つの関心を直結する道筋を見出す上で、本書第九章に収めた拙論「貴公子の悲劇とその語り手の系譜」が成稿したのは大きかった。これは神戸大学において歴史・文学・哲学の架橋を目指す共同研究に参加させていただいた出会いの産物である。一書にまとめる踏ん切りが付いたのは、この論文が書けたからだった。

こうして多くの出会いそのものによって、この書は成ったと言い切れる。本書の出版は直接的には和泉書院の廣橋研三氏のお蔭である。また、神戸大学の先生方、大学院の先輩方、後輩たち、京都女子大学における「一所傍輩」の皆様、中世戦記研究会、軍記語り物研究会をはじめさまざまな研究会で出会うことができた皆様、職場である灘中学校・高等学校の先生方、生徒たち、宇部高校在学以来刺激を与え続けてくれる好敵手たち、そして家族、そうした出会いのいずれが欠けても本書の存在はなかっただろう。名を挙げれば、挙げない方と区分することが必要だが、それは自分にとって不可能な作業である。非礼をお詫びしつつ、感謝の気持ちを明記したい。

なお、出版にあたって独立行政法人日本学術振興会から平成二十七年度科学研究費助成事業（科学研究費補助金〈研究成果公開促進費〉）の交付を受けた。もちろん、自身の納税金を活用する意味があるとはいえ、再配分される共用財産によった刊行である以上、学問・文化の進展に資する成果とすべく尽力したつもりである。いかにも青臭いと嘲笑を買うだろうが、この初心を忘れぬよう祈る。

一区切りついたような気にもなるが、積み残した課題は数知れない。先に〈貴種流離譚〉に触れたが、折口信夫の所論については本書内ではほぼ言及しなかった。これに関しては『義経記』との関係を含むより広い文脈の中でいずれ整理せねばと思っている。また、『義経記』論を通して室町期文化における改作文学あるいは演劇的文学という地平が見えてきたため、これについても今後論じてゆきたい。加えて、義経の表象史を語るならば本来は近世における義経像の変遷をしっかりとたどる地道な作業が不可欠だと痛感している。いまだ手を付けられていないのは怠慢以外の何物でもない。一方で、『義経記』論を経過した上で改めて『平家物語』を逆照射して論じたい欲望もある。さらに、〈歴史〉の想像というテーマは『吾妻鏡』の歴史叙述論として関心の枝を広げつつある。得られた知見よりも新たに見つかった課題の方がずっと多いように思うが、その方が幸せなのだろうとも思う。今後も考究を続けていきたい。

平成二十七年十月

藪本勝治

■著者紹介

藪本勝治（やぶもと　かつはる）

一九八三年、山口県宇部市生まれ。
神戸大学大学院人文学研究科修了。
博士（文学）。
灘中学校・高等学校教諭。
専攻は日本中世文学。

研究叢書 466

義経記　権威と逸脱の力学

二〇一五年一一月二五日初版第一刷発行
（検印省略）

著者　藪本勝治
発行者　廣橋研三
印刷所　亜細亜印刷
製本所　渋谷文泉閣
発行所　有限会社 和泉書院

大阪市天王寺区上之宮町七－六
〒五四三－〇〇三七
電話　〇六－六七七一－一四六七
振替　〇〇九七〇－八－一五〇四三

ISBN978-4-7576-0773-6　C3395

研究叢書

431 八雲御抄の研究 名所部 用意部 本文篇・研究篇・索引篇 片桐洋一編 二〇〇〇〇円

432 源氏物語の享受 注釈・梗概・絵画・華道 岩坪健著 一六〇〇〇円

433 古代日本神話の物語論的研究 植田麦著 八五〇〇円

434 都市と周縁のことば 紀伊半島沿岸グロットグラム 岸江信介・太田有多子 中井精一・鳥谷善史 編著 九〇〇〇円

435 枕草子及び尾張国歌枕研究 榊原邦彦著 一三〇〇〇円

436 近世中期歌舞伎の諸相 佐藤知乃著 一三〇〇〇円

437 論集 文学と音楽史 詩歌管絃の世界 磯水絵編 一五〇〇〇円

438 中世歌謡評釈 閑吟集開花 真鍋昌弘著 一五〇〇〇円

439 鹿島家 鍋島家 鹿陽和歌集 翻刻と解題 島津忠夫監修 松尾和義編著 一三〇〇〇円

440 形式語研究論集 藤田保幸編 一三〇〇〇円

（価格は税別）

研究叢書

王朝助動詞機能論 あなたなる場・枠構造・遠近法	渡瀬　茂著	441	八〇〇〇円
伊勢物語全読解	片桐洋一著	442	一五〇〇〇円
日本植物文化語彙攷	吉野政治著	443	八〇〇〇円
幕末・明治期における日本漢詩文の研究	合山林太郎著	444	七五〇〇円
源氏物語の巻名と和歌 物語生成論へ	清水婦久子著	445	九五〇〇円
引用研究史論 文法論としての日本語引用表現研究の展開をめぐって	藤田保幸著	446	一〇〇〇〇円
儀礼文の研究 第二巻　日本誄詞	三間重敏著	447	一五〇〇〇円
詩・川柳・俳句のテクスト文析 語彙の図式で読み解く	野林正路著	448	八〇〇〇円
論集　中世・近世説話と説話集	神戸説話研究会編	449	一三〇〇〇円
佛足石記佛足跡歌碑歌研究	廣岡義隆著	450	一五〇〇〇円

（価格は税別）

研究叢書

451	近世武家社会における待遇表現体系の研究　桑名藩下級武士による『桑名日記』を例として	佐藤志帆子著	一〇〇〇〇円
452	平安後期歌書と漢文学　真名序・跋・歌会注釈	鈴木徳男・北山円正著	七五〇〇円
453	天野桃隣と太白堂の系譜並びに南部畔李の俳諧	松尾真知子著	八五〇〇円
454	現代日本語の受身構文タイプとテクストジャンル	志波彩子著	一〇〇〇〇円
455	対称詞体系の歴史的研究	永田高志著	七〇〇〇円
456	心敬十体和歌　評釈と研究	島津忠夫監修	一八〇〇〇円
457	語源辞書　松永貞徳『和句解』本文と研究	土居文人著	一一〇〇〇円
458	拾遺和歌集論攷	中周子著	一〇〇〇〇円
459	『西鶴諸国はなし』の研究	宮澤照恵著	一三五〇〇円
460	蘭書訳述語攷叢	吉野政治著	一三〇〇〇円

（価格は税別）